btb
Aus Freude am Lesen

btb

Buch

Los Angeles, 1956: Im schwarzen Stadtteil Watts ereignen sich rätselhafte Morde, die Opfer sind allesamt leichte Mädchen. Die Indizien lassen einen Einzeltäter vermuten. Polizei und Presse machen wenig Aufhebens um diese Fälle, solange die Opfer Farbige sind. Erst als eine Weiße aus dem gehobenen Bürgertum auf dieselbe Weise ermordet wird, gerät die Polizei unter politischen Druck. Weil sie zum Milieu der Schwarzen und ihren Vierteln wenig Zugang hat, beauftragt sie Easy Rawlins, den schwarzen Privatdetektiv ohne Lizenz, mit inoffiziellen Ermittlungen. Es ist ein Geschäft auf Gegenseitigkeit: Zwar möchte sich Easy lieber seiner attraktiven Frau und seinen Kindern widmen, aber auch er braucht die Dienste der Polizei. Sein Freund »Mouse« steckt wieder einmal heftig in der Klemme ...

Autor

Walter Mosley, 1952 in Los Angeles geboren, lebt in New York. Seine beiden ersten Romane »Teufel in Blau« und »Roter Tod« fanden internationale Beachtung und wurden in 15 Sprachen übersetzt. Die Easy-Rawlins-Romane sind weit mehr als originelle Krimis: Walter Mosley entfaltet in ihnen die faszinierende Geschichte der Mega-Stadt Los Angeles von der Nachkriegszeit bis in die sechziger Jahre – aus der Perspektive der schwarzen Minderheit.

Von Walter Mosley bei btb
bereits erschienen: »Roter Tod« (72049)

Walter Mosley

Der weiße Schmetterling

Roman

Aus dem Amerikanischen von Dietlind Kaiser

btb

Die Originalausgabe erschien 1992
unter dem Titel »White Butterfly«
bei W. W. Norton & Company, Inc., New York

Umwelthinweis:
Alle bedruckten Materialien dieses Taschenbuches
sind chlorfrei und umweltschonend.

btb Taschenbücher erscheinen im Goldmann Verlag,
einem Unternehmen der Verlagsgruppe Bertelsmann.

1. Auflage
Genehmigte Taschenbuchausgabe Januar 1997

Umschlaggestaltung: Design Team München
Umschlagfoto: TIB/Bieber, München
Satz: IBV Satz- und Datentechnik GmbH, Berlin
RK · Herstellung: Ludwig Weidenbeck
Made in Germany
ISBN 3-442-72093-1

Wegen der Geschichten,
die er immer erzählt,
widme ich dieses Buch
Leroy Mosley

1

»Easy Rawlins!« rief jemand.

Ich drehte mich um und sah, wie Quinten Naylor den Griff meiner Gartentür drehte.

»Ißy«, krähte meine Kleine Edna, während sie in ihrem Bettchen neben mir auf der Vorderveranda friedlich mit ihren Füßen spielte.

Quinten war von normaler Größe, aber breit, und sah kräftig aus. Seine Hände waren so groß wie Topflappen, und seine Schultern waren selbst unter dem Jackett runde Melonen. Quinten war braun, aber unter der Haut war eine Menge Rot. Es war fast, als wäre er vor Zorn rot angelaufen.

Als Quinten über den Rasen ging, zertrampelte er einen Streifen Schnittlauch, den ich dort seit sieben Jahren anbaute.

Der Mann mit der heftigen Röte im Gesicht lächelte mich an. Er streckte die fleischige Pranke aus und sagte: »Bin froh, daß ich Sie zu Hause antreffe.«

»Mhm.« Ich ging die Stufen hinunter, ihm entgegen. Ich schüttelte ihm die Hand und sah ihm in die Augen.

Als ich nichts sagte, war es dem Sergeant der Polizei von Los Angeles für einen Moment unbehaglich. Er schaute zu mir auf, wollte, daß ich fragte, warum er hier sei. Aber ich wollte nur, daß er verschwand, damit ich wieder zu meiner Frau und meinen Kindern ins Haus zurück konnte.

»Ist das Ihre Kleine?« fragte er. Quinten kam aus dem Osten, er sprach wie ein gebildeter Weißer aus dem Norden.

»Ja.«

»Schönes Kind.«

»Ja. Und ob.«

»Und ob«, wiederholte Quinten. »Schlägt bestimmt nach ihrer Mutter.«

»Was wolln Se denn von mir, Officer?« fragte ich.

»Ich will, daß Sie mitkommen.«

»Bin ich festgenommen?«

»Nein. Nein, keineswegs, Mr. Rawlins.«

Als er mich Mister nannte, wußte ich, daß das Los Angeles Police Department wieder mal meine Dienste brauchte. Von Zeit zu Zeit schickte die Polizei einen ihrer wenigen schwarzen Beamten zu mir, um mich darum zu bitten, Orte aufzusuchen, an die sie sich nicht hintrauten. Wenn die Cops etwas aus dem Ghetto rauskriegen wollten, war ich soviel wert wie ein ganzes Revier voller Kriminalpolizisten.

»Und warum soll ich dann sonstwohin mit Ihnen? Verbring den Tag hier mit meiner Familie. Brauch keinen Sonntagsausflug mit den Cops.«

»Wir brauchen Ihre Hilfe, Mr. Rawlins.« Quintens Farbe unter der braunen Schale wechselte sichtlich zu blutrot.

Ich wollte zu Hause bleiben, bei meiner Frau, wollte später mit ihr schlafen. Aber etwas an Naylors Bitte hielt mich davon ab, ihn abzuwimmeln. In der Bitte des Polizisten schwang eine Art Niederlage mit. Schwarze stecken eine Niederlage schwer weg; diesen Feind haben wir fast alle gemeinsam.

»Wo soll's denn hingehen?«

»Es ist nicht weit. Zwölf Blocks. In der Hundertzehnten.« Noch während er sprach, drehte er sich um und ging in Richtung Straße. Ich rief in das Haus: »Ich fahr eben mal mit Officer Naylor weg. Bin bald zurück.«

»Was?« rief Regina vom Bügelbrett hinter dem Haus.

»Ich geh für ne Weile weg!« rief ich. Dann winkte ich meinem zwölf Meter hohen Avocadobaum zu.

Der kleine Jesus schaute von seinem Sitz dort oben herunter und lächelte.

»Komm da runter«, sagte ich.

Der kleine Mexikanerjunge kletterte den Baum herunter und lief mit einem Lächeln auf seinem Gesicht auf mich zu. Er hatte das Gesicht eines uralten Amerikaners, dunkel und weise.

»Ich will nicht, daß du heute Streifzüge machst, Jesus«, sagte ich. »Bleib hier und paß auf deine Mutter und Edna auf.«

Jesus schaute auf seine Füße und nickte.

»Sieh mir ins Gesicht.« Wenn ich mit Jesus sprach, übernahm ich das Reden allein, denn in den acht Jahren, seit denen ich ihn kannte, hatte er noch nie ein Wort gesprochen. Jesus sah mit zusammengekniffenen Augen zu mir auf.

»Ich will, daß du beim Haus bleibst. Verstanden?«

Quinten saß in seinem Wagen und schaute auf die Uhr.

Jesus nickte, sah mir diesmal in die Augen.

»Gut.« Ich fuhr ihm über seinen flaumweichen Bürstenschnitt und ging hinaus zu dem Cop.

Officer Naylor fuhr mich zu einem leeren Grundstück mitten im 1200er Block der 110th Street. Davor parkte ein Notarztwagen, flankiert von Streifenwagen. Mir fiel ein leuchtender, weißer Lacklederpumps im Rinnstein auf, als wir die Straße überquerten.

Auf dem Trottoir hatte sich eine Menge versammelt. Sieben weiße Polizisten standen Schulter an Schulter vor dem Grundstück, hielten die Leute fern. Die Stimmung war heiter. Die Polizisten waren ganz locker, rauchten Zigaretten und witzelten mit den Negergaffern.

Das Grundstück zierten zwei verrostete Buicks, die auf kaputten Achsen im Unkraut kauerten. Am hinteren Ende des Grundstücks war eine knorrige Eiche abgestorben. Quinten und ich gingen durch die Menge. Männer, Frauen und Kinder verrenkten sich die Hälse und schaukelten hin und her. Ein Junge sagte: »Lloyd hat se gesehn. Die is tot.«

Als wir an der Reihe Polizisten vorbeigingen, packte mich einer am Arm und sagte: »He, Bursche.«

Quinten bedachte ihn mit einem durchdringenden Blick, und der Officer sagte: »Oh, okay. Sie dürfen durch.«

Auch bloß einer von den vielen Weißen, die ich achselzukkend links liegengelassen habe. Seine instinktive Respektlosigkeit und Arroganz spielten so gut wie keine Rolle. Ich wandte mich ab, und er war aus meinem Leben verschwunden.

»Hier entlang, Mr. Rawlins«, sagte Quinten Naylor.

Vier Polizisten in Zivil standen hinter dem Baum und sahen zu Boden. Ich konnte nicht ausmachen, was es war, was sie so genau betrachteten.

Ich erkannte einen der Cops. Er war ein stämmiger Weißer, der Typ des Dicken, der überall dick ist, selbst im Gesicht und an den Händen.

»Mr. Rawlins«, sagte der Stämmige. Er streckte eine gepolsterte Hand aus.

»Sie erinnern sich bestimmt an meinen Partner«, sagte Quinten. »Roland Hobbes.«

Inzwischen waren wir um den Baum herum. Da saß eine Frau in einem rosa Partykleid, an der Brust ein Stück weit offen, mit dem Rücken gegen den Stamm gelehnt. Sie hatte die Beine gerade vor sich ausgestreckt, leicht auseinander. Ihr Kopf neigte sich zur Seite, weg von mir, und die Hände lagen mit den Handflächen nach oben neben ihren Oberschenkeln. Am linken Fuß trug sie einen weißen Pumps, der rechte Fuß war nackt.

Ich erinnere mich an die weiche und kraftstrotzende Hand

von Roland Hobbes und an das Insekt, das ich auf der Schläfe der Frau sitzen sah. Ich fragte mich, warum sie es nicht wegwedelte.

»Freut mich, Sie zu sehen«, sagte ich zu Hobbes, als ich begriff, daß das Insekt ein getrocknetes Blutgerinsel war.

Als Roland meine Hand losließ, wandte er sich Quinten zu und sagte: »Selbe Sache.«

»Wie beide?« fragte Quinten.

Roland nickte.

Die Frau war jung und hübsch. Der Gedanke, sie sei tot, fiel mir schwer. Es sah aus, als könnte sie jeden Augenblick aufstehen, lächeln und mir ihren Namen sagen.

Jemand flüsterte: »Die dritte.«

2

Sie trugen die Leiche auf einer Bahre weg, als die Photographen fertig waren – Polizeiphotographen, keine Reporter. 1956 war eine Schwarze, die umgebracht worden war, kein Photomaterial für die Zeitungen.

Danach stiegen Quinten Naylor, Roland Hobbes und ich in Naylors Chevrolet. Er fuhr immer noch ein Modell Baujahr 1948. Ich stellte ihn mir an seinen freien Tagen vor, in kurzen Ärmeln, wie er sich unter der Haube damit abplagte und abkämpfte, diese Schrottmühle am Laufen zu halten.

»Kriegt ihr bei der Polizei denn kein Auto?« fragte ich.

»Sie haben mich zu Hause angerufen. Ich bin direkt hergekommen.«

»Und warum kaufen Se sich denn kein neues Auto?«

Ich saß auf dem Vordersitz. Roland Hobbes war hinten eingestiegen. Er war ein respektvoller Mensch, immer höflich und korrekt; ich traute ihm nicht die Bohne.

»Ich brauch kein neues Auto. Das hier ist ganz in Ordnung«, sagte Naylor. Ich sah auf den rissigen Vinylsitz zwischen meinen Schenkeln hinunter. Der goldfarbene Schaumgummi quoll unter meinem Gewicht heraus.

Wir fuhren ein ganzes Stück die Central Avenue entlang. Das war, bevor die ganze Gegend herunterkam. Die Straßen waren sauber, es gab nur wenige Säufer. Zwischen der 110th Street und dem Florence Boulevard zählte ich fünfzehn Kirchen. An dieser Kreuzung lag die Gummifabrik Goodyear. Ein riesiges Gelände mit zwei gigantischen Gebäuden an der Nordseite. Dort stand auch der Hangar für das Goodyear-Firmenflugzeug. Auf der anderen Straßenseite war eine World-Tankstelle. World war ein beliebter Treff für mexikanische Autobastler und Motorradliebhaber, die ihre deutschen Maschinen mit bis zu drei Zentnern Chrom und Klimbim verzierten.

Naylor fuhr zum Tor der Goodyear-Fabrik und zückte vor dem Wächter seine Marke. Wir fuhren auf einen großen Asphaltparkplatz, auf dem Hunderte von Autos säuberlich in Reihen parkten, als stünden sie zum Verkauf. Dort parkten immer Autos, weil die Goodyear-Fabrik vierundzwanzig Stunden am Tag arbeitete, an sieben Tagen in der Woche. »Machen wir einen kleinen Spaziergang«, sagte Naylor.

Ich stieg mit ihm aus. Hobbes blieb auf dem Rücksitz. Er griff nach dem *Jet*-Magazin, das Naylor dort hinten liegen hatte, und schlug sofort das Klappbild in der Mitte auf, das Foto mit der Schönen im Badeanzug.

Wir gingen bis zur Mitte des grasigen Geländes. Der Himmel wurde schon ganz dämmrig. Jedes vierte bis fünfte Auto auf den Boulevards hatte die Scheinwerfer eingeschaltet.

Ich fragte Quinten nicht, was wir machten. Ich wußte, es mußte etwas für ihn Wichtiges sein, wenn er mich damit beeindrucken wollte, daß er Zugang zu diesem noblen Rasen hatte.

»Haben Sie das mit Juliette LeRoi gehört?« fragte Quinten.

Ich hatte von ihr gehört, von ihrem Tod, aber ich fragte: »Wer?«

»Sie war aus Französisch-Guyana. Hat als Cocktailkellnerin in der Champagne Lounge gearbeitet.«

»Ja?« ermunterte ich ihn.

»Vor etwa einem Monat ist sie ermordet worden. Durchschnittene Kehle. Außerdem vergewaltigt. Sie ist in einer Mülltonne in der Slauson Avenue gefunden worden.«

Es war eine kleine Zeitungsmeldung gewesen. Das Fernsehen und der Rundfunk hatten darüber überhaupt nicht berichtet. Aber die meisten Farbigen wußten Bescheid.

»Und dann Willa Scott. Sie war an die Rohre unter einer Spüle gefesselt, als wir sie fanden, in einem leerstehenden Haus in der Hoover Street. Ihr Mund war zugeklebt und ihr Schädel eingeschlagen.«

»Vergewaltigt?«

»Sie hatte Sperma im Gesicht. Wir wissen nicht, ob das vor oder nach ihrem Tod passiert ist. Zum letztenmal ist sie im Black Irish gesehen worden.«

Ich spürte einen Krampf im Magen.

»Und jetzt haben wir Bonita Edwards.«

Ich musterte das Gelände und die Reihen von Fabrikgebäuden am Florence Boulevard dahinter. Während Naylor sprach, wurde es immer dunkler. In der Ferne blinkten Lichter.

»So heißt die Frau?« fragte ich ihn. Ich bereute, daß ich mitgekommen war. Ich wollte nicht an diese Frauen denken. Die Gerüchte in der Nachbarschaft waren schlimm genug, aber Gerüchte konnte ich ignorieren.

»Ja.« Quinten nickte. »Eine Tänzerin, wieder eine Barfrau. Drei Partygirls. Bis jetzt.«

In der Dämmerung verfärbte sich das Gras von Grün zu Grau.

Ich fragte: »Und warum reden Se dann mit mir?«

»Juliette LeRoi hat zwei Tage in der Tonne gesteckt, bis jemand den Gestank gemeldet hat. Die Totenstarre hatte schon eingesetzt. Sie haben die Narben erst gefunden, als die Zeitungsmeldung schon erschienen war.«

Mein Magen stieß einen leisen Ächzlaut aus.

»Willa Scott und Bonita Edwards hatten dieselben Narben.«

»Was für Narben meinen Sie?«

Quintens Gesicht wurde finster wie die Nacht. »Brandmale«, sagte er. »Von Zigarren, auf, auf den Brüsten.«

»Also immer derselbe Mann?« fragte ich. Ich dachte an Regina und Edna. Ich wollte nach Hause, mich vergewissern, daß die Türen abgeschlossen waren.

Der Polizeibeamte nickte. »Wir glauben ja. Er möchte, daß wir wissen, was er da tut.«

Quinten sah mir in die Augen. Hinter ihm wurde L. A. mit einem Zischen zu einem Netz aus elektrischem Licht.

»Wo schaun Se denn hin?« forderte ich ihn heraus.

»Wir brauchen Sie bei diesem Fall, Easy. Er ist übel.«

»Wen genau meinen Se denn, wenn Se sagen, ›wir‹? Wer is das? Sie und ich? Oder wolln wir noch wen anheuern?«

»Sie wissen, was ich meine, Rawlins.«

Zu meiner Zeit hatte ich für das illegale Glücksspiel gearbeitet, für Kirchgänger, Geschäftsleute und sogar für die Polizei. Irgendwann im Lauf der Zeit war ich in die Rolle eines V-Mannes hineingeschlittert, der Menschen vertrat, wenn das Gesetz versagte. Und das Gesetz versagte so oft, daß ich genug zu tun hatte. Manchmal versagte es sogar für die Cops.

Als ich das letzte Mal mit Naylor zusammengearbeitet hatte, brauchte er mich, um einen Killer namens Lark Reeves aus Tijuana wegzulocken.

Lark hatte sich in Compton an einem illegalen Würfelspiel beteiligt und an einen weißen Jungen namens Chi-Chi MacDonald, der sich im Milieu herumtrieb, fünfundzwanzig Dollar verloren. Als Chi-Chi sein Geld verlangte, wurde er ein bißchen zu frech, und Lark schoß ihm ins Gesicht. Die Schießerei war nichts Ungewöhnliches, aber die Farbgrenze war überschritten worden, und Quinten wußte, daß ihm der Fall eine Beförderung eintragen konnte, wenn er Lark faßte.

In der Regel liefere ich der Polizei keinen Schwarzen ans Messer. Aber als Quinten zu mir kam, war ich auf einen besonderen Gefallen angewiesen. Es war eine Woche, bevor Regina und ich heiraten wollten, und ihr Cousin Robert Henry saß wegen eines Raubüberfalls im Gefängnis.

Robert hatte sich mit einem Ladenbesitzer gestritten. Er sagte, ein Liter Milch, den er bei ihm gekauft habe, sei sauer gewesen. Als ihn der Ladenbesitzer einen Lügner nannte, griff Robert einfach nach einer Dreiliterkanne und ging zur Tür. Der Händler packte Bob am Arm und rief den Kassierer zu Hilfe.

Bob sagte: »Du hast nen Freund, was? Das geht in Ordnung, denn ich hab ein Messer.«

Das Messer brachte Bob ins Gefängnis. Sie nannten es einen bewaffneten Raubüberfall.

Regina liebte ihren Cousin, also machte ich Quinten ein Angebot, als er wegen Lark zu mir kam. Ich sagte ihm, ich würde in Watts ein besonderes Pokerspiel organisieren und dafür sorgen, daß Lark davon Wind bekam. Ich wußte, daß Lark einem guten Spiel nicht widerstehen konnte.

Poker mit hohem Einsatz brachte Lark nach San Quentin. Er brachte mich nie mit den Cops in Verbindung, die das Spiel auffliegen ließen und ihn zur Identifizierung aufs Revier schleppten.

Quinten bekam die Beförderung, weil die Cops glaubten, er habe den Daumen am Puls der schwarzen Gemeinde. Aber in Wirklichkeit hatte er nur mich. Mich und noch ein paar andere

Schwarze, denen es nichts ausmachte, um ihr Leben zu würfeln.

Aber nach meiner Heirat hatte ich damit aufgehört, solche Risiken einzugehen. Ich war kein Spitzel für die Cops mehr.

»Ich weiß nix über tote Frauen, Mann. Glauben Se nich, ich hätt's Ihnen schon gesteckt, wenn ich nen Schimmer hätt? Glauben Se nich, ich hätt was dagegen, daß einer schwarze Frauen abmurkst? Hören Se, ich hab bei mir zu Haus ne hübsche junge Frau...«

»Ihr passiert nichts.«

»Woher wolln Se das wissen?« Ich spürte den Puls in den Schläfen.

»Der Mann bringt leichte Mädchen um. Er hat es nicht auf eine Krankenschwester abgesehen.«

»Regina arbeitet. Manchmal kommt sie nachts aus dem Krankenhaus heim. Der könnte ihr auflauern.«

»Deshalb brauche ich Ihre Hilfe, Easy.«

Ich schüttelte den Kopf. »Nö, Mann. Kann Ihnen nich helfen. Was könnt ich schon machen?«

Meine Frage warf Naylor um. »Helfen Sie uns«, sagte er schwach.

Er war ratlos. Er wollte, daß ich ihm sagte, was er tun solle, denn die Polizei wußte nicht, wie sie einen Mörder fassen sollte, aus dem sie nicht schlau wurde. Sie wußten, was zu tun war, wenn ein Mann seine Frau umbrachte oder ein Kredithai Schulden auf eine üble Weise eintrieb. Sie wußten, wie sie Zeugen verhören mußten, weiße Zeugen. Quinten Naylor war zwar schwarz, aber das brachte ihm beim harten Kern im Viertel Watts keine Sympathien ein; bei der Clique, die von allen »The Element« genannt wurde.

»Was ham Se denn bis jetzt?« fragte ich, vor allem, weil er mir leid tat.

»Nichts. Sie wissen alles, was ich weiß.«

»Ham Se ne Sondereinheit, die dran arbeitet?«

»Nein. Bloß ich.«

Die Autos, die auf den fernen Straßen vorbeifuhren, surrten in meinen Ohren wie hungrige Moskitos.

»Drei tote Frauen«, sagte ich. »Und die konnten nur Sie auf die Beine bringen?«

»Hobbes arbeitet mit mir daran.«

Ich schüttelte den Kopf, wünschte mir, ich könnte den Boden unter meinen Füßen zum Erbeben bringen.

»Ich kann Ihnen nich helfen, Mann«, sagte ich.

»Jemand muß helfen. Wer weiß, wie viele Frauen sonst sterben?«

»Vielleicht kriegt Ihr Mann es einfach satt, Quinten.«

»Sie müssen uns helfen, Easy.«

»Nein, muß ich nich. Sie leben in einem Alptraum von nem Vollidioten, Mr. Polizist. Ich kann Ihnen nich helfen. Wenn ich wüßt, wie der Kerl heißt, wenn ich irgendwas wüßte. Aber Beweisesammeln is Copsache. Einer allein schafft das nicht.«

Ich konnte sehen, wie sich die Wut in seinen Armen und Schultern sammelte. Aber statt mich zu schlagen, wandte Quinten Naylor sich ab und stolzierte zum Auto. Ich schlenderte hinter ihm her, wollte nicht neben ihm gehen. Quinten trug das Gewicht der ganzen Gemeinde auf den Schultern. Die Schwarzen mochten ihn nicht, weil er redete wie ein Weißer und den Beruf eines Weißen hatte. Die anderen Polizisten hielten sich auch auf Distanz. Ein Wahnsinniger brachte schwarze Frauen um, und Quinten war ganz allein. Niemand wollte ihm helfen, und die Frauen starben weiter.

»Sind Sie mit von der Partie, Easy?« fragte Roland Hobbes. Er legte seine Hand auf meine Schulter, als Naylor aufs Gas trat.

Ich schwieg weiter, und Hobbes zog die freundliche Hand zurück. Ich hatte es eilig, nach Hause zu kommen. Ich fühlte mich schlecht, weil ich dem Polizisten einen Korb gegeben hatte. Ich fühlte mich miserabel, weil junge Frauen sterben würden. Aber ich konnte nichts tun. Ich mußte mich um mein eigenes Leben kümmern – oder nicht?

3

Ich bat Naylor, mich an der Ecke aussteigen zu lassen, weil ich vorhatte, die letzten Schritte nach Hause zu Fuß zu gehen. Aber statt dessen stand ich da und sah mich um. Die Nacht brach ein, und ich bildete mir ein, die Leute suchten rasch Schutz vor einem Gewitter, das bald um sie herum losbrechen würde. Nicht alle hatten es eilig.

Rafael Gordon hatte vor dem Avalon, einer winzigen Bar am Ende meines Blocks, gerade ein Hütchenspiel laufen. Zeppo, der Spastiker, halb Italiener, halb Schwarzer, stand an der Ecke Schmiere. Zeppo, der immer Zuckungen hatte, konnte keinen Satz zu Ende bringen, aber lauter pfeifen, als die meisten Trompeter blasen konnten.

Ich winkte Zeppo zu, und er wackelte in meine Richtung, zog eine Grimasse und zwinkerte. Ich versuchte, Rafaels Blick einzufangen, aber er konzentrierte sich auf die beiden Schwachköpfe, die er angelockt hatte. Rafael war klein, in der Hautfarbe mehr grau als braun. Die meisten Vorderzähne fehlten ihm, und das linke Auge lag tot in seiner Höhle. Schwachköpfe sahen Rafael an und wußten, den könnten sie übertölpeln. Und vielleicht glaubten sie, sie müßten nicht einmal bezahlen, wenn sie verloren; Rafael sah so aus, als ob er nicht einmal einem Pudel etwas zuleide tun könnte.

Aber Rafael Gordon trug ein schwarzes Fischmesser mit Korkheft im Ärmel, und er hatte immer eine meterlange Kette aus gehärtetem Stahl in der Tasche.

»Zeigt mir, wo die rote Kugel landet«, sang er. »Zeigt mir die rote Kugel und zwei Dollar. Verdoppelt euer Geld und macht heut nacht einen drauf.« Er bewegte die getürkten Nußschalen hin und her, hob sie mehrmals hoch, um zu zeigen, wo etwas war und wo nichts.

Ein Hüne, den ich vorher noch nie gesehen hatte, zeigte auf eine Schale. Ich wandte mich ab und ging auf mein Zuhause zu.

Ich dachte an das tote Partygirl; daran, daß sie ohne Grund umgebracht worden war, ausgenommen vielleicht wegen ihres Aussehens oder weil sie jemandem ähnlich sah. Ich erschauerte bei der Erinnerung daran, wie natürlich sie gewirkt hatte. Wenn eine Frau vergißt, daß sie hübsch sein und sich zur Schau stellen soll, sieht sie wie diese Ermordete aus; einfach jemand, der müde ist und Ruhe braucht.

Das brachte mich auf Regina und ihr Aussehen. Natürlich ließ sich das nicht vergleichen. Regina war eine Königin. Sie trug niemals billige Fähnchen oder knalligen Modeschmuck. Wenn sie tanzte, bewegte sie sich nicht so ruckartig wie die meisten jungen Frauen. Regina tanzte leicht und anmutig wie ein Fisch im Wasser oder ein Vogel in der Luft.

Die Erinnerung an die tote Frau ließ mich nicht los. Ich ging zum Gartentor und sah nach, ob Regina und Edna wohlbehalten im Wohnzimmer waren. Ich konnte sie durch das Fenster sehen, dann stieg ich in mein Auto und fuhr zu Hooper Street. Damals befand sich Mofass' Immobilienbüro in der Hooper Street. Es lag im ersten Stock eines zweistöckigen Gebäudes. Das Gebäude gehörte mir, obwohl niemand außer Mofass das wußte. Das Erdgeschoß war an einen Buchladen vermietet, der auf Erbauungsliteratur für Schwarze spezialisiert war. Die Mieter waren Chester und Edwina Remy. Wie alle Mieter in meinen sieben Häusern zahlten die Remys die Miete an Mofass. Danach gab er mir das Geld.

Ich wußte, daß Mofass da sein würde, weil er an sieben Abenden in der Woche Überstunden machte. Außer arbeiten und Zigarren rauchen tat er nichts.

Die Treppe, die zu Mofass' Tür führte, war außen. Sie ächzte und sackte durch, als ich hinaufging. Schon ehe ich die Tür erreichte, hörte ich Mofass husten.

Als ich hereinkam, kauerte er in gebückter Haltung über dem Ahornschreibtisch. Er gab Geräusche von sich wie ein Motor, der nicht anspringen will.

»Ich hab Ihnen doch gesagt, Se solln mit dem Rauchen aufhörn, Mofass. Die Zigarre da könnt Se umbringen.«

Mofass hob den Kopf. Wegen der Hängebacken ähnelte er einer Bulldogge. Durch die klägliche Haltung sah er noch hündischer aus. Tränen von der vielen Husterei liefen ihm aus den wäßrigen Augen. Er hielt sich die Zigarre vor das Gesicht und starrte sie entsetzt an. Dann zerquetschte er den schwarzen Stumpen in einem Glasascher und hievte sich im Drehstuhl hoch.

Er unterdrückte ein Husten und ballte die Fäuste.

»Wie geht's denn so?« fragte ich.

»Bestens«, flüsterte er, dann erstickte er fast an einem Hustenanfall.

Ich setzte mich in seinen Besucherstuhl und wartete darauf, daß er Geschäftliches zur Sprache brachte. Wir kannten uns schon viele Jahre. Vielleicht hatte ich deshalb zweierlei Ansichten über Mofass' Krankheit. Einerseits tat es mir immer leid, wenn ich einen Menschen sah, dem es miserabel ging. Aber andererseits war Mofass ein Feigling, der mich einmal verraten hatte. Ich hatte ihn nur aus einem Grund nicht umgebracht: Ich hatte mich nicht als besserer Mensch erwiesen.

»Wie läuft's?« fragte ich.

»Tut sich nix bis auf die Miete.«

Darüber lächelten wir beide.

»Is wohl okay«, sagte ich.

Mofass hob die Hand, damit ich schwieg, und nahm einen Porzellantiegel aus dem Schreibtisch. Er schraubte ihn auf, hielt ihn sich an Nase und Mund und atmete tief ein. Der Geruch nach Kampfer und Menthol stach mir in die Nase.

»Ham Se das mit der neuesten Leiche schon gehört?« fragte Mofass, dessen Stimme aus dem Grab wiederauferstanden war.

»Nein.«

»Die haben se in der Hundertzehnten gefunden. Nich weit von Ihnen. Hat geheißen, da sind fast zwanzig Cops gewesen.«

»Ja?«

»Amüsiermiezen. Nicht mehr ganz so amüsant«, sagte er. »So ein Irrer, macht junge Dinger alle. Eine Schande.«

Mofass zog eine Zigarre aus der Westentasche. Er wollte die Spitze abbeißen, als er meinen Blick sah. Er steckte den Sargnagel zurück und sagte: »Kann brenzlig für uns werden.«

»Wieso brenzlig?«

»Jede Menge von den Miezen sind Mieter von Ihnen, Mann. Leben allein oder sind sitzengelassen worden. Haben ein Baby und einen Job, und Freitag abend ziehn se mit Freundinnen los und wolln nen Mann aufgabeln.«

»Na und? Glauben Se, der Kerl, der das macht, rottet unsere ganzen Mieter aus?«

»Nee, nee. Ganz so blöd bin ich nich. Hab zwar nix mit dem College am Hut gehabt wie Sie, aber ich seh so gut wie jeder andere, was ich vor der Nase hab.«

»Und was is das?«

»Georgette Wykers und Marie Purdue ham mir erzählt, sie ziehen zusammen – wegen de Sicherheit. Sie ham gesagt, dann können se besser auf ihre Kinder aufpassen, un sicherer isses auch. Türlich wolln se bloß die halbe Miete zahlen.«

»Und? Was soll ich da machen?«

Mofass lächelte. Grinste. Ich konnte noch den letzten, goldüberkronten Backenzahn sehen. Wenn Mofass sich diese Art von Vergnügen anmerken ließ, hieß das, er sei im Zusammenhang mit Geld erfolgreich gewesen.

»Sie brauchen nix machen, Mr. Rawlins. Ich hab denen gesagt, das ist gegen de Vorschriften. Dann hab ich Georgette gesagt, wenn se zu Marie zieht, kann Marie se rausschmeißen, weil Georgettes Name nich im Vertrag steht.«

Falls Mofass an seinem Todestag Geld verdiente, würde er als glücklicher Mann sterben.

»Machen Se sich wegen so was keinen Kopf, Mann«, sagte ich. »Lassen Se die Frauen doch machen, was se wolln. Sie wissen doch, jeden Tag kommen tausend Leute hierher. Wenn einer auszieht, zieht einfach ein anderer ein.«

Mofass schüttelte traurig und langsam den Kopf. Er konnte nicht tief Luft holen, aber ich tat ihm leid. Wie konnte ich so blöd sein, wegen einem Dollar und ein bißchen Kleingeld nicht die ganze Welt bluten zu lassen?

»Ham Se mir noch was zu sagen, Mofass?«

»Diese Weißen da ham heute wieder angerufen.«

Ein Vertreter einer Firma namens DeCampo Associates hatte Mofass wegen eines Stück Lands in Compton angerufen, das mir gehörte. Sie hatten schon zweimal angeboten, es zu kaufen; beim letztenmal für über das Doppelte dessen, was es wert war.

»Davon will ich nix hören. Wenn die das Land wollen, muß es mehr wert sein, als sie zahlen wollen.«

Ich ging zum Fenster hinüber, weil ich mich nicht wieder darüber streiten wollte. Mofass meinte, ich solle das Land verkaufen, weil es ein schneller Profit war. Im Tagesgeschäft war Mofass tüchtig, aber er wußte nicht, wie man für die Zukunft plant. »Die ham jetzt ein neues Angebot«, sagte er. »Wolln Se nein sagen zu hunderttausend Dollar?«

Vom Fenster aus sah ich einen kleinen Jungen, der einen blauen Handkarren an einer Straßenlampe vorbeizog. Er hatte große Sodaflaschen im Wagen. Sechs bis sieben. Im besten Fall waren das vierzehn Cents, was knapp für drei Schokoriegel reichte. Der Junge war braun, barfuß, in kurzen Hosen und einem gestreiften T-Shirt. Er war tief in Gedanken, während er den Karren zog. Vielleicht dachte er an seine Rechtschreibstunde von letzter Woche. Vielleicht überlegte er, wie man Känguruh schrieb. Aber ich hatte den Verdacht, daß der Junge sich fragte, wie er an den einen Cent rankam, den er für einen dritten Schokoriegel brauchte.

»Hunderttausend?«

»Die wolln sich mit Ihnen treffen«, krächzte Mofass.

Ich hörte, wie er ein Streichholz anzündete, und drehte mich in dem Augenblick um, in dem er den ersten Zug nahm.

»Was wolln die von uns, William?« Mofass' richtiger Name war William Wharton.

Mofass ging zu einem verschwörerischen Ton über und sagte: »Das County will Willoughby Place zu einer Hauptstraße ausbaun, vierspurig.«

Mir gehörten auf einer Seite von Willoughby Place dreieinhalb Hektar. Sie waren Teil einer Abmachung gewesen, falls ich das verschwundene Eigentum eines alten japanischen Gärtners wiederfinden würde.

»Na und?« fragte ich.

»Die Männer da wolln Ihnen das Geld fürn Ausbau leihen. Hunderttausend Dollar, dann sind Se denen Ihr Partner.«

»Können's nicht erwarten, mir das Geld zu geben, was?«

»Se brauchen mir bloß das Okay geben, Mr. Rawlins, dann sag ich denen, der Vorstand hat zugestimmt.«

Wenn jemand mit mir Geschäfte machen wollte, lief das über Mofass. Er vertrat die Firma, die ich für Geschäfte gegründet hatte. Der Vorstand war ein Einmannkomitee.

Ich mußte lachen. Hier war ich, der Sohn eines Holzfällers. Ein Schwarzer, ein Waisenkind und außerdem aus dem Süden. Es war völlig ausgeschlossen, daß ich jemals fünftausend Dollar zu Gesicht bekam, aber hier war ich und wurde von weißen Grundstücksmaklern umworben.

»Machen Se nen Termin mit denen«, sagte ich. »Ich will mir die Männer mal anschaun. Aber machen Se sich keine gierigen Hoffnungen, Willy, vermutlich kommt nix dabei heraus.«

Mofass grinste, atmete Rauch durch die Zähne ein.

4

Es war ein warmer Abend. Ich parkte am Ende meines Blocks. Zeppo und Rafael waren fort. Der Pappkarton, den Rafael als Tisch benutzt hatte, lag zusammengefaltet auf dem Trottoir. Den Rinnstein zierte ein Klumpen Blut an einem ausgeschlagenen Zahn. Jemand hatte in Rafael Johnsons Schule der Taschenspielerei eine bittere Lektion gelernt.

Das getrocknete Blut brachte mich wieder auf das tote Partygirl.

Nach allem, was geschehen war, wollte ich immer noch dringend allein sein. Deshalb beschloß ich, einen Schluck zu trinken, ehe ich zu meiner Frau zurückging.

Innen war das Avalon etwa so groß wie ein Schaufenster. Ein Tresen und sechs Hocker – das war alles. Rita Coe servierte Flaschenbier und Drinks mit Wasser oder Eis.

Es war nur ein Gast da, ein Hüne, der sich, mit dem Gesicht zur Wand, am Ende des Tresens über ein Münztelephon beugte.

»Was haste denn hier verlorn, Easy Rawlins?« Rita war kräftig und klein mit Knopfaugen und dünnen Lippen.

»Ich hab an Whiskey gedacht.«

»Hab gedacht, du trinkst nix in ner Bar so nah bei dir zu Haus?«

»Heut tu ich's mal.«

»Warum nicht?« fragte der Hüne am Telephon. »Ich bin soweit.«

Rita goß meinen Scotch in einen Tumbler.

»Wie geht's Regina und der Kleinen?« fragte Rita.

»Gut, beiden gut.«

Sie nickte und schaute auf meine Hände hinunter. »Haste von den Frauen gehört, wo umgebracht worden sind?«

»Scheint's hört man nix anderes.«

»Weißte, ich hab Angst, zu meinem Auto rauszugehen, wenn ich nachts abschließ.«

»Schließt du alleine ab?« fragte ich sie. Aber ehe sie antworten konnte, knallte der Hüne den Hörer so heftig auf die Gabel, daß das Telephon sich mit einem kurzen Klingeln beschwerte.

Dupree Bouchard stand auf und wandte sich uns zu mit seinen ganzen einsfünfundneunzig. Er sah mich und schaute sich um, als suchte er nach einer Hintertür. Aber die einzige Tür war die, durch die ich gekommen war.

Dupree und ich waren Freunde gewesen, als wir jünger waren. In einer Nacht trank er zuviel und sackte weg – und mir und seiner Freundin Coretta blieb nichts, an dem wir uns festhalten konnten, als aneinander. Vielleicht hörte er unsere gedämpften Schreie durch seinen Alkoholrausch hindurch. Oder vielleicht gab er mir die Schuld an ihrer Ermordung am nächsten Tag.

»Hey, Dupree. Wie geht's denn so bei Champion?«

Vor zehn Jahren hatten wir beide bei Champion Aircraft gearbeitet. Dupree war ein hervorragender Maschinenschlosser.

»Die taugen nix, Easy. Wenn de dich umdrehst, ham se jedesmal ne neue Vorschrift, mit der se dich fertigmachen. Und wenn de'n Nigger bist, ham se zwei Vorschriften.«

»Stimmt«, sagte ich. »Das stimmt. Überall das gleiche.«

»Zu Haus im Süden isses besser. Da sticht dich wenigstens kein schwarzer Bruder in den Rücken.« Er sah mir in die Augen, als er das sagte. Dupree konnte nie beweisen, daß ich mit Coretta etwas angestellt oder ihr etwas angetan hatte. Er wußte nur, daß ich in einer Nacht bei ihnen gewesen und daß sie dann für immer von ihm gegangen war.

»Weiß nich, Dupree«, sagte ich. »Soviel Lyncherei hat's hier in L. A. County auch wieder nich gegeben.«

»Willste was trinken, Dupree?« fragte Rita.

Der Hüne setzte sich, zwei Hocker von mir entfernt, und nickte ihr zu.

»Wie geht's deiner Frau?« fragte ich, damit er über etwas Erfreulicheres redete.

»Die is okay. Ich hab jetzt Arbeit im Temple Hospital.«

»Wirklich? Meine Frau arbeitet dort. Regina.«

»Wie sieht se aus?«

»Dunkler Teint. Hübsch und ziemlich schlank. Arbeitet auf der Entbindungsstation.«

»Wann?«

»Meistens von acht bis fünf.«

»Dann hab ich se vermutlich noch nie nich gesehn. Bin erst zwei Monate dort und hab Nachtschicht. Muß im Keller die Wäsche machen.«

»Gefällt dir das?«

»Ja«, sagte er bitter. »Bin begeistert.«

Dupree nahm den Drink, den Rita brachte, und stürzte ihn mit einem Schluck hinunter. Er klatschte zwei Vierteldollar auf den Tresen und sagte: »Muß weg.«

Er ging an mir vorbei und zur Tür hinaus, schweigend und finster. Ich erinnerte mich daran, wie laut er in der letzten Nacht mit Coretta und mir gelacht hatte. Damals war sein Lachen wie Donner gewesen.

Ich wünschte mir, ich könnte rückgängig machen, was meinem Freund widerfahren war, meinen Anteil an seiner lebenslänglichen Verzweiflung. Ich wünschte es mir, aber was sind schon Wünsche.

»Andre Lavender«, sagte ich zu Rita.

»Was haste gesagt?«

»Andre. Kennste ihn?«

»Mhm.«

»Gib mir n Stück Papier.«

Ich schrieb Andres Namen und Telephonnummer auf und sagte: »Ruf ihn an und sag, ich will, daß er herkommt und dich nachts zum Auto bringt.«

»Der arbeitet für dich?«

»Hab ihm mal nen Gefallen getan. Jetzt kann er dir helfen.«

»Muß ich ihm was zahlen?«

»Schluck Whiskey reicht.«

Ich schob mein Glas zu ihr rüber, und sie schenkte noch mal ein.

Jesus schlug im Verandalicht auf dem Rasen Rad. Die kleine Edna hielt sich an den Gitterstäben des Kinderbetts aufrecht. Sie lachte und quietschte über ihren stummen Bruder. Ich trat durch das Tor und hob einen Football auf, der in den Dahlienbüschen am Zaun lag. Ich pfiff, dann warf ich den Ball, als sich Jesus nach mir umdrehte. Er fing den Football, hielt ihn in einer Hand und winkte mit der anderen Edna zu, als sollte sie herkommen. Sie rüttelte an dem Gitter, hüpfte auf den Fußballen und schrie, so laut sie konnte: »Bumm!«

Jesus trat den Ball so heftig, daß er gegen den Drahtzaun prallte. Für Großstadtkinder war das Klingeln von Stahl eine Art Musik.

»Was is denn hier draußen los?« Regina wurde einen Augenblick lang vom grauen Dunst der Fliegentür eingerahmt. Sie kam auf die Veranda und stellte sich vor unsere Kleine, als wollte sie sie beschützen. Edna heulte auf. Sie konnte wegen des Rocks ihrer Mutter weder Jesus noch den Garten sehen.

»Ach, komm schon, Schatz. Sie is okay«, sagte ich, als ich die drei Stufen zur Veranda hinaufging.

»Er könnt da draußen danebentreffen und ihr den Kopf abreißen!«

Edna ließ sich heftig auf den gewindelten Hintern fallen. Jesus kletterte auf den Avocadobaum.

»Du mußt dich mehr kümmern, Easy«, sagte die Frau, mit der ich seit zwei Jahren verheiratet war.

»Ißy«, echote Edna.

Mir fiel die Antwort schwer, denn wenn ich Regina anschaute, fiel mir das Denken immer schwer. Ihre Haut hatte die Farbe von gewachstem Ebenholz, und ihre großen, mandelförmigen Augen lagen einen Zentimeter zu weit auseinander. Sie war groß und schlank, aber bei all ihrer Schönheit war da noch etwas, was mir zusetzte. Ich konnte in ihrem Gesicht keine Unvollkommenheit sehen. Keinen Makel, keine Falte. Nie ein Pickel, ein Leberfleck oder ein Härchen am Kinn. Hin und wieder machte sie die Augen zu, aber sie blinzelte niemals wie normale Menschen. Regina war in jeder Hinsicht vollkommen. Sie wußte, wie sie gehen, wie sie sich setzen mußte. Aber sie ließ sich nie durch eine lüsterne Bemerkung aus der Fassung bringen oder durch Armut schockieren.

Jedesmal, wenn ich Regina Riles ansah, verliebte ich mich in sie. Ich verliebte mich in sie, bevor wir auch nur ein Wort gewechselt hatten.

»Ich hab gedacht, es wär okay, Schatz.« Ich streckte unbewußt die Hände nach ihr aus, und sie wich aus, eine anmutige Tänzerin.

»Hör mal, Easy. Jesus weiß nich, was für Edna richtig is. Du mußt für ihn denken.«

»Er weiß mehr, als du glaubst, Baby. Er ist mehr mit kleinen Kindern zusammengewesen als die meisten Frauen. Und er versteht, auch wenn er nich spricht.«

Regina schüttelte den Kopf. »Er hat Probleme, Easy. Wenn du sagst, er is okay, so isses noch lange nich wahr.«

Jesus stieg vom Baum herunter und ging zur Seite des Hauses, in sein Zimmer.

»Ich weiß nich, was du meinst, Schatz«, sagte ich. »Jeder hat Probleme. Wie einer seine Probleme anpackt, das zeigt, was für ein Mann er wird.«

»Er is kein Mann. Jesus is bloß ein kleiner Junge. Ich weiß nich, was er Schlimmes erlebt hat, aber ich weiß, daß es zuviel für ihn gewesen is, deshalb kann er nich sprechen.«

Ich ließ es dabei bewenden. Ich hatte es nie über mich gebracht, ihr die wahre Geschichte zu erzählen. Wie ich den Jungen aus dem Haus einer verschwundenen Frau gerettet hatte, nachdem er von einem bösen Mann gekauft und mißbraucht worden war. Wie hätte ich erklären können, daß der Mann, der Jesus mißhandelt hatte, ermordet worden war, daß ich wußte, wer es getan hatte, es aber für mich behalten hatte?

Regina nahm Edna in ihre Arme. Die Kleine schrie. Ich hätte sie am liebsten beide gepackt und so heftig umarmt, bis ich die ganze Aufregung aus ihnen gedrückt hätte.

Manchmal war es schmerzlich für mich, mit Regina zu reden. Sie war sich so sicher, was richtig war und was nicht. Sie konnte mein Inneres völlig durcheinanderbringen. So sehr, daß ich manchmal nicht wußte, ob ich Wut oder Liebe empfand.

Ich wartete einen Augenblick lang draußen, als sie hineingegangen war, betrachtete mein Haus. Es gab so viele Geheimnisse, die ich mit mir herumtrug, so viele kaputte Leben, an denen ich Anteil gehabt hatte. Regina und Edna gehörten nicht dazu, und ich schwor mir, daß sie nie dazugehören würden.

Schließlich ging ich hinein, fühlte mich wie ein Schatten, der ins Helle tritt.

5

»Du hast getrunken«, sagte Regina, als ich hereinkam. Ich glaubte nicht, daß sie es riechen konnte, und soviel hatte ich nicht, daß ich nicht gerade gehen konnte. Regina kannte mich eben. Das gefiel mir, es machte mein Herz ganz wild.

Edna und Regina saßen beide auf der Couch. Als die Kleine mich sah, sagte sie: »Ißy«, machte sich von ihrer Mutter los und krabbelte in meine Richtung. Regina packte sie, ehe sie auf den Boden fiel.

Edna brüllte, als hätte sie einen Klaps bekommen.

»Warst du auf dem Polizeirevier?«

»Quinten Naylor wollte mit mir reden.« Ich hatte immer ein schlechtes Gefühl, wenn die Kleine schrie. Ich hatte das Gefühl, es müsse etwas unternommen werden, ehe wir weitersprachen. Aber Regina hielt sie einfach fest und redete mit mir, als gäbe es kein Gebrüll.

»Und warum kommste dann besoffen nach Hause?«

»Mach halblang, Baby«, sagte ich. Alles kam mir langsam vor. Ich hatte das Gefühl, ich hätte reichlich Zeit, es ihr zu erklären, die Ruhe wieder herzustellen. Wenn nur Edna mit dem Geschrei aufhören würde, wäre alles okay. »Ich hab im Avalon bloß was getrunken.«

»Muß ein langer Zug gewesen sein.«

»Ja, ja. Ich hab was zu trinken gebraucht nach dem, was Officer Naylor mir gezeigt hat.«

Das verschaffte mir ihre Aufmerksamkeit, aber ihr Blick war immer noch hart und kalt.

»Er hat mich zu einem leeren Grundstück an der Hundertzehnten gebracht. Da war ne Tote. Kopfschuß. Derselbe Kerl, der auch die beiden anderen Frauen umgebracht hat.«

»Die wissen, wer's war?«

Ich mußte ein Lächeln unterdrücken. Ich hätte am liebsten getanzt, weil ich den zornigen Blick aus ihrem Gesicht vertrieben hatte.

»Nee«, sagte ich so nüchtern wie möglich.

»Woher wissen die dann, daß es derselbe Mann war?«

»Der is verrückt, deshalb. Er markiert sie mit ner brennenden Zigarre.«

»Vergewaltigung?« fragte sie mit leiser Stimme. Edna hörte auf zu schreien und sah mich mit dem forschenden Blick ihrer Mutter an.

»Auch«, sagte ich und bereute plötzlich, daß ich überhaupt etwas gesagt hatte. »Und andere Sachen.«

Ich nahm Edna auf und setzte mich neben meine Frau.

»Naylor wollte, daß ich ihm helfe. Hat geglaubt, ich hätt vielleicht irgendwas gehört.«

Als Regina die Hand auf mein Knie legte, hätte ich am liebsten gejubelt.

»Wieso hat er das geglaubt?«

»Weiß ich nich. Er weiß, daß ich früher mal ganz schön rumgekommen bin. Er hat einfach geglaubt, daß ich vielleicht was gehört hab. Ich hab ihm gesagt, daß ich ihm nich helfen kann, aber dann war mir nach was zu trinken.«

»Wer war die Tote?«

»Eine Frau namens Bonita Edwards.«

Ihre Hand ging zu meiner Schulter.

»Ich versteh immer noch nich, wieso ein Polizist herkommt und dich danach fragt. Ich meine, wenn er nich geglaubt hat, du hast was damit zu tun.«

Regina wollte immer wissen, warum. Warum wollten Leute Gefälligkeiten von mir? Warum hatte ich das Gefühl, ich müsse gewissen Leuten helfen, wenn sie Ärger hatten? Sie hatte nie erfahren, wie ich ihren Cousin aus dem Gefängnis herausbekommen hatte.

»Na, du weißt schon«, sagte ich. »Vermutlich hat er geglaubt, ich bin immer noch viel auf der Straße unterwegs. Aber ich hab ihm gesagt, daß ich jetzt die ganze Zeit für Mofass arbeiten tu und nich mehr viel rumkomm.«

Ehe ich Regina kennenlernte, hatte ich ein Leben im Versteck geführt. Niemand wußte über mich Bescheid. Die Leute wußten nichts über meinen Besitz. Sie wußten nichts über meine Beziehung zur Polizei. In meinen Geheimnissen fühlte ich mich sicher. Ich sagte mir immer wieder, daß Regina meine Frau war, meine Partnerin im Leben. Ich hatte vor, ihr zu erzählen, was ich im Lauf der Jahre getan hatte. Ich hatte vor, ihr zu sagen, daß Mofass in Wahrheit für mich arbeitete und daß ich auf Bankkonten überall in der Stadt eine Menge Geld hatte. Aber ich mußte es langsam angehen, wenn die Zeit für mich günstig wäre.

Mein Lebensstil verriet nichts von dem Geld. Deshalb hatte sie keinen Grund zum Mißtrauen. Ich hatte die Absicht, ihr eines Tages alles zu erzählen. Eines Tages, wenn ich das Gefühl hatte, sie könne es akzeptieren, mich akzeptieren als denjenigen, der ich war.

»Er weiß, daß ich rumkomm in der Nachbarschaft, das is alles, Schatz. Die haben die Frauen bloß zwölf Blocks von hier gefunden.«

»Hättste denen helfen können?«

Edna steckte die Hand in meine Hemdtasche und sabberte auf meine Brust.

»Mhm. Ich hab nix gewußt. Ich hab ihm aber gesagt, ich frag mal rum. Du weißt, es is ne häßliche Geschichte.«

Regina musterte mich wie ein Pfandleiher, der nach einem Makel an einem Diamantring sucht. Ich schaukelte Edna in den Armen, bis sie anfing zu lachen. Dann lächelte ich Regina an. Sie schüttelte nur leicht den Kopf und musterte mich weiter. Edna fühlte sich an, als wöge sie einen Zentner, und ich legte sie in meinen Schoß. Ich lehnte mich zurück.

Regina legte ihre kühle Hand an meine Wange. Ich konnte jeden Knöchel zählen. Ich dachte an die arme tote Frau und an die anderen.

Edna schlief ein. Regina brachte sie in ihr Bettchen. Und ich folgte ihr in unser Schlafzimmer. Ein Zimmer, das so klein war, daß es fast nur aus dem Bett bestand.

Sie zog sich aus und wollte dann ihr Nachtzeug anziehen. Aber ich umarmte sie, ehe sie an ihr Nachthemd kam. Meine Hose hing mir um die Knöchel. Wir fielen auf das Bett, Regina über mir. Sie versuchte schwach, sich zu lösen, aber ich hielt sie fest und streichelte sie so, wie sie es mochte. Sie gab meinen Liebkosungen nach, wollte mich aber nicht küssen. Ich rollte mich auf sie und hielt ihren Kopf zwischen meinen Händen. Sie ließ mein Bein zwischen ihre Beine schlüpfen, aber als ich meine Lippen auf die ihren legte, öffnete sie weder den Mund noch die Augen. Meine Zunge stieß gegen ihre Zähne, aber weiter kam ich nicht.

Regina ließ zu, daß ich sie in den Armen hielt. Sie vergrub ihr Gesicht an meinem Hals, während ich mich aus den Shorts und dem Hemd schälte. Aber als ich in sie eindringen wollte, wandte sie sich von mir ab. Das alles war neu. Regina war nicht so wild auf Sex wie ich, aber meistens kam sie meiner Leidenschaftlichkeit recht nahe. Jetzt war es, als wollte sie mich, aber selbst nichts dazu beitragen.

Das erregte mich noch mehr, und obwohl mir vom Alkohol in meinem Blut schwindlig war, schob ich mich hinter sie und drang in sie ein, wie es Hunde tun.

»Hör auf, Easy!« rief sie, aber ich wußte, sie meinte: »Mach weiter, mach's!«

Sie wand sich, und ich klammerte meine Beine um die ihren. Ich bäumte mich an ihr auf, und sie packte den Nachttisch mit solcher Wucht, daß er umkippte. Die Lampe wurde aus dem Stecker gerissen, und das Zimmer wurde dunkel.

»O Gott, nein!« rief sie, und sie kam, schrie, bäumte sich auf und stieß mich hart mit den Ellbogen.

Als ich meinen Griff lockerte, stieß sie sich von mir ab und stand auf. Ich erinnere mich daran, wie das Licht anging und sie im grellen elektrischen Schein dastand. Sie hatte Schweiß im Gesicht, ihr Schamhaar glitzerte. Sie sah mich mit einer Gefühlsregung an, die ich nicht deuten konnte.

»Ich liebe dich«, sagte ich.

Ich fiel in Schlaf, ehe ihre Antwort kam.

In meinem Traum war es Nachmittag. Ein goldener, sonniger Tag, wie es ihn nur in Südkalifornien gibt. Bonita Edwards saß unter dem Baum, die Beine ausgestreckt, die Hände, mit den Handflächen nach oben, neben ihren Schenkeln liegend. Vögel waren da, Spatzen und Häher, die im Gras um sie herum nach Futter pickten. Eine kleine Brise sorgte für eine ganz leichte Kühle in der Luft.

»Wer hat das getan?« fragte ich die Tote.

Sie wandte sich mir zu. Durch das Einschußloch in ihrem Kopf konnte man den Himmel sehen.

»Was?« fragte sie mit einer schüchternen leisen Stimme.

»Wer hat Ihnen das angetan?«

Dann fing sie zu weinen an. Es war seltsam, weil es nicht das Geräusch war, das eine Frau beim Weinen macht. Regina stützte sich mit beiden Händen gegen den Baum. Ihr Rock war über die Hinterbacken gezogen, und ein großer, nackter Mann nahm sie von hinten. Sie warf ihren Kopf hin und her, und sie hatte einen starken Orgasmus, aber sie stieß dabei dieselben seltsamen Weingeräusche aus wie Bonita Edwards.

Ich haßte sie alle. Ich konnte den Haß im Körper spüren wie einen tiefen Atemzug. Ich packte Bonita am Kragen ihres rosa Partykleides und zog sie hoch. Sie hing nach unten, schwer wie die Leiche, die sie war, immer noch weinend.

Auf diese seltsame Weise weinend. Vielleicht wie ein Kätzchen. Oder ein Rohr in der Wand mit einem zischenden Leck. Wie ein Baby.

Ich machte die Augen auf, fröstelte, weil ich die Decke weggestrampelt hatte. Edna weinte in kleinen Schüben. Ich stand auf und stolperte zur Tür. An der Tür schaute ich mich um und sah, daß Regina die Augen offen hatte. Sie schaute zur Decke.

Sie machte mir angst. Aber ich tat die Furcht als Teil meines Traums ab.

Bald ist alles vorbei, dachte ich. Sie werden den Killer fassen, und meine Alpträume werden verschwinden.

6

Ich ging in die Küche und stellte Ednas Babynahrung auf den Herd. Dann nahm ich eine Windel aus der Packung, die Jesus alle paar Tage vom LuEllen-Stone-Supermarkt mitbrachte.

Edna weinte in der Wohnzimmerecke, in die wir ihr Bettchen gestellt hatten. Ich schaltete die kleine Lampe ein und beugte mich über sie. Das brachte das Weinen einen Augenblick lang zum Verstummen. Dann bückte ich mich und küßte sie auf die Wange. Das brachte mir ein Lächeln und ein Krähen ein. Ich trug sie in die Küche, wo ich sie auf ein auf dem Küchentisch ausgebreitetes Laken legte. Ich füllte eine rote Gummiwanne mit lauwarmem Wasser und öffnete die Sicherheitsnadeln ihrer Windeln. Sie weinte wieder, aber nicht zornig. Sie wollte mir nur zeigen, daß sie sich nicht wohl fühlte. Ich hätte mich ihr anschließen können.

Ich wusch sie mit einem weichen Wildlederlappen, alberte mit ihr herum und küßte sie hin und wieder. Als sie sauber war, waren alle Tränen verschwunden. Das Fläschchen war fertig, und ich zog sie rasch wieder an. Ich nahm sie hoch und gab ihr das Fläschchen. Sie saugte, krähte und fuchtelte nach meiner Nase.

Ich wandte mich der Tür zu und sah, daß Regina dort stand und uns zuschaute.

»Du liebst sie wirklich, stimmt's, Baby?« fragte sie.

Diesen Kosenamen von ihr zu hören, war mir lieber, als mit jeder anderen Frau auf der Welt zu schlafen. Es war, als hätte sie eine Tür aufgemacht, und ich war bereit, hineinzulaufen.

Ich lächelte sie an, und in diesem Moment sah ich, daß sich etwas in ihrem Blick veränderte. Es war, als wäre ein Licht darin erloschen, als wäre die Tür geschlossen worden, ehe ich hindurchgehen konnte.

»Baby«, sagte ich.

Edna drehte sich in meinem Arm, so daß sie ihre Mutter sehen konnte. Sie streckte eine Hand nach ihr aus, und Regina nahm sie mir ab.

»Ich brauch Geld«, sagte Regina.

»Wieviel?«

»Sechshundert Dollar.«

»Läßt sich machen.« Ich nickte und setzte mich.

»Wie?«

Ich sah zu ihr auf, verstand die Frage nicht ganz.

»Ich hab dich gefragt, wie, Easy.«

»Du hast gefragt, ob ich dir sechshundert Dollar geben kann.«

Als sie den Kopf schüttelte, flog ihr geglättetes Haar von einer Seite zur anderen und kam dann an der linken Kopfseite zum Stillstand.

»Mhm, Easy. Ich hab gesagt, ich brauch das Geld. Ich hab

dich nix gefragt. Vielleicht willste wissen, warum ich's brauch. Vielleicht willste wissen, wieviel ich schon hab.«

Vor dem kleinen Hinterfenster über der Spüle verwandelte sich der Himmel von der Nacht in eine helle, weißliche Farbe. Es war ein Gefühl, als ob die Welt größer würde, und ich wäre am liebsten nach draußen gelaufen.

»Okay. Schon gut. Wozu brauchst du's?«

»Ich brauch Kleider für mich und die Kleine, ich muß Rechnungen für mein Auto zahlen, und meine Tante in Colette is krank und braucht Geld fürs Krankenhaus.«

»Was hat se denn?«

»Steine. Hat der Doktor gesagt.«

»Und wieviel haste schon?« Ich hatte fast das Gefühl, hier der Chef zu sein.

»Mhm, Easy. Ich will wissen, wo de sechshundert Dollar herkriegen willst«, sie schnippte mit den Fingern, »einfach so.«

»Ich frag dich nich nach dem Geld in deiner Tasche, Baby. Das is dein Geld«, sagte ich. »Hat mit mir nix zu tun.«

»Du brauchst mich nix fragen, Easy Rawlins. Weißt ja, daß ich im Temple arbeiten tu. Geh jeden Morgen um acht hin und komm jeden Tag um halb sechs nach Haus. Du weißt, woher ich mein Geld hab.«

»Und du weißt, daß ich für Mofass arbeiten tu«, wandte ich ein. »Vielleicht nich zu so festen Zeiten wie du, aber arbeiten tu ich trotzdem.«

Sie schnippte wieder mit den Fingern. Es machte sie wütend, daß ich dazu fähig war, ihr eine solche Lüge zu erzählen. »So ne Menge Geld treibt doch keiner nich auf, wo putzen geht. Hältste mich für blöd?«

Wir hatten beide schwere Zeiten durchgemacht.

Regina war die älteste von vierzehn Kindern einer Familie aus Arkansas. Die Mutter starb bei der Geburt des letzten Kindes. Ihr Vater verkam zu einem hilflosen Säufer. Regina zog die Kinder auf. Sie arbeitete, betrieb Landwirtschaft und lächelte für die weißen Landbesitzer. Ich wußte nicht einmal die Hälfte darüber, aber ich wußte, daß ihr Leben hart gewesen war.

Sie hatte mir einmal erzählt, sie habe, um diese hungrigen Mäuler zu stopfen, Dinge getan, auf die sie nicht stolz sei.

»Ich bin kein Krimineller«, sagte ich. »Mehr mußte nich wissen. Ich kann dir das Geld besorgen, wenn du's brauchst. Willste es?«

Edna, die sich jetzt in die Arme ihrer Mutter schmiegte, lachte laut und warf das Fläschchen auf den Boden. Ihre Augen und ihr Lächeln waren fröhlich und übermütig.

Regina biß sich auf die Lippe. Bei manchen Frauen wäre das ein kleines Zugeständnis gewesen, aber bei ihr war es eine Kapitulation vor einem bitterbösen Feind.

»Sag mir, was ich wissen will, Easy.«

»Ich verberg doch nix vor dir, Baby. Du brauchst Geld, ich kann's besorgen. Weil ich dich liebe und für dich und Edna alles tu.«

»Warum willste mir dann nich sagen, was ich wissen will?«

Ich stand schnell auf, und Regina zuckte zusammen.

»Ich frag dich nich nach Arkansas, oder? Ich frag dich nich, was de hast tun müssen. Wenn du mir sagst, deine Tante braucht Geld, frag ich nich, warum, jedenfalls isses mir egal. Wenn du mich liebst, dann nimm mich einfach, wie ich bin. Ich hab dir noch nie weh getan, oder?«

Regina sah mich nur an.

»Hab ich?«

»Nein. Hast noch nie die Hand gegen mich erhoben. So nich.«

»Was soll das heißen?«

»Du schlägst mich nich. Wär aber auch egal, denn ich würd dich abknallen und wär wie der Blitz raus zur Tür, wenn du dich auch bloß einmal an mir oder meiner Tochter vergreifen tätst.« Der Trotz war wieder da. Das war besser als ihr Schmerz. »Du schlägst mich nich, aber du machst andere Sachen, genauso schlimme.«

»Zum Beispiel?«

Regina sah auf meine Hände. Ich blickte auch hinunter und sah geballte Fäuste.

»Heute nacht«, sagte sie. »Wie nennste das?«

»Nenn ich was?«

»Was du mit mir gemacht hast. Ich hab nix von dir gewollt. Aber du hast mich gezwungen. Du hast mich vergewaltigt.«

»Vergewaltigt?« Ich lachte. »Ein Mann kann doch seine eigene Frau nich vergewaltigen.«

Mein Lachen erstarb, als ich die zornigen Tränen in Reginas Augen sah. Edna starrte ihre Mutter mit großen Augen an, fragte sich, wer diese neue Mutter war.

»Und das is noch nich alles, Easy. Ich hab unsere Tochter nach ihrer Urgroßmutter Pontella nennen wolln. Aber wegen dir ham wir se Edna nennen müssen. Du hast gesagt, es is bloß, weil dir der Name gefällt, aber ich weiß, du hast se nach der Frau genannt, die mit deinem verrückten Freund verheiratet war.«

Sie meinte EttaMae.

Sie hatte recht.

»Ich will bloß wissen«, sagte ich, »ob du die sechshundert Dollar willst. Ich will se ja beschaffen, aber du mußt mich drum bitten.«

Regina hob ihr schönes schwarzes Gesicht und sah mich an. Nach einer Weile nickte sie; es war eine kleine, undankbare Geste.

Und ein leerer Sieg für mich. Ich wollte, daß sie glücklich war, weil ich ihr helfen konnte, wenn sie es brauchte. Aber was sie brauchte, war etwas, was ich ihr nicht geben konnte.

7

An den nächsten Abenden machte ich mich rar. Ich ging in verschiedene Bars, trank fast bis elf und kam dann nach Hause. Bis dahin waren alle im Bett. Ich konnte etwas leichter atmen, wenn mir niemand Fragen stellte.

Nie, in meinem ganzen Leben, war jemand in der Lage gewesen, etwas über mein Privatleben zu erfahren. Es war oft vorgekommen, daß ich lieber Zähne eingebüßt als bei einem Polizeiverhör geantwortet hatte. Und hier war ich mit Reginas Schweigen und ihrem Mißtrauen.

Nachts träumte ich von sinkenden Schiffen und abstürzenden Fahrstühlen.

Es wurde so schlimm, daß ich in der dritten Nacht überhaupt nicht schlafen konnte.

Ich hörte jedes Geräusch im Haus und den Frühverkehr auf der Central Avenue. Um halb sieben stand Regina auf. Einen Augenblick später schrie Edna von fern, dann lachte sie.

Um sieben kam der Babysitter, Reginas Cousine Gabby Lee. Sie gab laute Geräusche von sich, die Edna mochte und die mich immer weckten.

»Uuuu-ga-wa!« rief die kräftige Frau. »Uuugi, uugi, uugi wa, wa, wa!«

Edna quietschte wild vor Vergnügen.

Um Viertel nach sieben schlug die Haustür zu. Das war Regina, die zu ihrem kleinen Studebaker ging. Ich hörte, wie der blecherne Motor ansprang und das Auto stotterte, als sie abfuhr.

Gabby Lee war mit Edna im Bad. Aus einem unerfindlichen Grund meinte sie, Babywindeln müßten im Bad gewechselt werden. Vermutlich war das ihre Vorstellung von früher Sauberkeitserziehung.

Als sie herauskam, sagte ich: »Guten Morgen.«

Gabby Lee war eine massige Frau. Eigentlich nicht besonders dick, aber faßförmig und hellhäutiger als die meisten Weißen, die man je zu Gesicht bekommt. Sie hatte drahtiges, erdbeerrotes Haar und eindeutig negroide Gesichtszüge. Ihr Lächeln war anderen Frauen und kleinen Kindern vorbehalten.

»Biste heute hier?« fragte sie mich – den Mann, der ihren Lohn bezahlte.

»Es is mein Haus, oder?«

»Zuckerpüppchen« – das war einer ihrer Spitznamen für Regina – »will, daß ich heut mal saubermache. Wenn de hier bist, biste mir bloß im Weg.«

»Es is mein Haus, oder?«

Gabby Lee räusperte sich und knurrte.

Ich ging um sie herum, um im Bad mal eben auszutreten. Im Waschbecken dampfte eine schmutzige Windel.

Die Zeitung auf der Veranda war zusammengerollt, gehalten von einem dünnen blauen Gummiband. Ich holte sie und machte Kaffee in der alten Maschine, die ich 1945 drei Tage nach meiner Entlassung vom Militär gekauft hatte.

Jesus gab mir einen Gutenmorgenkuß. Er hatte seine Schultasche dabei und trug Tennisschuhe, Jeans und ein hellbraunes kurzärmeliges Hemd.

»Sei heut brav und lern fleißig«, sagte ich.

Er nickte heftig und grinste wie ein Kandidat für ein politisches Amt. Dann lief er zur Tür hinaus und rannte zur Straße.

Er war nie ein guter Schüler gewesen. Aber nach dem fünften Schuljahr hatten sie ihn in eine Sonderklasse gesteckt. Eine Klasse für Kinder mit Lernproblemen. Seine Klassenkameraden reichten von jugendlichen Delinquenten bis zu leicht Zurückgebliebenen. Aber seine Lehrerin, Keesha Jones, kümmerte sich besonders darum, daß Jesus las. Er saß fast immer bis spät in die Nacht mit einem Buch im Bett.

Ich goß mir eine Tasse Kaffee ein und setzte mich an den Frühstückstisch, in der Absicht, mir darüber klar zu werden, was ich wegen Regina tun sollte. Wer weiß, vielleicht wäre auch etwas dabei herausgekommen, wenn nicht die Schlagzeile des *Los Angeles Examiner* gewesen wäre.

FRAUENMORD
VIERTES OPFER
KILLER MACHT SOUTHLAND UNSICHER

Robin Garnett war zum letztenmal in der Nähe von einem Thrifty's Drugstore gesehen worden, nicht weit entfernt vom Avalon Boulevard. Sie sprach mit einem Mann, der einen Trenchcoat mit hochgeschlagenem Kragen und einen breitkrempigen Stetson trug. Der Artikel berichtete, wie sie später in einem kleinen Schuppen auf einem leerstehenden Grundstück vier Blocks davon entfernt aufgefunden worden war. Sie war zusammengeschlagen und möglicherweise vergewaltigt worden. Sie war völlig entstellt, aber der Artikel führte nicht aus, in welcher Weise. Außerdem erklärte sich im folgenden von selbst, warum dieser Mord eine Nachricht für die Titelseite war, während die vorigen drei Morde Kurzmeldungen gewesen waren – Robin Garnett war eine Weiße.

Ich konnte in Erfahrung bringen, daß Robin eine Studentin an der University von Los Angeles gewesen war, bei ihren Eltern wohnte und die High-School von L. A. besucht hatte. Was der Artikel verschwieg, war, was sie überhaupt in dieser Gegend zu suchen hatte.

Ich zündete eine Camel an und trank meinen Kaffee. Ich machte die Fensterläden auf, damit ich sie kommen sehen konnte.

Gegen neun trat Gabby Lee aus dem Schlafzimmer, mit Edna, die für den Park völlig eingemummelt war. Ich streckte die Arme aus, und Edna schrie vor Vergnügen. Sie langte nach mir, aber Gabby Lee hielt sie fest.

»Bring mir meine Kleine«, sagte ich schlicht.

Ich hielt Edna fest, sie meine Nase. Wir brabbelten miteinander und lachten und lachten.

»Wir müssen weg«, sagte Gabby Lee nach einer Weile.

»Ich hab gedacht, du sollst saubermachen?«

»Dazu muß ich allein sein«, fuhr sie mich an. »Und überhaupt, draußen ist ein schöner Tag, und Babys brauchen Sonne.«

Ich gab der verdrossenen Frau meine Tochter zurück. Als sie Edna in den Armen hielt, wurde Gabby fröhlicher. Die Kleine war so schön, daß sie eine Steinstatue zum Lächeln bringen konnte.

Als sie gingen, klingelte das Telephon. Es klingelte eine volle Minute lang, ehe der Anrufer auflegte. Danach nahm ich den Hörer von der Gabel.

Ich zog ein Exemplar von Platos Werken aus dem Regal und las im Sonnenlicht, das durch mein Wohnzimmerfenster hereinschien, den *Phaidon.* Meine Augen wurden feucht, als Sokrates auf der Steinbank starb. Ich fragte mich, wie es wäre, ein Weißer zu sein; ein Mann, der das Gefühl hatte, dazuzugehören. Ich versuchte mir vorzustellen, wie es wäre, mein Leben hinzugeben, weil ich mein Heimatland so sehr liebte. Nicht der Heldentod in der Hitze der Schlacht, sondern der Tod eines Verbrechers.

Siebenundvierzig Minuten nach elf parkte eine lange schwarze Limousine vor meinem Haus. Vier Männer stiegen aus. Drei waren Weiße in Straßenanzügen verschiedener Farbschattierungen. Der vierte war Quinten Naylor. Sie stiegen allesamt aus und sahen sich in der Gegend um. Es schüchterte sie nicht ein, daß sie mitten in Watts waren. Dadurch wußte ich, daß sie allesamt Cops waren.

Quinten führte die Prozession zu meiner Tür. Sie waren alle groß. Der Typ des Weißen, der Erfolg hat, weil er seinesgleichen überragt. Fast jeder Chef, den ich je gehabt hatte, war ein Weißer gewesen, und entweder war er groß oder fett gewesen; Einschüchterung war in einem solchen Job die erste Voraussetzung für Gehorsam.

Ich stand an der Tür, hinter der verriegelten Fliegentür, als sie auf die Veranda kamen.

»Guten Morgen, Easy«, sagte Naylor. Er lächelte nicht. »Wir haben versucht, anzurufen. Ich hab ein paar Männer mitgebracht, die mit Ihnen über die Neuigkeiten reden wollen.«

»Ich muß in einer Dreiviertelstunde wo sein«, sagte ich und rührte mich keinen Zentimeter von der Stelle.

»Machen Sie auf, Rawlins.« Das kam von einem schmallippigen, levantinisch aussehenden Mann in einem silbrigen Anzug ohne Weste. Mir war, als ob ich ihn kennte, aber die meisten Cops verschmolzen für mich nach einer Weile zu einer einzigen brutalen Faust.

»Ham Se was Schriftliches für mich zum Lesen dabei?« fragte ich, nicht unhöflich.

»Das ist Captain Violette, Easy«, sagte Quinten. »Captain in unserem Revier.«

»Oh«, heuchelte ich Überraschung. »Und die anderen Kraftmeier hier?«

Violette war so groß wie ich, um die einsfünfundachtzig. Der Mann neben ihm, hinter Naylor, trug einen fadenscheinigen babyblauen Anzug. Er war ein paar Zentimeter kleiner und sah ungehobelt aus. Sein teigiges weißes Gesicht war fleischig, seine Ohren waren riesig. Überall entsprossen ihm schwarze Haare. An den Augenbrauen, aus den Ohren. Er schob seine Hand an Naylor vorbei an meine Tür. Auch die Hand war plump und haarig.

»Hallo, Mr. Rawlins. Ich heiße Horace Voss. Ich bin der

Verbindungsmann zwischen dem Büro des Bürgermeisters und der Polizei.« Ich begriff, daß ich die Typen nicht wegschikken konnte, deshalb öffnete ich das Fliegengitter und schüttelte Mr. Voss die Hand.

»Schön, kommen Se rein, wenn Se wolln, aber ich bin noch nich mal angezogen und muß bald weg.«

Durch fünf kräftige Männer wirkte mein Wohnzimmer wie eine kleine öffentliche Bedürfnisanstalt. Aber ich besorgte allen einen Sitzplatz. Ich lehnte mich gegen die Fernsehtruhe.

Der Mann, den ich noch nicht kennengelernt hatte, war der größte. Er trug einen gelbbraunen Sears-Anzug, waschbar und bügelfrei. Mein Onkel Ogden Willy hatte vor dreißig Jahren in den Sümpfen von Louisiana genau so einen besessen.

Er war mager und knochig, mit langen, spitzen Fingern und tiefliegenden grünen Augen. Er trug keinen Hut und war fast kahl, nur ein bißchen schwarzes Haar um die Ohren herum.

Er schlug entspannt die Beine übereinander und lächelte. Er erinnerte mich an einen Teufel aus Porzellan, der damals in den Kuriositätenläden von Chinatown beliebt war. »Ich heiße Bergman, Mr. Rawlins. Ich arbeite für den Bundesstaat – für den Gouverneur. Ich bin nicht in offizieller Eigenschaft hier. Ich behalte nur diese schrecklichen Ereignisse im Auge.«

»Will jemand was trinken?« fragte ich.

»Nein«, antwortete Violette für alle. Aber ich glaube, Mr. Voss hätte die plumpen Finger ganz gern um ein Glas gelegt.

»Wir sind hier...«, fing Quinten Naylor an, aber sein Vorgesetzter Violette schnitt ihm das Wort ab.

»Wir sind hier, um rauszukriegen, wer diese Frauen ermordet«, sagte Violette. Er preßte beim Sprechen die Oberlippe fest gegen die Zähne. »Wir wollen nicht, daß dieser Irre auf unseren Straßen herumläuft.«

»Was für ein Scheißdreck«, sagte ich. »Tschuldigung, aber wenn ich mir das anhören muß, brauch ich ein Bier.«

Ich ging in die Küche. Als Selbständiger mußte ich nicht befürchten, daß diese Staatsdiener mich hinauswarfen. Ich brauchte auch nicht zu befürchten, daß sie mich verprügelten. Dazu waren sie zu wichtig. Natürlich hätten sie später ein paar Schläger schicken können. Vielleicht hätte ich etwas ehrerbietiger sein sollen. Aber diese Männer, die in mein Haus gekommen waren, machten mich kiebig.

Ich füllte mein größtes Glas mit Bier und ging ins Wohnzimmer zurück. Voss sah die Schaumkrone an und konnte sich nur mit Mühe daran hindern, sich die Lippen zu lecken.

»Was zum Teufel soll das, Rawlins?« brüllte Violette.

»Mann, ich bin bei mir zu Hause, stimmt's? Hab Sie nich eingeladen. Sie kommen rein, drängeln sich in meinem Wohnzimmer, reden mit mir, als ob Se nen Trumpf in der Tasche hätten« – ich wurde hitzig –, »und dann jaulen Se rum über ne tote Frau, und ich weiß, daß vorher schon drei gestorben sind, und Se ham keinen Furz darauf gegeben! Weil das Schwarze waren, und die hier is weiß!« Wenn ich im Fernsehen gewesen wäre, hätte sich jede farbige Frau und jeder farbige Mann in Amerika von den Stühlen erhoben und mir zugejubelt.

Violette war aufgestanden, aber nicht, um zu applaudieren. Sein Gesicht war knallrot angelaufen. Da erinnerte ich mich an ihn. Er war noch Detective gewesen, als er Alvin Lewis aus seinem Haus am Sutter Place gezerrt hatte. Alvin hatte in einer Gasse vor einer Bar in der Gegend eine Frau geschlagen, und Violette hatte den Anruf entgegengenommen. Die Frau, Lola Jones, weigerte sich, Anzeige zu erstatten, und Violette beschloß, selbst ein bißchen Gerechtigkeit zu spielen. Ich erinnerte mich daran, wie rot sein Gesicht wurde, während er Alvin mit einem Polizeischlagstock verprügelte. Ich erinnerte mich daran, wie feige ich mir vorkam, während drei weitere weiße Polizisten herumstanden, die Hände an den Pistolen und mit grimmiger Befriedigung im Gesicht. Es war nicht die Befriedigung darüber, daß ein Böser für sein Verbrechen bezahlte; diese Männer geilten sich daran auf, daß sie solche Macht hatten. Ein Nazi hätte es nicht besser machen können.

»Beruhigen Sie sich, Anthony«, befahl der Zuschauer Bergman. »Mr. Rawlins, es tut uns leid, daß wir Ihren Tagesablauf durcheinanderbringen, aber es ist ein Notfall. Ein Mann bringt Frauen um, und wir müssen etwas unternehmen. Das mit den anderen ermordeten Frauen habe ich bis heute nicht gewußt, aber ich verspreche Ihnen, daß wir uns darum kümmern. Trotzdem, ganz gleich, aus welcher Perspektive Sie es sehen, wir müssen unsere Arbeit machen.«

»Die Polizei muß ihre Arbeit machen. Ich bin bloß ein Bürger, ein Zivilist. Ich muß gar nix machen, außer bei Grün über die Straße gehn.«

Mr. Bergman regte sich vermutlich nie über irgend etwas auf. Er lächelte nur und nickte. »Selbstverständlich, das stimmt. Es ist Anthonys Aufgabe, diesen Mann der Gerechtigkeit zuzuführen. Aber Sie wissen, daß er Hilfe brauchen könnte, nicht wahr, Mr. Rawlins?«

»Ich kann ihm nich helfen. Ich bin nich die Polizei.«

»Doch, Sie können. Sie kennen alle möglichen Leute in der Gemeinde. Sie können dorthin, wo die Polizei nicht hinkann. Sie können Leuten, die nicht mit den Gesetzeshütern reden wollen, Fragen stellen. Wir brauchen in dem Fall jede Hilfe, die wir bekommen können, Mr. Rawlins.« Er streckte die Hand nach mir aus, aber ich ergriff sie nicht.

»Ich steck mitten in meinem eigenen Kram, Mann. Ich kann nix machen.«

»Doch, Sie können«, sagte Violette mit kehliger Stimme. Ich begriff, daß ich mich geirrt hatte, was Männer in seiner Position anbelangte. Wenn Captain Violette allein mit mir gewesen wäre, hätte ich etwa zu diesem Zeitpunkt Zähne geschluckt.

»Sie haben schon eine Liste von Verdächtigen, Easy.«

»Was geht mich das an?« antwortete ich. »Dann schnappt se doch, steckt se in den Knast.«

Er erwähnte zwei Namen, die ich kannte. Aber ich sagte ihm, wenn er wisse, wer es gewesen sei, brauche er sich keine Sorgen zu machen.

»Außerdem überprüfen wir Raymond Alexander«, sagte er.

Ich spürte, daß alle im Zimmer mich anstarrten.

»Das soll wohl n Witz sein«, sagte ich. Raymond Alexander, seinen Freunden als Mouse bekannt, war verrückt und ein Killer, kein Zweifel. Er war außerdem für mich das, was einem besten Freund am nächsten kam.

»Nein, Easy.« Naylor knirschte mit den Zähnen. Er war so wütend, wie ich es auf diese Männer war. »Alexander frequentiert alle Bars, in denen die schwarzen Frauen verkehrten, und er ist bekannt dafür, daß er hinter weißen Frauen her ist.«

»Er und etwa dreißigtausend andere Schwarze unter achtzig.«

»Meinen Sie, daß an der Polizeiarbeit etwas auszusetzen ist, Mr. Rawlins?« fragte Horace Voss.

»Sie saugen sich einfach Namen aus den Fingern, Mann. Mouse hat keine Frauen umgebracht.«

»Und wer war's dann?« Voss' plumpes Lächeln wirkte nicht ganz menschlich; es ähnelte eher einer Kreuzung zwischen einem hungrigen Bären und einem glücklichen Mann.

»Woher soll ich das denn wissen?«

»Ich erwarte von Ihnen, daß Sie es wissen«, sagte Violette. »Falls nicht, werden Sie feststellen, wie schwer das Leben in all der Trübsal hier sein kann.«

Ein Polizist mit einem Sinn für Poesie.

»Is das ne Drohung?«

Violette sah mich finster an.

»Selbstverständlich nicht, Mr. Rawlins«, sagte Bergman. »Niemand will Ihnen drohen. Wir wollen alle dasselbe. Ein

Mann bringt Frauen um und muß vor Gericht gebracht werden. Das wollen wir alle.«

Quinten stand am Fenster und schaute auf die Straße hinaus. Er wußte, daß ich das Programm absolvieren mußte, das mir hier aufgetragen worden war. Captain Violette würde mich in Grund und Boden stampfen, wenn ich es nicht tat. Und Quinten schäumte, weil ich die Hilfe verweigert hatte, als es nur schwarze Opfer gewesen waren. Jetzt, nachdem eine Weiße tot war, war ich bereit zu helfen. Die Luft, die wir atmeten, war angefüllt mit Rassismus.

»Lassen Se die Pfoten von Raymond Alexander, bis ich Zeit gehabt hab, mich umzuhörn. Der hat keine Frau umgebracht, und wenn Se ihn festnehmen, nützt das keinem was.«

»Wenn er schuldig ist, Rawlins, schmort er auf dem Stuhl wie jeder andere«, knurrte Violette.

»Ich versuch doch nich, wen zu schützen, Mann«, sagte ich. »Lassen Se mich erst mal suchen, wenn Se das wolln, und warten Se paar Tage mit den Festnahmen.«

Bergman erhob sich, aufrecht und groß. »Dann ist meine Aufgabe hier erledigt. Ich bin mir sicher, Mr. Rawlins, daß die Polizei und der Bürgermeister Ihnen jede Hilfe geben können, die Sie brauchen.«

Die anderen Männer standen auf.

Violette wollte mich nicht einmal ansehen, er ging direkt zur Tür. Naylor sah mich an, sagte aber nichts. Bergman lächelte und schüttelte mir herzlich die Hand.

»Warum sind Sie hier in der Gegend, Mr. Bergman?« fragte ich.

»Reine Routine.« Er schob die Unterlippe einen halben Zentimeter vor. »Reine Routine.«

Horace Voss nahm meine Hand in beide Hände.

»Rufen Sie mich auf dem siebenundsiebzigsten Revier an«, sagte er. »Ich bin dort, bis der Fall abgeschlossen ist.«

Dann waren sie alle aus meinem Haus verschwunden.

Ich hatte seit meiner Hochzeit nicht mehr auf den Straßen herumgeschnüffelt. Ich versuchte, diesen Teil meines Lebens zu begraben. In gewisser Hinsicht war die Suche nach diesem Killer für mich wie eine Rückkehr von den Toten.

8

Ich briet zum Mittagessen Blutwurst mit Zwiebeln und machte einen Topf rote Bohnen mit Reis warm. Nach dem Essen mähte ich den Rasen. Er hatte es eigentlich nicht nötig, aber ich wollte mich mit meinem neuen Auftrag anfreunden, und Gartenarbeit beruhigte meine Nerven.

Offenbar konnte ich nicht an Bonita Edwards denken, ohne daß ich Regina weinen sah. Irgendwie war Reginas Zorn eine Resonanz auf die Tragödie der Toten.

Ich beschloß, meine Probleme mit Regina beizulegen, wenn ich den Auftrag der Vertreter von L. A. erledigt hatte.

Aber dann mußte ich mich darüber wundern, wie seltsam es war, daß diese wichtigen weißen Männer glaubten, sie müßten zu mir ins Haus kommen, um mich zu rekrutieren.

Ich hatte schon früher für das Rathaus gearbeitet, aber meistens war ich in die Innenstadt bestellt worden. Sie ließen mich auf einer kalten Marmorbank warten, während sie sich herausputzten und schniegelten. Manchmal wurde ich auf das Polizeirevier bestellt, und mir wurde gedroht, ehe ich um eine Gefälligkeit gebeten wurde. Aber ich hatte noch nie eine Delegation in meinem Haus gehabt.

Ich hatte Quinten Naylor erwartet, vielleicht mit seinem weißen Assistenten, aber die Leute, die gekommen waren, waren wichtig. Sie waren wichtiger als eine tote Weiße. Frauen wurden ständig umgebracht, und wenn sie nicht gerade unschuldige, im Bett ihrer Ehemänner vergewaltigte Mütter waren, machte die Justiz nicht so ein Riesentheater.

Ich hatte trotz des Essens ein leeres Gefühl in der Magengrube. Ich füllte das Loch mit drei Bourbons pur. Danach fühlte ich mich ruhiger. Genug Whiskey macht aus einem Tiger eine Miezekatze.

Um halb zwei war ich bereit zum Aufbruch. Ich hatte graue Hosen und ein graues, weit geschnittenes Hemd angezogen. Meine Jackettaufschläge waren knallrot, meine Schuhe aus gelbem Wildleder. Ich gab ein bißchen Gas, und mein neuer Chrysler glitt durch die Nebenstraßen wie eine Jacht durch Binnenlandkanäle.

An der Kreuzung der Ninety-third und Hooper Street war eine kleine öffentliche Bücherei. Die Bibliothekarin war Mrs. Stella Keaton. Wir kannten uns seit Jahren. Sie war eine Weiße aus Wisconsin. Ihr Mann hatte 1934 einen tödlichen Herzinfarkt gehabt, und ihre beiden Kinder waren im Jahr danach bei einem Brand ums Leben gekommen. Ihr einziger lebender Verwandter war ein älterer Bruder gewesen, der zehn Jahre lang bei der Navy in San Diego stationiert gewesen war. Nach seiner Entlassung zog er nach L. A. Nach den Tragödien im Leben von Mrs. Keaton lud er sie ein, bei ihm zu leben. Ein Jahr danach wurde ihr Bruder, Horton, krank, und nach drei Monaten spuckte er Blut und starb in ihren Armen.

Mrs. Keaton hatte nur die Zweigstelle der Bücherei in der Ninety-third Street. Sie behandelte die Leute, die dorthin kamen, wie Geschwister und die Kinder wie ihre eigenen. Wenn man Stammkunde in der Bibliothek war, buk sie einem zum Geburtstag einen Kuchen und reservierte die Bücher, die man mochte, unter dem Vordertresen.

Stella und ich nannten uns beim Vornamen, aber es machte mich unglücklich, daß sie diese Stelle hatte. Ich war unglücklich, weil Stella bei aller Nettigkeit eine Weiße war. Eine Weiße aus einer Gegend, in der es nur weiße Christen gab. Für Stella war Shakespeare ein Gott. Das störte mich nicht, aber was wußte sie über die Volksmärchen, Rätsel und Geschichten, die sich die Farbigen seit Jahrhunderten erzählten? Was wußte sie über die Sprache, die wir sprachen?

Ich hörte immer, wie sie Kinder verbesserte. »Nicht ›ich *sein*‹«, sagte sie. »Das heißt ›ich *bin*‹.«

Und natürlich hatte sie recht. Es war nur so, daß farbige kleine Kinder, die dieser adretten Weißen zuhörten, in deren Worten nie den eigenen Tonfall hören würden. Sie würden mit der Zeit glauben, sie müßten die eigene Sprache und die eigenen Geschichten ablegen, damit sie ein Teil dieser gebildeten Welt werden konnten. Sie würden Waller gegen Mozart und Remus gegen Puck eintauschen müssen. Sie würden eine Welt betreten, in der nur Weiße sprachen. Und ganz gleich, wie wortgewandt Dickens und Voltaire auch waren, in diesem Haus des Lernens – der Bücherei – wurden diesen Kindern die eigenen Beispiele vorenthalten.

Über diese Dinge hatte ich mich mit Stella schon oft gestritten. Sie reagierte einfühlsam darauf, aber wenn ich ihr sagte, ein Mann, der an der Straßenecke stehe und derbe Geschichten erzähle, sei etwas Ähnliches wie Chaucer, zog sie die Nase kraus und schüttelte den Kopf. Sie war jedoch immer respektvoll. Oft werden die nettesten Weißen zur Kolonialisierung der schwarzen Gemeinde eingesetzt. Aber so freundlich Mrs. Keaton auch war, unseren Leuten vermittelte sie eine fremde Sicht.

»Guten Morgen, Ezekiel«, sagte Mrs. Keaton.

»Stella.«

»Wie geht's dem kleinen Jesus?«

»Bestens, einfach bestens.«

»Wissen Sie, er ist jeden Samstag hier. Er will immer lieber helfen als lesen, aber ich glaube, er macht Fortschritte. Manchmal, wenn ich zu ihm komme, sieht es danach aus, als ob er die Wörter mit dem Mund formt und vor sich hinspricht.«

Der Kehlkopf des Jungen war in Ordnung, das hatten mir die Ärzte gesagt. Er könnte sprechen, wenn er wollte.

»Vielleicht schafft er es eines Tages«, sagte ich, mehr, um den Gedanken in meinem Kopf abzuschließen, als zu ihr.

Sie lächelte mit perfekten kleinen Perlen auf ihrem rosafarbenen Zahnfleisch. Mrs. Keaton war klein und drahtig. Sie hatte dieselbe Haarfarbe wie Gabby Lee. Aber Mrs. Keatons Farbe stammte aus einem kleinen Fläschchen, Gabbys dagegen aus dem genetischen Krieg, den weiße Männer seit Jahrhunderten gegen schwarze Frauen geführt haben.

»Haben Sie die Zeitungen der letzten beiden Monate, Stella?«

»Aber ja. *Times* und *Examiner.*«

Sie brachte mich in ein Hinterzimmer mit einem langen Lesetisch aus Eiche. Der Raum roch nach alten Zeitungen. Auf den Regalen stapelten sich die Zeitungen, die ich brauchte.

In den Zeitungen stand im großen und ganzen, was Naylor mir gesagt hatte. Die Artikel waren hinten im Blatt versteckt und stellten keine Verbindung zwischen den Verbrechen her.

Wo Willa Scott und Juliette LeRoi in der Nacht ihres Todes gewesen waren, war unbekannt. Als Beruf wurde bei beiden Kellnerin genannt. Willa aber war offensichtlich arbeitslos gewesen. Bonita Edwards war in der Nacht, in der sie starb, in einer Bar. Sie hatte eine Reihe von Drinks gehabt und war mit einer Reihe von Männern gesehen worden. Aber sie ging allein, sagten Zeugen. Das hatte natürlich gar nichts zu bedeuten – vielleicht hatte sie sich mit einem Mann verabredet, der verheiratet war und nicht wollte, daß sich herumsprach, was er trieb. Vielleicht hatte sie sich mit einem Mörder verabredet, der aus denselben Gründen nicht gesehen werden wollte.

Ich brachte diese Information in Verbindung mit dem, was ich schon über Robin Garnett gelesen und gehört hatte.

Robin Garnett paßte überhaupt nicht ins Bild. Sie wohnte bei ihren Eltern in der Hauser Street, weit weg von hier im westlichen Teil von L. A. Ihr Vater war Staatsanwalt, ihre Mutter war Hausfrau. Robin studierte an der University of Los Angeles. Sie war einundzwanzig und trotzdem erst im zweiten Collegejahr. Sie sei vor kurzem von einer Europareise zurückgekommen, schrieb die Zeitung, und habe im Hauptfach Pädagogik studieren wollen.

Robin war ein hübsches Mädchen gewesen. (Sie war das einzige Opfer, dessen Photo veröffentlicht worden war.) Sie hatte rotblondes Haar und ein sehr nettes Lächeln, die Art von Lächeln, die alte Leute »unschuldig« nennen. Ihr Haar war nach hinten gekämmt, sehr konservativ. Ihre Bluse hatte eine durchgehende Knopfleiste, und jeder Knopf war zugeknöpft. Das Photo war für ihre Eltern bestimmt, für ein Jahrbuch; es vermittelte nicht den kleinsten Hinweis darauf, wie sie in Wirklichkeit gewesen sein mochte.

Auf keinen Fall verriet es, warum sie die vierte in einer Mordserie gewesen war, die mit drei schwarzen Frauen angefangen hatte. Selbst wenn eine Weiße irgendwie in dieses Mordschema gepaßt hätte, warum sollte jemand drei leichte Mädchen ermorden und sich dann auf eine höhere Tochter stürzen?

Ich ging völlig verblüfft in den Hauptraum.

»Haben Sie gefunden, was Sie gesucht haben, Ezekiel?«

»Nee.« Ich schüttelte den Kopf. »Ich meine, yeah…« Als ich das sagte, runzelte sie die Stirn. Ich wußte, daß sie mich am liebsten mit einem klaren »ja« verbessert hätte.

John McKenzies Bar war im Lauf der Jahre größer geworden. Er hatte eine Küche und acht plüschige Nischen für Essensgäste angebaut. Er hatte sogar einen Schnellkoch eingestellt, der Steaks verbrannte und Gemüse zu Tode kochte. Es gab eine Bühne für Blues- und Jazzsessions. Und Kellnerinnen, drei an der Zahl, servierten an der Bar und den runden Tischen um die Bühne herum.

John gehörte das Targets immer noch, aber im Grundbuch stand Odell Jones' Name. John war für eine Schanklizenz zu oft mit dem Gesetz in Konflikt gekommen, deshalb brauchte er einen Strohmann. Odell war ideal. Er war sanftmütig, arbeitete nur noch nebenher, wurde in zwei Jahren sechzig und war zweiundzwanzig Jahre älter als ich.

Odell saß in seiner Stammnische ziemlich weit hinten. Er trank Bier und las den *Sentinel* – L.A.s größte Zeitschrift nur für Schwarze. Wir hatten seit über drei Jahren kein Wort mehr gewechselt, und es brach mir immer noch das Herz, daß ich einen so guten Freund verloren hatte. Aber wenn man arm ist und sich in dieser Welt durchschlägt, stößt man manchmal unsanft mit anderen zusammen. Und die Leute, denen man am meisten weh tut, sind arme Schweine wie man selber. Einmal, als ich tief in der Patsche steckte, bat ich Odell, mir zu helfen. Woher sollte ich wissen, daß der Pastor dabei zu Tode kommen würde? Wie konnte ich Odell verübeln, daß er mich haßte?

»Easy«, begrüßte mich John. Sein dunkles Gesicht war steinern und ausdruckslos.

»John. Gib mir ne Faust voll Johnnie Walker.« Das hieß, vier Finger hoch.

Während er einschenkte, fragte ich ihn: »Haste was über die umgebrachten Frauen gehört?«

»Hab se alle gekannt, Easy. Jede.«

Ich mußte wieder an Bonita Edwards denken. Zum Trost stürzte ich die Hälfte meines Drinks auf einmal hinunter.

»Alle?«

John sah mir in die Augen und nickte.

»Auch Robin Garnett?«

»Über ne Robin Dingsbums weiß ich nix, aber die Weiße in der Zeitung kenn ich. Das war Cyndi Starr, und das is nich gelogen.« Er sah auf den Hocker neben mir. Vielleicht ein Hokker, auf dem sie einmal gesessen hatte. »Ja, Cyndi, ›The White Butterfly‹ – der weiße Schmetterling.«

»Der was?«

»Unter dem Namen isse aufgetreten. War ne tolle Stripperin, Mann.«

»Und du sagst, se hat Cyndi Starr geheißen?«

»So hat se geheißen, je'nfalls hamse se so genannt. Weißte, die war genau wie die anderen Weiber. Sind bloß die Weißen, wo so'n Theater machen. Hätten besser was gesagt, bevor se abgemurkst worden is.«

»Biste sicher, John? Inner Zeitung steht, se is in West L. A. aufs College gegangen. Da steht, se hat dort drüben bei ihren Eltern gewohnt.«

»Hab's gelesen. Aber bloß, weil's inner Zeitung steht, isses noch lange nich wahr. Wenn die aufs College gegangen is, hat se dort gelernt, wie se sich vor Männern ausziehen muß, und wenn se bei ihrn Eltern gewohnt hat, dann ham die hier in der Hollywood Row gewohnt.«

»Du meinst, se hat hier in der Gegend gewohnt?«

»Mhm, hier inner Hollywood Row. Und das is noch nich alles, was ich weiß.«

»Yeah?«

»Die andere, diese Juliette LeRoi, die war in der Nacht, wo se umgebracht worn is, im Aretha.«

»Woher weißte das?«

»Weil se sich mit irgendnem Kerl geprügelt hat. Coy Baxter hat mir erzählt, der war so übel zugerichtet, daß er in die Notaufnahme vom Temple gemußt hat.«

»Im Aretha, haste gesagt?«

John nickte wieder.

Ich stellte ihm noch ein paar Fragen, und er beantwortete sie, so gut er konnte.

Mein Auto sprang mit einem Aufheulen an. Ich trat aufs Gas und spürte den Sog der Schwerkraft, als es um die Ecke bog. Ich drehte am Lenkrad und spürte, wie das Heck schaukelte, als ich auf die Hauptstraße einbog.

Da sah ich die Frau. Sie achtete nicht auf den Verkehr und schob einen Kinderwagen.

Ich trat auf die Bremse und spürte, wie das Heck ins Schleudern kam. Ich bekam ein Panorama der Läden auf der Ostseite der Straße zu sehen. Das Auto beschrieb einen vollen Kreis. Als ich wieder die junge Mutter vor mir hatte, schrie sie: »Arschloch! Arschloch! Verdammter Mistkerl! Leck mich!« und ähnliches.

Ein Autofahrer hinter mir trat auf die Bremse. Das Quietschen schien ewig zu dauern, aber es gab keinen Zusammenstoß. Die Frau hörte auf zu schreien und nahm ihr Baby in die Arme. Sie lief auf das Trottoir zu, ließ den Kinderwagen mitten auf der Straße stehen.

Mein Herz schlug schnell. Die Frau versuchte, das brüllende Baby zu beruhigen.

Ich ließ den Motor wieder an, fuhr weg und dachte daran, wie sehr mein Leben doch außer Kontrolle geraten war.

9

Die Bone Street war eine Legende. Sie bildete ein krummes Rückgrat durch den Mittelpunkt der Jazzära von Watts und bestand aus vier langen, zerklüfteten Häuserzeilen. Die Bone

Street, im Westen der Central Avenue und im Norden der 103rd Street, bot am Tage mit ihren zweistöckigen, kasernenähnlichen Mietshäusern und schäbigen Hotels einen kaputten, desolaten Anblick. Aber bei Nacht war die Bones, wie sie genannt wurde, ein Zentrum für nächtlichen Blues und Whiskey, so stark, daß er dem Glas, in dem er serviert wurde, hätte Haare wachsen lassen können. Wenn ein Mann sagte, er wolle in die Bones, meinte er, er wolle sich dort von der Musik, dem Schnaps und den Frauen den Kopf benebeln lassen.

Die Frauen, manche Ende Vierzig, ja sogar Anfang Fünfzig, waren alle schön; jung und alt, in Satin, Seide und Pelzen. Sie kamen, prächtig und keß, in die Hinterzimmerclubs und forderten jeden Mann heraus, ihnen den spöttischen Zug vom Mund zu wischen. Sie kamen herein und hörten Coltrane, Monk, Holiday und allen anderen zu und hielten Schluck um Schluck mit ihren Männern mit.

Es war eine verwegene, blendende Zeit. Aber inzwischen war der Lack ab, und das Blech darunter war zu sehen. Die Trottoirs hatten Risse, und in den Ritzen sproß zähes Unkraut. Manche Clubs waren noch da, aber jetzt ruhiger. Die Jazzmusiker hatten neue Arenen gefunden. Viele waren nach Paris und New York gegangen. Der Blues war uns geblieben. Der Blues wird immer bei uns bleiben.

Sonny Terry, Brownie McGee, Lightnin' Hopkins, Soupspoon Wise und hundert andere zogen durch die Hotels und Nebenstraßenspelunken, von denen es in der Bone Street immer noch wimmelte. Früher kamen die Jazzmusiker in Nobelkarossen wie Cadillacs. Die Bluesmusiker kamen mit dem Greyhound, manchmal per Anhalter.

Die Frauen waren noch da. Aber die Kleider paßten ihnen nicht mehr richtig. Ihre Augen waren eher hungrig als wild. Alle Hoffnungen nach dem Krieg waren gewichen, und eine neue Generation fragte: »Wo ist unser Stück vom Kuchen?«

Rock and Roll eroberte das Radio und die großen Tanzclubs. Die Bone Street war vergessen bis auf die verlorenen Seelen, die noch etwas vom Geglitzer ihrer Zeit erhaschen wollten.

Das Aretha lag in einer Nebenstraße auf halbem Weg im 1600er Block der Bone Street. Es hatte im Lauf der Jahre andere Namen und auch andere Adressen gehabt. Es war mehr oder weniger eine legale Bar. Aber die Kellnerinnen waren allesamt spärlich bekleidet, und die Polizei hielt es für schicklich, Charlene Mars den Laden hin und wieder dichtzumachen. Charlene leitete das Aretha oder wie auch immer es damals hieß. Im Lauf der Jahre war es das Del-Mar genannt worden, das Nines, Swing und Juanita. Der Name und die Adresse änderten sich, aber es war immer derselbe Club. Die Kellnerinnen hatten auch verschiedene Namen und außerdem verschiedene Gesichter, aber sie machten dieselbe Arbeit.

In jenem Jahr trugen sie einen sehr kurzen schwarzen Rock über einem einteiligen braunen Badeanzug und schwarzen Netzstrümpfen. Der Raum war lang und schmal mit einer sehr hohen Decke und einer Bühne am Ende. An der linken Seite verlief ein Bartresen aus Eichenholz, an dem Westley bediente.

Westley und Charlene hatten als Liebespaar angefangen. Sie war knochig, und er trug gute Kleidung. Sie liebten beide Jazz und hatten neben John vom Targets die besten Bläser und Sänger im Land. Aber in ihrem Leben gab es viel Whiskey, attraktive Männer und attraktive Frauen. Charlene kaufte ein kleines Haus in Compton, wo sie sich um ihren zurückgebliebenen Bruder kümmerte. Westley, ein großer Mann mit riesigen Händen, ging dazu über, in der Bar zu schlafen.

Das Weiße in seinen Augen war gelb, und er hatte einen krummen Rücken. Seine Arme waren so stark wie Eisenkabel.

Er sah mich an und deutete mit einem Nicken zu einem leeren Tisch, aber ich ging zum Tresen.

»Hey, West.«

»Easy.«

»Johnnie Walker«, sagte ich.

Er wandte sich ab, um meine Bestellung auszuführen.

Der Raum war dunkel. Das Grammophon spielte eine heitere und lebhafte Fassung von »Lady Blue«. Ohne Ankündigung wackelte eine vollbusige Frau, weit über fünfzig, auf die Bühne. Sie hatte nicht viel an, und das wenige war glänzendes Bananengelb gegen dunkelbraune Haut. Sie trug eine lange gelbe Feder, die sie mit den Brüsten und Schenkeln zum Wedeln brachte.

Dem Tresen gegenüber standen acht kleine Tische, weitere vor der Bühne. Hier und dort saßen schwarze Männer und Frauen. Dünne Rauchbänder stiegen aus bunten Aluminiumaschenbechern auf. Eine Kellnerin ging verdrossen von Tisch zu Tisch. »Wolln Se noch was trinken?« lautete die Frage, die sie am häufigsten stellte. Die Antwort lautete fast immer: »Nein.«

Das waren die frühen Gäste, die nicht viel Trinkgeld gaben. Sie waren eine Art Aufwärmtraining für die Stammgäste, überwiegend Männer, die später kamen.

Charlene saß direkt vor der Bühne und trank einen limonenfarbenen Drink. Sie hatte immer behauptet, die Mädchen müßten nie etwas tun, was sie nicht wollten, aber ich kannte ein paar Frauen, die hinausgeworfen worden waren, weil ein Gast sich beschwert hatte, sie seien »unfreundlich« gewesen.

Ich nahm den Whiskey und ging zur Bühne. Aus der Nähe konnte man das Make-up der Bananentänzerin sehen. Ihr Gesicht sah wie eine geschnitzte Holzmaske aus.

»Easy Rawlins!« kreischte Charlene.

Ich nahm ihre Hände und küßte ihr feuchtes Gesicht. »Charlene.« In einem Anfall von Improvisation verließ die Bananentänzerin die Bühne und strich mir mit der Feder über den Nakken.

»Setz dich, Baby.« Charlene zog einen leeren Stuhl von einem Tisch, an dem ein alter Mann den Kopf in die Hände stützte.

»Nich viel los, was?« fragte ich.

Sie fuchtelte mit einer pummeligen, rotfingrigen Hand nach mir. »Es is noch früh, Easy. Fern zieht da bloß ihre kleine Show ab und bereitet für die jungen Mädchen die Bühne vor.«

Ich lächelte und trank meinen Whiskey aus. Ehe ich den nächsten bestellte, zündete ich eine Camel an und nahm einen tiefen Zug.

Ich hatte keinen Plan. Ich war kein Polizist. Ich hatte keinen Notizblock. Vielleicht würden wir über die Nacht reden, in der Juliette LeRoi ermordet worden war. Vielleicht nicht.

»Kann ich Ihnen was bringen, Mister?« fragte die Kellnerin. Sie war ein gelbhäutiger Mischling mit geglättetem Haar, das ihr lockig über die Ohren hing, wie schwarzer Modellierton. Und sie hatte Sommersprossen. Ihre riesigen Lippen waren zu einem ständigen Schmollmund verzogen. Sie stand sehr dicht neben mir.

»Frag Westley, was er hat, Elaine, und bring ihm das«, antwortete Charlene an meiner Stelle. Dann sagte sie: »Ich hab geglaubt, du wärst verheiratet, Easy Rawlins.«

Ich beobachtete Elaine, als sie zum Tresen ging.

»Was tätste, wenn de verheiratet wärst, Charlene?«

»Nix anderes als jetzt, nehm ich an.«

»Ich meine, du bist doch ne reiche Frau. Was tätste, wenn dein Mann nicht soviel hätt wie du?«

Charlene hatte dicke runde Wangen, die ihre Augen bedrängten, wenn sie lächelte. »Da müßten wir vorher paar Papiere unterschreiben. Weißte, wenn ein armer Nigger an soviel Geld rankommt, dreht er leicht durch. Genau wie du, weißte.«

»Was meinste damit?« Während ich sprach, kam Elaine zurück und stellte das Glas vor mir ab.

Charlene packte die Kellnerin am Handgelenk und zog sie so nahe heran, daß die junge Frau fast auf ihrem Schoß saß. Sie drehte Elaine in meine Richtung, damit ich sie gründlich mustern konnte. Elaine sah auf ihre Brüste hinunter und lächelte. Ihre langen falschen Wimpern bezauberten mich. Ich wußte nicht, ob ich einen Zug an der Zigarette oder einen Schluck aus meinem Glas nehmen sollte.

»Genau wie du, Easy. Da biste und siehst Elaine an. Jetzt stell dir mal vor, wie's wär, wenn du meine Grundbucheinträge und meine Kasse sehen tätst und dann die Titten und Beine von dem Mädchen hier…«

Ich hörte nicht auf, auf die Dinge zu starren, von denen Charlene gerade sprach. Elaine sah zu mir auf. Sie lächelte, aber ihre Augen waren kalt.

Ich spürte, wie ich ins Schwitzen kam.

Charlene gab dem Mädchen einen Klaps auf den Hintern und schob es in Richtung Tresen. Elaine streifte mich mit dem Schenkel, als sie an mir vorbeiging. Sie legte mir sogar die Hand auf die Schulter, ehe sie ging.

»Ein Mann, der nix hat, kriegt nie genug, Easy.«

»Und was is mit ner Frau?« fragte ich. Meine Kehle war wie zugeschnürt.

»Wieso machste dir Sorgen?« Charlene lächelte ein herzliches, freundliches Lächeln. »So'n Problem haste nich, da verdienste nich genug für.«

»Ich hab ein Haus«, sagte ich. »Ich hab ein Auto und einen Job, für den ich Lohn krieg. Manchen Frauen reicht das, oder nich?«

»Kann schon sein.« Sie nickte. »Manche Frauen nehmen die schmutzige Wäsche aus dem Korb mit, wenn se abhauen. Aber wenn de nix hast, wo sich's Mitnehmen lohnt, brauchste dir keine Sorgen nich machen, Easy. Und falls de dir Sorgen machst, schlag's dir jetzt aus dem Kopf. Biste deshalb hier?«

»Was meinste?«

»Haste vor, fremdzugehen?« Wenn es ums Geschäft ging, war Charlene nicht besonders feinfühlig. »Elaine mag dich, weißte.«

»Nee.« Ich schüttelte den Kopf und lächelte. »Ich wollt dich das bloß fragen, das is alles.«

»Okay. Aber wenn de was brauchst, dann weißte, wo. Is mein Geschäft, Leute zusammenzubringen.«

»Läuft's gut?« fragte ich.

Charlene nickte. Sie beobachtete zwei Männer, die hereinkamen. Westley beobachtete sie auch. Er konnte gleichzeitig einschenken und sich umschauen.

»Hab nämlich gedacht, vielleicht wird's schwer für dich.«

»Wieso?«

»Nach der Sache mit Juliette LeRoi.«

»Was meinste damit?«

»Hey!« Ich hob die Hände. »Is ja bloß, weil die Leute drüber reden, daß se hiergewesen is, in der Nacht, in der se ermordet worden is, und daß der Mann, der se umgebracht hat, vermutlich hiergewesen is, und dann hat er noch die anderen Frauen abgemurkst.«

»Kannkeinernixnichbeweisen«, ratterte sie wie eine Maschinenpistole.

»Hey, wie ich gesagt hab, das is bloß, was ich gehört hab.«

»Hör mal.« Sie hielt mir einen dicken Finger vor das Gesicht. »Diese Julie LeRoi war n Flittchen. Is hier reingekommen, um Geld für die Miete zu kriegen. Und weißte, wenn das nich geklappt hat, war se in fünf anderen Bars und draußen an der Straßenecke.«

»Aber ich hab gehört, se is mit nem Freund hiergewesen.« Ich schnippte mit den Fingern, versuchte mich an etwas zu erinnern, was ich nicht wußte.

»Dieser Gregory?« explodierte sie. »Das war ihr Freier. Es

war bloß so, daß n anderer sie auch gewollt hat, und der hatte mehr Muskeln, das is alles.«

Ich nickte, trank einen Schluck.

»Verstehe«, sagte ich sehr ernst. »Jedenfalls isses jetzt wieder ruhig, stimmt's? Niemand hat Angst.«

»Laß dir von denen nix vormachen«, sagte Charlene und zeigte durch den langen Raum. »Die ham alle Angst. Ne Todesangst. Aber was solln se machen? Ne arme Frau ganz allein braucht was von den Männern. Vielleicht bloß die Miete für die Nacht, vielleicht mehr, aber sie braucht was. Und die Männer, die sind auch hungrig. Hungrig nach Drinks und hungrig nach Liebe.«

Ich ließ ihre Weisheit einen Augenblick lang einsickern, dann sagte ich: »Jetzt geh ich wohl besser.«

Als ich aufstand, spürte ich, daß der Raum leicht schlingerte, als wäre ich auf einem Schiff.

»Auf bald«, sagte ich.

»Wiedersehen, Easy.« Charlene lächelte. »Paß gut auf dich auf, Baby.«

Ich bezahlte Westley auf dem Weg hinaus. Am Tresen klopfte ich Elaine auf die Schulter und gab ihr einen zusammengerollten Dollarschein. Als sie im helleren Licht der Bar lächelte, fiel mir auf, daß ihr ein unterer Vorderzahn fehlte. Diese eine schlichte, menschliche Tatsache erregte mich mehr als Charlenes ganzes gewagtes Gerede.

Als ich zur Tür hinauswankte, war ich nicht nur vom Whiskey betrunken.

10

In der Bone Street und um sie herum gab es viele Bars und Clubs. Ich hätte sie nicht alle in einer Nacht abklappern können, aber das mußte ich auch nicht, weil ich nach einer bestimmten Kneipe suchte. Ein Lokal wie Charlenes, das liebeshungrige und sexhungrige Männer und manchmal auch Frauen bediente. Ein Lokal, das ein bißchen mehr zu bieten hatte als Whiskey und Blues. Für solche Bedürfnisse gab es nur eine Handvoll Clubs. Da war das Can-Can, betrieben von Caleb Varley. Früher hatte Caleb eine richtige Revue gehabt. Aber er hatte sich auf einen Klavierspieler und zwei Schwestern einschränken müssen, Wanda und Sheila Rollet, die in angeklebtem Goldflitter künstlerisch herumtanzten. Dann gab es Pussy's Den, eine Aufreißbar, in der billige Mädchen ein paar Drinks kippten, ehe sie in eine Wohnung mitgingen, eine Nebenstraße oder ein Stundenhotel.

Im DeCatur gab es immer noch Dixielandmusiker.

Das Yellow Dog und Mike's saßen auf der Leiter der Evolution eine Sprosse tiefer. Das waren Bars, in denen kriminelle Elemente verkehrten. Gangster und Spieler. Männer, die wegen jedes Verbrechens, das man sich vorstellen konnte, im Zuchthaus gesessen hatten. Aber es gab ein Lokal für sie, es gab auch Frauen für sie. Meistens etwas kräftigere Frauen. Die Sorte, die Strafen wegstecken konnte, körperlich oder seelisch. In beiden Bars gab es Hinterzimmer, in die manchmal Ärzte kamen, um eine Schuß- oder Messerwunde zu flicken. Wo Anwälte sich mit Mandanten trafen, die sich bei Tageslicht nicht beim Betreten eines Büros sehen lassen konnten. Und wo Frauen fünf Minuten lang für fünf Dollar für einen Mann in die Knie gingen, der möglicherweise fünf Jahre lang keine Frau gesehen hatte.

Seit meiner Heirat war ich aus der Barszene heraus, deshalb freuten sich die meisten Leute, mich zu sehen. Sie redeten gern. Aber niemand wußte etwas.

Im DeCatur sah ich eine Prügelei. Ein junger Mann namens Jasper Filagret beschloß, seine Frau, Dorthea, von der Straße zu holen. Er kam tobend herein und ging blutend hinaus. Dorthea ging zehn Minuten später mit einem anderen Mann. Sie hatte die Finger in seiner Tasche, während er sich die Knöchel der rechten Hand rieb.

Im Yellow Dog lief ich einem alten Bekannten über den Weg. Er hieß Roger Vaughn. Roger war nur einsfünfundsechzig, aber er hatte die Schultern eines Schwergewichtlers. Vor Jahren hatte er sich in einer Bar in der Myrtle Street betrunken. Er wollte noch einen Drink, aber der Barkellner wollte nach Hause zu seiner Frau. Er sagte Roger, er müsse gehen, und Roger sagte: »Nach dem nächsten Drink.« Da machte der Barkellner, der über einsachtzig war, einen Fehler. Er packte Roger, und Roger schlug zu, zweimal. Der Barkellner war tot, ehe er auf dem Boden aufprallte. Roger verbüßte sieben Jahre wegen Totschlags. Wenn der Barkellner ein Schwarzer gewesen wäre, hätte Roger nicht einmal die Hälfte bekommen.

»Easy«, sagte Roger Vaughn. Er saß zusammengesackt am Tisch, die kräftigen Hände um ein großes Glas Bier gelegt.

»Roger. Biste endlich draußen, Mann?«

»Wird nich lange dauern«, sagte er und nickte auf eine Art, die ihn weise erscheinen ließ.

»Du hast deine Zeit verbüßt, Mann. Die können dich nich wieder einbuchten, wenn de das nich willst.« Ich zog einen Stuhl an seinen einsamen Tisch.

»Das Arschloch hat mein Geld genommen.«

Roger war betrunken; die Zunge saß ihm locker. Ich wußte, wenn ich ihn reden ließ, würde er mir helfen, so gut er konnte. Aber vielleicht hätte ich Dinge zu hören bekommen, die ich nicht hören wollte. Ich war selbst halb betrunken, sonst hätte ich mich sofort verabschiedet.

»Das Arschloch hat's mit meiner Frau getrieben. In meinem eigenen Haus. Se ist nach Soledad gekommen und hat mich angelächelt. Aber se is immer zu ihm nach Hause gekommen. Is zu ihm nach Hause gekommen.«

Das Glas zerbrach unter Rogers Griff; das heißt, es zerbröselte einfach. Bier, vermischt mit etwas Blut, lief über den Tisch. Ich zog Papierservietten aus dem Spender und gab Roger mein Taschentuch. Er sah mich mit tiefster Dankbarkeit an.

»Danke, Easy. Du bist n Freund, Mann. Ein wahrer Freund.«

Die Freundschaft eines Betrunkenen war nicht viel mehr wert als ein lausiger Cent.

»Danke, Roger«, sagte ich. Ich tätschelte über den Tisch hinweg seine felsharte Schulter. »Ich versuch, was rauszukriegen.«

»Und was?«

»Haste Bonita Edwards gekannt?«

»Mhm, yeah, hab se gekannt. Weißte, es is ne Schande, was der Frau passiert is.«

Immer mehr Blut sickerte in mein Taschentuch.

»Halt den Lappen fester dran, Roger. Du blutest ganz schön.«

Er sah auf seine Hand hinunter und wirkte überrascht, als er das blutige Tuch wahrnahm. Dann ballte er die Hand zur Faust, und das Tuch war verschwunden.

»Was willste über Bonnie wissen?«

»Die war ne Freundin von mir, deshalb frag ich rum, ob jemand se gesehn hat, bevor sie umgebracht worden is.«

Er schüttelte langsam den Kopf, und seine Augen verdrehten sich dabei. »Nö«, sagte er. »Und de weißt, den hätt ich sonst alle gemacht, genau wie ich den alle mach, der...«

»Weißt du, was sie in der letzten Woche gemacht hat?« fragte ich, zum einen, weil ich es wissen wollte, zum anderen, um ihn abzulenken.

»Will dir ja nich weh tun, Easy, aber ich glaub, se war im Bethune.«

Ich versuchte so auszusehen, als machte mir diese Information zu schaffen. Wenn jemand das Bethune erwähnte, meinte er damit ein Hurenhaus, das ein Weißer namens Max Howard und seine Frau Estelle betrieben.

»Danke, Roger«, sagte ich, so ernst ich konnte.

»Die Weiber reißen einem das Herz aus dem Leib.« Roger schüttelte wieder den Kopf. »Und genau das hab ich mit Charles Warren vor. Hat meine Kinder dazu gebracht, daß se Daddy zu ihm sagen. Und meine Frau sagt auch Daddy zu ihm. Fickt mit mir, als wär alles Friede, Freundschaft, Eierkuchen. Aber Freitag trifft se sich mit ihm. Hab's auf nem Zettel in ihrer Handtasche gesehn.«

Es war Zeit für mich zum Gehen. Ich hätte gehen sollen. Aber statt dessen sagte ich: »Mann, du weißt doch gar nich, was da los is.«

Rogers Kopf bewegte sich langsam, als er das Gesicht hob und mich anschaute. Der Rest seines Körpers war steinhart und angespannt.

Er sagte: »Was?«

»Ich sag bloß, gib ihr ne Chance, Mann. Vielleicht war's gar nich, was de denkst. Ich meine, sie hat dich doch in Soledad besucht, stimmt's?«

Roger starrte mich nur an.

»Wenn ne Frau nen Mann verlassen will, besucht se ihn bloß in den ersten paar Monaten«, fuhr ich fort. »Aber deine Frau is die ganze Zeit gekommen, stimmt's?«

Er wollte nicht nicken. Wir waren keine Freunde mehr.

»Denk drüber nach, Roger. Red mit ihr.«

Ich stand auf und ging rückwärts vom Tisch weg. Roger folgte mir mit den Augen. Ich beschloß, ihm das Taschentuch zu lassen. Vielleicht erinnerte er sich, wenn er den blutigen Lumpen sah, an das, was ich gesagt hatte, und nahm davon Abstand, Charles Warren umzubringen.

Das Haus der Howards war ein großer gelber Kasten. Es war früher ein unansehnliches, einstöckiges Haus gewesen, aber sie hatten ständig angebaut. Erst wandelten sie die Garage zu ihren Wohnräumen um, damit sie den Rest des Hauses fürs Geschäft nutzen konnten. Dann bauten sie auf der anderen Seite ein Zimmer an. 1952 kam ein zweites Stockwerk dazu, auf dessen Flachdach ein von Estelle gepflegter Blumengarten wuchs. Später kauften sie das Haus nebenan und bauten einen langen, flurähnlichen Verbindungsgang über den Hof. Das ursprüngliche Haus war aus Holz, aber die Anbauten waren aus Backstein. 1955 bekamen sie Ärger mit der Stadtverwaltung wegen des Sperrbezirks; deshalb quartierten sie die Mädchen eine Weile aus und ließen den ganzen Komplex gelb streichen, damit er wenigstens aussah, als wäre er aus einem Stück.

Ich vermute, der Mann von der Stadtverwaltung machte einen Rückzieher oder wurde, was wahrscheinlicher war, bestochen. Die Mädchen kamen zurück und mit ihnen ihre Stammkunden. Niemand beschwerte sich. Max, Estelle und zwölf Frauen wohnten dort – zogen Kinder groß, arbeiteten schwer und gingen sonntags zur Kirche.

Ich war betrunken. Die acht Blocks zur Bethune Street überstand ich nur deshalb ohne Unfall, weil ich nicht an das Fahren dachte und irgendwie instinktiv steuerte. Ich drückte auf den Knopf in der Mitte des Löwenmauls an der Haustür, aber ich spürte meinen Finger nicht. Ich hörte auch die Klingel nicht, aber es war, wie gesagt, ein großes Haus.

Eine Frau mit einem Mauleselgesicht kam an die Tür. Sie

war über vierzig und unter fünfundsechzig, aber mehr konnte ich über ihr Alter nicht sagen. Ihr platinblondes Haar floß ihr über die Schultern wie das von Marlene Dietrich. Ihre Haut war schwarz. Ihr Gesicht hatte viele Falten. Und ihre Augen hatten die Farbe und den Glanz von nassem Schlamm. Ihre kleinen Hände, die sie vor den rosa Bademantel hielt, sahen aus, als könnten sie Steine zerquetschen.

»Estelle«, sagte ich. Ich hatte ein blödes Grinsen im Gesicht. Ich konnte es in dem bronzegerahmten Spiegel sehen, der fast die ganze Wand hinter Estelles Rücken einnahm. Sie sah mich an, als wäre ich ein Traum, der verschwinden würde.

Ich grinste weiter.

»Was willste?« fragte sie, kein bißchen freundlich.

»Hab gedacht, ich könnt nen Drink und ein bißchen Gesellschaft gebrauchen.« Ich fröstelte. »Heut nacht isses kalt draußen.«

»Getrunken haste schon genug, und du hast ne Frau, die dich wärmt.«

»Läuft das Geschäft so gut, daß de nen Kunden wegschickst?«

Estelle schob eine lose Locke ihrer Perücke zurück, und das ganze Ding saß jetzt schief auf ihrem Kopf. Sie schien es jedoch nicht zu merken.

»Nich die Bohne so gut. Ich trau dir bloß nich, Easy. Hör alle möglichen Sachen über dich. Was willste? Ich frag nich noch mal.«

»Wie ich gesagt hab, ich will nen Drink und nette Gesellschaft. Das is alles.«

»Warum kommste hierher?«

»Ich hab gehört, daß dieses Mädchen...« Ich schnippte wieder mit den Fingern, suchte wieder nach etwas, was ich nicht wußte. »Weißte, die Kleine, die Freundin von Bonita Edwards.«

Der Schlamm in Estelles Augen verhärtete sich zu Stein. »Nita Edwards is tot.«

»Ich such ja gar nich nach ihr, es is bloß, weil ich mich nich an den Namen von ihrer Freundin erinnern kann.«

»Meinste Marla?« Der Ausdruck in Estelles Gesicht hätte ein Rhinozeros in die Flucht getrieben.

»Weiß nich.« Ich hob die Hände. Die Lächelmuskeln in meinen Wangen taten weh. »Jackson Blue hat mir von ihr erzählt, hat sich aber bloß daran erinnert, daß se ne Freundin von Bonita war.«

Ich lächelte, und sie machte etwa dreißig weitere Sekunden lang ein finsteres Gesicht, dann sagte sie: »Komm lieber rein, eh de die ganze Wärme rausläßt.«

11

Wir gingen einen langen Flur entlang, der mit gelbem und orangefarbenem Samt tapeziert war. Überall standen dunkel verfleckte Tischchen mit sauberen Aschenbechern und Schalen mit Bonbons darauf. Der Gang führte in einen großen Raum mit blauen Sofas an jeder cremefarbigen Wand. Hier und dort Lampen, alle eingeschaltet. Eine Frau und ein kleiner Junge saßen auf einem Sofa vor bodenlangen kastanienbraunen Vorhängen. Sie war Mexikanerin mit einem prächtigen Dekolleté, viel Make-up und einer üppigen schwarzen Haarmähne. Der Junge war schwarz und knochig, hatte aber die größten braunen Augen, die ich je gesehen hatte – die Augen seiner Mutter.

»Wart hier«, sagte Estelle und faßte an ihre Perücke.

Sie ging durch eine Tür auf der gegenüberliegenden Seite hinaus.

»Hey, Mister?«

Die Frau sah mich an, lächelte. In den schönen Augen des Jungen stand etwas, das Haß nahekam.

»Ja?«

»Heißt es, ›Peter und ich ist gegangen‹ oder ›Peter und ich sind gegangen‹?« Sie verzog beim letzten Satz den Mund und rümpfte die Nase. Ich bemerkte, daß der Junge einen Block auf dem Schoß hatte.

»›Peter und ich sind gegangen.‹ Sehen Sie, es heißt ja auch ›Zwei sind gegangen‹ und nicht ›Zwei ist gegangen‹.«

Die Mutter sah mißtrauisch aus. Der Junge hätte mir am liebsten das Herz aus dem Leib gerissen.

»Sie wohnen hier?« fragte ich.

»Ja.« Ihr Lächeln blendete. Sie war nicht schön, aber sie strahlte Wärme aus.

»Hey, Pedro!«

Der Junge löste den finsteren Blick einen Augenblick lang von mir und sah den alten Weißen an, der hereinkam.

»Komm her, Junge!«

Es überraschte mich, daß ein so alter, schwächlich aussehender Mann eine solche Lautstärke hervorbringen konnte.

Er war groß und gebeugt wie Westley, nur noch stärker.

Fast hätte er dem kleinen Pedro aus gleicher Höhe in die Augen schauen können. Max Howard fischte eine Münze aus der Tasche und warf sie dem Jungen zu. Pedro fing sie auf und sah nach, was es war – er machte kein enttäuschtes Gesicht.

Max hatte volles, langes weißes Haar. Damals ließ man eine solche Frisur nur alten Männern durchgehen. Er reckte den Kopf, erinnerte mich an einen Geier, der den Horizont nach einem Tod absuchte, der irgendwo stattfand. Er trug einen altmodischen schwarzen Anzug mit drei Knöpfen, ein gestärktes weißes Hemd und eine schwarzblaue Seidenkrawatte. Seine Schuhe waren älter als ich, aber in einem tadellosen Zustand.

»Mr. Howard«, sagte ich.

»Rawlins, nicht wahr?«

»Ja, Sir. Easy Rawlins.« Ich hielt ihm nicht die Hand hin, und er behielt die Hände in den Taschen.

Max schob die Lippen vor und drehte den Kopf Richtung Mutter und Kind. Vielleicht nickte er, vielleicht formte er lautlos etwas mit den Lippen, jedenfalls packte Pedros Mutter das Kind und eilte hinaus.

»Nehmen Sie Platz, Easy«, sagte Max Howard.

Ich setzte mich, und er blieb vor mir stehen. Seine Haut war wie gebleichtes Pergamentpapier, faltig und gespenstisch weiß.

Er blinzelte. Ich schlug ein Bein über das andere. Weit weg fuhr ein Auto die Straße entlang.

»Was wollen Sie hier, Easy?« Es war eine direkte Frage.

»Eine Frau«, sagte ich genauso direkt.

Seine lächelnden Lippen zitterten wie zwei hellblaue Regenwürmer. »Das glaube ich nicht«, sagte er.

Er blinzelte wieder. Ich nahm mein Bein wieder herunter.

Es schien lange zu dauern, bis er sagte: »Zwanzig Dollar.«

Ich nahm den Schein heraus und gab ihn ihm. Er hielt ihn sich vor das Gesicht und kniff die Augen zusammen. Dann nickte er und ging hinaus, wie er hereingekommen war.

Ein paar Augenblicke später kam eine kleingewachsene Frau herein, in einem karierten Wickelkleid, das kaum bis zum Beinansatz reichte. Sie hatte große rote Lippen und runde Schenkel. Ihr Haar war zu großen, weichen Locken dauergewellt. Ihre Augen waren groß und rund und bereit, in meine zu schauen.

»Komm mit«, sagte sie. Dann drehte sie sich um und ging.

Ich folgte ihr die Treppe hinauf. Ihr Kleid verbarg überhaupt nichts. Wir gingen einen Flur entlang, der aussah wie in einem Hotel. Auf beiden Seiten waren Türen mit Nummern darauf. Sie öffnete Tür Nummer sieben und ließ mich ein.

»Wie willstes haben?« fragte sie meinen Rücken.

Als ich mich umdrehte, hatte sie das Kleid abgelegt.

»Will bloß n bißchen reden.« Ich glaube nicht, daß ich stotterte, aber die Frau lächelte, als hätte ich es getan.

»Worüber willste reden?« Einer ihrer oberen Vorderzähne war aus massivem Gold. Direkt über der linken Brustwarze hatte sie ein nippelförmiges Muttermal.

»Du bist Marla?«

»Komm.« Sie zeigte auf das Bett. »Setz dich.«

Wir saßen nebeneinander, mit ihrem Schenkel an meinem Hosenbein.

»Du bist Marla?« fragte ich wieder.

»Mhm.«

»Ich will was über Bonita Edwards wissen.«

»Die is tot.«

Marla nahm meine Hand in ihre und rieb die Knöchel an ihrer Brustwarze. Sie wurde hart und sehr lang.

Marla lächelte. »Die mag dich.«

»Ich will was über Bonita Edwards wissen.«

»Was willste wissen?«

»Hat jemand ihren Tod gewollt? Jemand, den du kennst?«

Marla setzte sich zurück, stützte sich mit den Händen ab. »Arbeitste für die Cops? Die Cops warn nämlich schon hier, und wir ham denen gesagt, wir wissen nix. Bonita hat nen freien Tag gehabt und is einfach nich zurückgekommen.«

»Ich will bloß rauskriegen, was mit se passiert is. Das is alles.«

»Max und Estelle ham gesagt, bei dir muß ich aufpassen. Se ham gesagt, daß de Unglück bringst und daß ich einfach mit dir ficken und meinen Mund halten soll.«

»Und wenn ich aber will, daß de es mir mit dem Mund machst?« Marla lachte und packte mich am Arm. Es war ein gutes Lachen, mit viel Gefühl dahinter.

»Guter Witz.« Sie lächelte mich an, und ich begriff, daß ich mit einer nackten jungen Frau auf dem Bett saß.

Dann klopfte es dreimal an der Tür. »Fünf Minuten!« sagte eine Männerstimme. Es war nicht Max Howard.

»Haste noch vierzig Dollar, Mister?« fragte Marla.

»Wieso?«

»Für zwanzig kriegste nur zehn Minuten, und nach fünf Minuten klopfen se, weißte, damit de dich beeilst. Aber wenn de nachzahlst, lassen se dich für bloß sechzig Eier ne Dreiviertelstunde bleiben.«

Ich gab ihr das Geld.

Sie lief auf den Flur hinaus, ohne etwas überzuziehen.

Allein im Zimmer überlegte ich, ob ich aus dem Fenster steigen sollte. Vielleicht erzählte sie ihnen, was ich sie gefragt hatte, und sie kamen mit einer Pistole zurück. Ich war unbewaffnet. Die Wirkung des Whiskeys ließ nach, und ich war nicht mehr so tapfer. Ich war mir nicht mehr so sicher.

Die Tür ging auf, und Marla kam mit einer Flasche Scotch, zwei Gläsern und ihrem natürlichen Charme zurück.

Sie grinste. »Wir ham fast ne Stunde und die Flasche. Willste was?«

Sie goß beide Gläser voll und ließ sich neben mir auf dem Bett nieder, die Beine so weit gespreizt, daß ein dichter Schopf Schamhaar zu sehen war. »Was willste also wissen?«

»Hab ich doch gesagt. Ein Typ will, daß ich was über Bonita rauskrieg. Er ist wütend wegen dem, was passiert is, und vielleicht möcht er ein Wörtchen reden mit dem Kerl, der's getan hat.«

»Welcher Kerl?«

»Das geht dich nix an, Schätzchen.« Ich nahm einen langen Schluck und goß mir das Glas wieder voll. Marla tat es mir nach und lachte.

»Bonita hat keinen Freund gehabt«, sagte sie nachdenklich.

»Die hat Männer nich mal leiden können, nich so wie ich. Und ich kann mir nich vorstelln, wer se abgemurkst ham könnt.«

Ich kippte den nächsten Drink. »Einer musses gewesen sein. Ohne Grund bringt keiner wen um.«

»Baby, wenn de das glaubst, biste noch nie in diesem Geschäft gewesen.« Marla beugte sich vor und schüttelte den Kopf, und ich merkte, daß ihre Locken eine Perücke waren.

»Wie alt biste?« wollte ich wissen.

»Neunzehn. Und ich hab schon gesehen, wie Mädchen abgemurkst worden sind. Ich hab gesehen, wie Männer mit nem Baseballschläger und mit ner Rasierklinge auf se losgegangen sind. Ich hab gesehen, wie Männer mit nem Hund die Treppe hier raufgekommen sind und verlangt ham, daß das Mädchen nett zu dem Hund is. Mhm. Vielleicht bin ich noch n Mädchen, aber ich bin auch ne Frau. Ich bin ne Frau, seit ich elf war.«

Wir tranken beide noch etwas. Marla legte mir die Hand auf den Oberschenkel.

»Wer will was über Bonita wissen?« fragte sie.

»Darf ich nich sagen. Ich krieg Geld dafür und soll nix sagen.«

»Willste mich ficken?«

»Hat Bonita die anderen Frauen gekannt, die abgemurkst worden sind?« Ich trank noch etwas.

»Mhm.«

»Woher weißte das?«

»Se hat's mir gesagt. Ich hab Julie LeRoi auch gekannt, und als ich Nita das mit ihr gesagt hab, hat se nur gefragt: ›Julie wer?‹« Marla lachte. »Blöd. Nich?«

Ich weiß nicht, wie wir anfingen, uns zu küssen, aber ich lag auf dem Rücken und Marla auf mir. Ich war so betrunken, daß ich kaum unsere Lippen und Zungen spürte, aber etwas Stärkeres als Gefühl trieb mich an.

Als sie mir die Hosen herunterzog, sagte ich: »Was is mit

den anderen, Willa Scott und mit ner Stripperin namens Cyndi Starr?«

»Willste, daß ich an dem Ding da lutsche oder rede?«

Ich sagte gar nichts, sie ebenfalls nicht.

Viel später wurde wieder an die Tür geklopft.

»Du mußt dich anziehn«, sagte Marla.

Ich zog die Hosen hoch, und sie schlüpfte in das Wickelkleid.

Ich bekam etwas für mein Geld. Bonita Edwards kam aus Dallas und war erst seit drei Monaten in L. A. gewesen. Sie kam direkt zu Max und Estelle. Sie hatte eine Wohnung, ging aber fast nie dorthin. Willa Scott hatte sie sicher nicht gekannt, aber bei Cyndi Starr war sich Marla nicht sicher.

»Marla?«

»Was?«

»Arbeiteste manchmal woanders, nich hier? Ich meine, haste mal nen Freier, der sich an deinem freien Tag woanders mit dir trifft?«

»Manchmal.«

Ihrem Lächeln merkte ich an, daß sie mich haßte.

»Und Bonita?«

»Das willste wissen?« fuhr sie mich an. »Warum gehste nicht in die Leichenhalle und bespringst se?«

»Komm schon, Marla. So verdien ich mein Geld.«

»Ich weiß nich.«

»Was weißte nich?«

»Ich weiß nix!« schrie sie und hielt sich die Fäuste an die Ohren. Dann sprang sie auf und lief hinaus.

Ich brauchte einen Augenblick, um mein Hemd zu packen, ehe ich ihr nachlief.

Als ich auf den Flur kam, stand dort, wo eigentlich Marla sein sollte, ein schleimiger Typ, ein Weißer. Er trug einen grünen Anzug, breit in den Schultern, schmal in der Hüfte, mit

Hosen, die unten enger wurden. Der Anzug paßte zu seinen Augen. Er lächelte, wie eine Schlange lächeln würde, wenn sie Lippen hätte.

»Schluß jetzt, Freundchen«, zischte er. »Die Zeit zum Spielen ist rum.«

Ich war betrunken, aber nicht so betrunken, daß ich nicht gewußt hätte, wie sehr meine Reflexe im Eimer waren. Ich wurde so ruhig wie möglich, sammelte meine ganze Kraft für eine einzige Bewegung.

»Was willste von Marla?« Schlangenmaul war fast höflich.

Er hob den Blick ein bißchen, sah über meine rechte Schulter.

Ich hörte den Mann hinter mir ächzen. Das reichte als Vorwarnung; ich wich dem Knüppel, der nach meinem Kopf ausholte, aus. Ich tauchte nach rechts weg und sah einen gedrungenen Schwarzen, der durch die Wucht seines Schlags ins Stolpern kam. Ich ließ ihn fallen und holte zu einem Boxhieb aus, der Schlangenmaul an der Kinnseite traf. Er kippte gegen die Wand.

In der Regel sind kleine Männer beweglicher als große. Der kleine schwarze Mann war schon auf den Beinen und schwang den Stock. Ich wich so aus, daß ich nicht die volle Wucht des Schlags abbekam, aber er streifte meinen Kopf über dem linken Ohr.

Der Aufprall fühlte sich ganz ähnlich an, wie wenn ein großes Fahrzeug, zum Beispiel ein Bus, plötzlich abbremst und man nach vorn geschleudert wird. Und dann die Farben: rote Amöben, zerschnitten von gelben Scherben, gesprenkelt mit schwarzen Löchern.

Ich zielte mit der Faust nach der Stelle, an der ich das Gesicht des kleinen Mannes zuletzt gesehen hatte. Ich spürte einen fleischigen Aufprall.

Dann stolperte ich die Treppe hinunter. In dem Zimmer, in

dem die Mexikanerin und ihr Kind lesen gelernt hatten, stieß ich mit einer Frau in einem schwarzen Negligé zusammen.

»Oh!« rief sie mit einem Lachen in der Stimme. Aber als sie mein Gesicht sah, wich sie zurück. Nach dem Zusammenprall hatte ich nach ihr gegriffen; als sie sich von mir löste, fühlte sich der Stoff ihres Negligés rauh an meinen Handflächen an.

Auf dem Pflaster draußen wurden meine nackten Füße kalt. Marlas starkes Parfüm und ihr weiblicher Geruch tränkten meine Kleidung. Vielleicht mochte sie mich? Ich lachte, hatte Schmerzen und hätte fast gekotzt. Ich hätte nicht nach Hause fahren sollen, so wie ich roch, aber ich mußte.

Es dauerte lange, bis ich auf dem Kupferzifferblatt meiner »extra flachen« Armbanduhr von Gruen die Zeit entziffern konnte. Inzwischen war es Viertel vor drei. Ich holte tief Luft und ließ den Motor an.

Ich fuhr sehr langsam zu meiner Straße, parkte so weit weg, daß das vertraute Geräusch meines Motors Regina nicht weckte. Ich ließ mir viel Zeit beim Öffnen des Tors, damit es nicht quietschte. Dann ging ich durch Jesus' Seitentür hinein.

Jesus lag mit offenem Mund auf dem Rücken. Er hätte ein Erdbeben verschlafen. Ich zog meine Kleider aus und schob sie unter sein Bett.

Ich saß in der Badewanne und ließ das Wasser langsam einlaufen. Marlas Geruch hing an meinen Beinen und unter meinen Fingernägeln. Er haftete an meinem Haar und in meinem Atem.

Nach langer Zeit stieg ich aus der Wanne. Ich zog einen Bademantel an und ging zum Kinderbett. Edna lag auf dem Bauch, ein Arm unter ihr, und lutschte am Daumen. An ihrem Nasenflügel klebte getrockneter Schleim. Als ich näherkam, schnüffelte sie und runzelte die Stirn.

Regina lag mit dem Rücken zur Tür. Sie hatte die Decke bis zu den Ohren hochgezogen und atmete im Schlaf tief ein.

Ich ging leise zu Bett, so behutsam, daß kaum eine Sprungfeder knarrte. Bei jedem Herzschlag pulsierte der Schmerz in meinem Kopf.

Die grünen Leuchtzeiger der Uhr neben meinem Bett zeigten halb vier.

Ich war seit unserer Heirat zum erstenmal mit einer anderen Frau zusammengewesen. Mit einer Prostituierten. Es hatte mir nicht einmal gefallen. Aber das Mädchen hatte mir ein finsteres Wohlgefühl beschert.

Wer auch immer Bonita Edwards ermordet hatte, vermutlich hatte er sie in der Bethune Street kennengelernt. Ich stellte mir alle Möglichkeiten vor, Max auszufragen. Ich stellte mir vor, wie ich auf ihn einprügelte und wartete, bis er wieder aufwachte, um ihn dann wieder zu schlagen. Vielleicht käme er gar nicht dazu, stundenlang zu reden. Vielleicht würde ich ihn nie zum Reden bringen.

Um zwanzig vor vier sagte sie: »Haste das Geld besorgt Easy?«

»Nein, Baby. Ich hab den ganzen Tag Fragen für Officer Naylor gestellt. Bin noch nich dazu gekommen, mich drum zu kümmern.«

Ich glaubte, es müsse so aussehen, als ob ich Schwierigkeiten hätte, das Geld zu besorgen. Ich hatte vor, Regina alles über mein Geld zu sagen, sobald das mit der Polizei erledigt war. Ich brauchte nur Zeit, mir die richtigen Worte zurechtzulegen.

Reglos blieb ich liegen, in der Hoffnung, Regina werde wieder einschlafen. Ich vertrieb alle Gedanken an Sex, Gewalt und Tod aus meinem Kopf.

Nach einer Weile konnte ich mich nicht einmal mehr daran erinnern, wie Marla aussah.

»Du riechst, als ob de in nem Hurenhaus gewesen wärst«, sagte sie um fünf nach vier.

Wir hatten uns beide nicht gerührt.

»Du weißt, daß ich dich liebe, Regina«, sagte ich.

»Ich weiß, das glaubst du.«

»Du und Edna, ihr seid mir wichtiger als alles andere.«

»Hm.«

»Mehr kannste dazu nich sagen?«

Ich wartete bis zum Morgengrauen, aber sie sagte kein Wort mehr.

12

Meine Zunge fühlte sich an wie ein Kaktus, und in meinem Kopf hämmerte das Blut. Ich stand auf und tastete mich an den Wänden entlang ins Wohnzimmer.

Sie waren alle da.

Jesus saß am Fenster, las in einem Buch und preßte sich die Finger der linken Hand gegen den Kopf. Ich erkannte in seiner Pose meine Haltung beim Lesen wieder.

Regina trug einen türkisfarbenen Hausmantel. Edna, die nur Windeln anhatte, saß auf ihrem Schoß. Mutter und Tochter sahen sich voller Ehrfurcht an. Als ich hereinkam, griff Edna eben nach dem Gesicht ihrer Mutter, und Regina beugte sich vor, wollte sich berühren lassen.

Sie waren alle so schön, daß ich zurückwich. Aber dann nahm jemand die Stufen in zwei Schritten und klopfte an unserer Tür. Als Regina aufstand, sah sie mich. Verwirrung spiegelte sich in ihrem Gesicht, so, als ob ich gar nicht hierhergehörte. Dann runzelte sie die Stirn und ging an die Tür.

Es war Gabby. Sie grinste meine Tochter und meine Frau an, küßte sie und schnitt Grimassen.

Das Lächeln auf ihrem Gesicht erstarb, als sie mich sah. Ich wandte mich ab und ging ins Schlafzimmer zurück.

Regina kam mir bald nach und sagte: »Du solltest höflich zu Gabby Lee sein, Easy.«

»Hat se irgendwas zu mir gesagt?«

Ich bemerkte Blut auf dem weißen Kissenbezug. Ein Andenken an den kleinen Typen aus der Nacht davor. Der rechte Arm tat mir weh, als ich die Decke über das Kissen zog.

»Gabby Lee hat soviel Pech mit Männern gehabt, Easy. Vielleicht kann se nich höflich zu Männern sein, aber das is für dich keine Entschuldigung.«

»Kann ich dich heute fahren?«

Regina hatte den Hausmantel abgelegt und wollte sich ihr gelbes Kleid überziehen. »Warum?«

»Wie früher. Und heut abend hol ich dich ab.«

»Warum heute?« Sie klang mißtrauisch.

»Hör mal, Schatz«, sagte ich. Ich streckte die Hand aus, um den Reißverschluß am Rücken zuzuziehen. Sie zögerte einen Augenblick, ehe sie meine Berührung zuließ. »Ich weiß, ich hab mich dir gegenüber nich richtig verhalten. Ich weiß es. Aber ich will's in Ordnung bringen.«

»Ja?«

»Erst muß ich bloß diese Sache mit Quinten Naylor hinter mich bringen.«

Sie berührte mein Ohr, wo mich der Knüppel getroffen hatte. »Was is dir denn passiert?«

»Ich liebe dich, Regina.«

Ich setzte mich auf das Bett. Mein Kopf tat so weh, daß es mit Schmerz schon nichts mehr zu tun hatte. Es war eher eine Art von Bewegung, als schlängelte sich eine Viper mit rasiermesserscharfem Rücken durch mein Gehirn. Regina sah mir die Qual an und setzte sich neben mich.

»Was is denn, Baby?«

»Ich will dich zur Arbeit fahren, und außerdem will ich, daß de was für mich tust.«

»Was denn?«

»Am vierzehnten Oktober habt ihr nen Patienten in der Ambulanz vom Temple gehabt. Ein junger Mann namens Gregory. Seinen Nachnamen weiß ich nich. Ich muß rauskriegen, wo er wohnt.«

»Wozu?«

»Er hat eine von den ermordeten Frauen gekannt.«

»Warum sagste das nich einfach Quinten Naylor? Der könnte das selber rauskriegen.«

»Vielleicht, aber wenn ich nen Namen und ne Adresse hab, weiß ich sicher, daß Quinten ihn finden wird. Du weißt doch, die Polizei macht so'n Aufstand bei dem, was se tut, und dieser Gregory könnt nen Freund im Temple haben.«

»Aber ich brauch mein Auto«, sagte Regina.

»Ich hol dich um fünf ab, ich schwör's.«

»Na ja… schön«, sagte sie schließlich. »Aber wir müssen uns beeilen, wenn de mitwillst. Ich hab feste Arbeitszeiten, weißte.«

Das Temple Hospital ist ein großes, graues Steingebäude auf einem Hügel an der Temple Street. Edna war in einer verregneten Januarnacht dort geboren worden. Regina hatte während der Wehen starke Schmerzen, und die Schwestern waren so nett, daß sie beschloß, Schwesternhelferin zu werden. Vorher hatte sie sich nie Gedanken über einen Beruf gemacht. Aber diesen Job hätte sie für nichts in der Welt aufgegeben.

Ich bog links ab, ehe wir zum Haupteingang kamen.

»Was machste?« fragte Regina.

»Ich will parken. Ich hab gedacht, wir könnten ne Tasse Kaffee trinken wie früher.«

»Ich muß zur Arbeit.«

»Es is doch erst halb neun. Du mußt doch erst Viertel nach neun zum Dienst.«

Regina schüttelte den Kopf. »Heut morgen hab ich keine Zeit«, sagte sie.

Ich wendete mitten auf der Straße und hielt in der Lieferzone vor dem Haupteingang.

Regina sagte: »Du hast dich die ganze Zeit mit deinem eignen Kram beschäftigt, Baby. Weißte, da drin hab ich Freundinnen, die von mir erwarten, daß ich mich zu ihnen setz.«

»Aber ich bin dein Mann.«

Sie tätschelte meine Wange, gab mir dann einen Kuß darauf. »Ich versuch, was über deinen Jungen aus der Ambulanz rauszukriegen, Schatz. Gegen zehn ruf ich dich an, okay?«

»Denk schon.«

Sie küßte mich auf die Lippen und öffnete die Tür. Das Alleinsein machte mich so elend, daß ich ihr fast nachgerufen hätte. Ich sah ihr nach. Sie war kaum aus dem Auto ausgestiegen, als sie in Gedanken nur noch bei der Arbeit war, die vor ihr lag. Sie schaute sich nicht um. Ich wartete, bis die große Tür sich hinter ihr geschlossen hatte.

Als ich wieder zu Hause war, bohrte die Viper mit dem Rasiermesserrücken an meiner Schädeldecke. Gabby Lee und Edna spielten im Wohnzimmer.

In der Küche packte Jesus sein Mittagessen ein.

»Wie geht's dir?« fragte ich ihn.

Jesus schaute zu mir auf und lächelte.

»Zeig mir deine Hände.«

Er ließ mich schnell seine Handflächen sehen und griff dann nach seiner Essenstüte. Aber ich streckte die Hand aus und faßte ihn an der Schulter.

»Laß mich mal gründlich nachsehen«, sagte ich.

Er hatte in den letzten vierundzwanzig Stunden etwas Klebriges gegessen. Die Innenseiten der Finger waren fleckig vor Schmutz.

»Du mußt die jeden Abend die Hände waschen, Jesus Rawlins. Wenn du so ins Bett gehst, könnteste Ameisen anziehn, vielleicht sogar ne Ratte.«

Jesus schaute ängstlich auf den Boden.

»Mach schon, wasch dich und geh dann zur Schule.«

Er lief ins Bad.

Ich ging ins Bett zurück und zählte, so langsam ich konnte, Herzschläge und Atemzüge.

Als Gabby Lee anfing, nebenan mit Edna laut herumzuquietschen, rief ich: »Schluß mit dem Krach! Schluß!«

Edna fing an zu weinen. Ich wollte hinübergehen und ihr die Hand vor den kleinen Mund halten, aber ich wußte, daß es am Kater lag. Ich wußte, daß es an den Schuldgefühlen lag, die ich wegen mir und der Hure hatte. Ich, der Hurenbock, der Idiot.

»Jetzt haste die Kleine zum Weinen gebracht«, sagte Gabby Lee von der Schlafzimmertür aus.

Sie bedachte mich mit einem fiesen Blick, aber als ich ihr in die Augen sah, gab sie klein bei. Sie ging rückwärts hinaus. Ich hievte mich aus dem Bett und verfluchte Quinten Naylor. Ich haßte diesen Mann. Ohne ihn wäre es mir bestens gegangen. Das glaubte ich wirklich. Weit über dreißig und immer noch ein Idiot. Ich ging mit einer Segeltuchtasche in Jesus' Zimmer und sammelte meine Kleider ein. Dann ging ich ins Schlafzimmer, um das Bett abzuziehen.

Gabby Lee beobachtete mich schweigend, während ich von Zimmer zu Zimmer ging.

Ich machte Kaffee und Toast. Ich trank den Kaffee, aber der Toast blieb ungegessen. Ich wusch mich, rasierte mich und wusch mich wieder. Als ich halbwegs wieder Mensch war, sagte ich meiner Kleinen guten Morgen. Sie lachte und spielte mit meinen Fingern. Es ist eine Schande, wie leicht Kinder den Eltern ihre Sünden vergeben.

Ich sagte kein Wort mehr zu Gabby Lee. Sie ging durch das Haus, haßte mich mürrisch, wie sie alle Männer haßte. Aber an jenem Morgen konnte ich es ihr nicht verübeln. Es war, als wäre ich auf dem Kriegspfad gegen Frauen und als gälte das für alle Männer, die ich kannte und auch die, die ich nicht kannte. Ich hatte Marla wie ein Stück Fleisch behandelt. Ich war nicht ehrlich zu meiner Frau und hatte meine Kleine angebrüllt. Jemand lief herum und ermordete Frauen, und der Polizei war das so gut wie egal, bis es eine Weiße erwischte. Ich war mir nicht einmal sicher, ob ihnen das mit der Weißen nicht auch egal war.

Das klingelnde Telephon riß mir fast den Kopf ab. Gabby Lee nahm es nicht ab. Sie hatte nicht vor, als meine Sekretärin zu arbeiten. Das Läuten erinnerte mich an Maschinengewehrsalven. Als ich schließlich zum Apparat wankte, mußte ich mich zwingen, das verdammte Ding nicht aus dem Fenster zu werfen.

»Ja«, flüsterte ich.

»Easy?« sagte Regina. »Bist du's?«

»Mhm.«

»Mit Nachnamen heißt er Jewel, und er wohnt in der Harpo Street hundertachtundsechzig. Die sagen, der ist ganz schön bearbeitet worden. Lauter Knochenbrüche. Äh. Am nächsten Tag ist ne junge Frau gekommen und hat n abgeholt.«

»Danke, Baby«, sagte ich. Ich hatte die Adresse und den Namen auf die Tischplatte im Eßzimmer gekritzelt. Gabby Lee durchbohrte mich mit Blicken wie Dolche, sagte aber kein Wort.

»Easy?« fragte Regina.

»Ja?«

»Machste das gern?«

»Was?«

»Das. Für die Cops arbeiten und nach Leuten suchen wie den Jungen da.«

»Hhm, nein, Baby. Ich will nix, als bei dir zu Hause sein. Das gefällt mir.«

Ein Kater aus der Nachbarschaft stolzierte über den Rasen vor dem Haus. Ich beobachtete ihn durch das Fenster, als er urplötzlich erstarrte und mich geduckt anschaute. Seine Augen waren die Reginas, durchschauten meine Lügen.

»Aber du machst's, weil de mußt?«

»Was?«

»Ich hab unbedingt ein Baby kriegen müssen. Ich hab's gemußt. Ich mag meinen Job, ich mag jede Menge Dinge, aber Edna hab ich kriegen müssen. Ohne sie würd ich sterben.«

»Und ich würd ohne dich sterben, Baby«, sagte ich.

»Ich muß jetzt Schluß machen, Easy. Biste um fünf hier?«

»Ja. Ich werd da sein.«

Als ich durch die Haustür ging, wartete L. A. auf mich. Man konnte so weit sehen, wie es die Berge zuließen. Ich hatte es nicht verdient, aber es gehörte trotzdem mir.

13

Gregory Jewel wohnte in einer Siedlung im kalifornischen Stil. Ein weitläufiges Grundstück mit einer Reihe von Bungalows in Weiß und Grün, die sich gegenüberstanden. Am Ende der Gasse, die zwischen den sechzehn Häusern verlief, stand ein einzelner Bungalow. Dort wohnte Gregory Jewel. Auf einem kleinen Bronzeschild über der Klingel stand: »Stellvertretender Hausverwalter«.

Eine junge Frau machte die Tür auf. Sie hatte eine hellbraune Haut und dunkelbraune Sommersprossen um die breite Nase herum. Die Lücken zwischen ihren Zähnen verstärkten ihr Lächeln, und man sah ihr an, daß sie immer lächelte. Sie lächelte sogar, wenn sie traurig war. Ihre Augen waren feucht, und sie hatte Falten im jungen Gesicht, Falten vom tagelangen Weinen. Ihr ernstes, faltiges Gesicht verriet, wie sie als ältere Frau aussehen würde – wenn er sie so lange behalten konnte, würde Gregory ein glücklicher Mann sein.

»Ja?« sagte sie.

»Gregory Jewel«, sagte ich in schroffem Ton. Der Kater sprach für mich.

»Nein, Sir. Hier is kein Gregory Jewel.«

»Mach halblang, Schätzchen. Ich weiß, daß er hier wohnt. Und ich weiß, daß Greg nich rumlaufen kann, weil er zusammengeschlagen worden is. Sagen Se ihm also, Easy Rawlins is hier, und wenn er nich die Cops auf den Hals kriegen will, soll er lieber jetzt mit mir reden.«

Sie hörte mich geduldig an, und als ich fertig war, sagte sie: »Tut mir leid, Mister, aber hier im Haus is kein Gregory Jewel nich.«

»Ella!« wurde aus dem Haus gerufen.

»Was?«

»Wer is das?«

»Bloß n Mann, der nen Gregory Jewel sucht. Ich hab ihm gesagt der is hier nich.«

»Komm wieder rein!« rief die Stimme.

Ella schlug mir die Tür vor der Nase zu. Ich ließ es mir gefallen. Am liebsten hätte ich mich an Ella vorbeigeschoben und Gregory aus seinem Versteck gezerrt, aber ich hielt meinen Zorn im Zaum. Ich sparte ihn für einen stärkeren Feind auf.

Als die Tür wieder aufging, war Ellas Lächeln verschwunden.

»Komm Se rein«, sagte sie.

Die Zimmer im Bungalow waren wie Schiffskabinen. Der Platz reichte kaum, sich umzudrehen. Die Möbel paßten nicht zueinander, und das Linoleum auf dem Boden war an den Ekken faulig. An der Wand hing ein Photo, das Ella in den Armen eines dürren Mannes mit vorstehenden Zähnen zeigte. Neben der Haustür standen eine Kochplatte und ein Stapel Geschirr.

Hinter diesem Raum lag ein noch winzigeres Schlafzimmer. Vermutlich gehörte ein Schrankklo dazu. Das bekam ich jedoch nicht heraus, weil der Mann mit den vorstehenden Zähnen in dem kleinen Bett lag. Gregorys linker Arm war seitlich ausgestreckt und steckte bis über die Schulter in einem dicken weißen Gipsverband. Seine rechte Hand war bandagiert, und beide Füße waren eingegipst. Alle Gipsverbände waren abgestoßen und ausgefranst. Gregorys Kopf war bandagiert, und beide Augen waren blutunterlaufen.

»Was wolln Se?« fragte er.

Neben dem Bett war nur Platz für einen gedrungenen, gepolsterten Stuhl. Ich setzte mich darauf, und Edna sackte gegen die Tür.

»Sie sind Gregory Jewel?«

Mein offizieller Ton machte ihn nervös.

»Wieso?« fragte er.

Ich musterte ihn kurz. Der Mann tat mir nicht leid, denn er hatte sein Elend selbst heraufbeschworen. Aber ich fühlte mich mit seinem Elend verwandt. Es kam mir vor, als hätte ich mein ganzes Leben damit verbracht, in schäbige Häuser zu gehen, in denen arme Leute unter dem Gewicht unserer »Befreiung« bluteten, litten oder einfach in aller Stille starben. Ich war in einem Haus geboren, das nicht größer als das hier gewesen war. Ich hatte dort mit zwei Halbschwestern und einem Stiefbruder gewohnt. Ich hatte mit angesehen, wie meine Mutter auf einem Bett wie dem Gregorys an Lungenentzündung starb.

Urplötzlich war mein Kater verschwunden. Ich atmete die säuerliche Luft tief ein und sagte: »Ich muß wissen, wie Se zusammengeschlagen worden sind, Mann.«

»Wieso? Sind Se n Cop?«

»Wenn Se mir nix sagen, kommen die Cops.«

»Wer sagt das?«

»Hören Se, ich will mich nich mit Ihnen rumärgern. Wenn Se die Cops hier ham wolln, schick ich die. Ich muß wissen, wie Se so zugerichtet worden sind. Die müssen das auch wissen.«

Das junge Paar sah sich an, dann fragte Gregory: »Was liegt denn an?«

»Das is ne üble Geschichte, Gregory. Wirklich übel. Se wolln bestimmt nich, daß Ihr Name da mit reingezogen wird. Das können Se mir glauben. Ich werd Ihnen nix sagen, aber so isses besser für Se. Jetzt frag ich Se zum letztenmal. Dann bin ich weg, und alle erfahrn Ihren Namen.«

Gregory versuchte zu lachen. »Da war doch gar nix. Hab nix zu sagen. Der is mir inner Bar übern Weg gelaufen und hat was gesagt, was mir nich gefallen hat.«

»Was is mit Juliette LeRoi? Ich hab gehört, bei dem Streit isses um die gegangen.«

Ella machte die Tür auf und ging hinaus.

»Wozu tun Se denn so was, Mann?« kreischte Gregory. »Das is nich recht.«

»Was is mit Juliette LeRoi?« fragte ich wieder. Ich nahm einen Zwanzigdollarschein aus der Tasche und legte ihn auf den Gips.

Nur große Konzentration hielt Gregory davon ab, sich den Schein mit den beiden noch verfügbaren Fingern der bandagierten Hand zu schnappen. »Was wolln Se wissen?«

»Was war los in der Nacht, als Se zusammengeschlagen worden sind?«

Gregory wandte sich von mir ab und sah hinauf zu dem kleinen Fenster knapp unterhalb der niedrigen Decke. Er erinnerte mich an ein aus dem Nest gefallenes Küken.

»Hab se gekannt. Das is alles. Bin mit ihr auf n paar Drinks ins Aretha gegangen. Das ham wir manchmal gemacht, und vielleicht hab ich dann was dafür gekriegt, wenn Se wissen, was ich meine.

Und da war dieser Kerl mit dem Bart und hat gesagt er will, daß se mit ihm kommt. Ich bin aufgestanden, und er hat mich durch die Bar gestoßen. Dann geht er raus und zerrt Julie mit. Ich krieg die Wut, also lauf ich denen nach. Aber der packt mich auf de Straße.« Gregory liefen Tränen über das Gesicht. »Erst bricht er mir den Arm, Mann. Dann is er mir auf den Füßen rumgetrampelt. Der Doktor hat gesagt, vielleicht kann ich nich mehr richtig laufen, und wissen Se, wir zahln hier keine Miete nich, wenn ich mich um alles kümmer, und wenn ich nich bald wieder damit anfang, schmeißen die uns raus.«

»Was is mit dem Mann und Juliette?« Ich wollte nichts über seine Probleme hören. Ich konnte nichts dagegen tun.

»Se hat mich gerettet, Mann. Se hat ihn angebrüllt und weggezerrt. Ich mein, er hat sich von ihr wegzerren lassen. Er war groß und richtig stark. Hat mir n paarmal ne Mülltonne über den Kopf gehauen. Dann sind se zusammen weggegangen.«

»Hat se irgendnen Namen zu ihm gesagt?«

»Hat se, aber ich kann mich nich erinnern.« Gregory schüttelte den Kopf aber das tat ihm so weh, daß er zusammenzuckte.

»Hat er se abgeschleppt?«

»Se hat gesagt, se kommt mit ihm mit, wenn er mich in Ruhe läßt.«

»Das is alles?«

»Er hat komisch geklungen.«

»Wieso komisch?«

»Hat statt Mensch ›Mönsch‹ gesagt. Hat fast wie n englischer Nigger geklungen.«

Das reichte mir. Ich stand auf, und Gregory sagte: »Warum wolln Se das alles wissen?«

»Das wissen Se nich?«

»Was weiß ich nich? Was gibt's da zu wissen?«

»Juliette is tot. Nachdem se mit dem Kerl, der Se fertiggemacht hat, weggegangen is, is se ermordet worden.«

»Nee, Julie is nich tot.« Gregory lachte kurz auf, um es zu beweisen.

»Ham Se denn mit niemand gesprochen, Mann?«

»Seit dem da bloß noch mit Ella.« Er hob den gebrochenen Arm etwa fünf Zentimeter.

Ich ließ ihn in seinem Schlafzimmer von der Größe eines Sargs liegen, wo er weiter darüber nachdenken sollte, wie nahe er dem Tod gekommen war.

Ella saß weinend auf dem winzigen Sofa, als ich ging. Ich sagte nichts zu ihr. Gegen ein Leben in Armut gibt es keine Mittel. Und zu sagen gibt es da schon gar nichts.

Willa Scott hatte bei ihren Eltern in der Eighty-third Street gewohnt. Es waren kleine Leute, die ein bescheidenes Häuschen besaßen. Sie hatten Willa spät im Leben bekommen und waren jetzt im Ruhestandsalter. Sie konnten mir nicht helfen, mich nur fragen, Warum. »Warum hat jemand unserem Mädchen so was angetan?«

»Hat sie Freunde nach Hause mitgebracht?« fragte ich. »Männer?«

Ihre Mutter, die etwas von einem Huhn an sich hatte, schüttelte den Kopf. Der Vater, der seinen Sessel nicht verließ, während ich dort war, sagte: »Sie war ein bißchen verschlossen. Sie hat uns gesagt, die meisten Männer, mit denen sie sich trifft, sind nicht gut genug, sie nach Hause mitzubringen. Aber wissen Se, sie hätt Arbeit an einer Schule gekriegt.«

»Hat sie nen Schwarzen mit nem Bart gekannt?«

»Nein, Sir«, antwortete Mrs. Scott. »Wollen Sie die Bilder von ihr sehen?«

Mrs. Scott holte ein selbstgemachtes Photoalbum. Sie und ihr Mann strahlten die Photos an, während ich hinter ihnen stand. Sie kniete neben ihm, und sie girrten und gackerten vor Vergnügen. Nach etwa der Hälfte des Albums bedankte ich mich bei ihnen.

Als ich hinausging, bewunderten sie immer noch ihre Erinnerungen an Wilma.

14

Zwischen der Eighty-sixth Street und dem Eighty-seventh Place an der Central Avenue, nicht weit entfernt vom Haus der Scotts, stand ein langes, mit Stuck verziertes Gebäude, das wir Hollywood Row nannten. Es stand zwar nicht einmal in der Nähe von Hollywood, aber wir nannten es wegen seiner schrillen Mischung von Bewohnern so. Es hatte nur zwei Stockwerke, erstreckte sich aber von einer Kreuzung zur anderen. Das Erdgeschoß bestand aus einem Tante-Emma-Laden, der Market hieß, zwei Schnapsläden, drei Bars und einer chinesischen Wäscherei namens Lin Chow. Im ersten Stock lagen links und rechts von einem langen Flur Studiowohnungen, vermietet an durchreisende Gangster, Huren und Musiker, die ihre beste Zeit hinter sich hatten. Die Musiker waren die einzigen langfristigen Bewohner. Lips McGee, ein Mann, den ich seit meiner Jugend in Houston kannte, wohnte seit dreizehn Jahren dort.

Erst ging ich zu Lin Chow, wo eine kleine Frau in einer blauen Steppjacke und roten Baumwollhosen bügelte. Sie sah mich an und bedachte mich mit einem zahnlosen Grinsen. Ich reichte ihr die Segeltuchtasche, und sie leerte sie auf dem Tresen aus. Sie kritzelte etwas auf einen weißen Block und riß den Zettel ab.

Ich konnte es nicht lesen.

»Wie lange?« rief ich.

Sie hielt zwei Finger hoch und rief zurück: »Zwei.«

»In zwei Stunden?«

Sie schüttelte den Kopf und hielt wieder zwei Finger hoch. »Zwei Tag.«

Ich nahm ihre Zeichensprache als eine Art Omen und ging in einen der Schnapsläden, wo ich zwei Halbliterflaschen Johnnie Walker Red Label kaufte.

Der einzige Zugang zu den Wohnungen in Hollywood Row war eine wacklige Tür, die in den Hinterhof führte. Links neben der Tür stand ein ganzer Pferch voller Mülltonnen, in denen Ameisen, Kakerlaken und Fliegen gediehen. Alle Tonnen liefen über von Aluminiumverpackungen von Fertiggerichten und Schnapsflaschen. Die Holztreppe war schwammig. Auf dem langen Flur lag ein Teppich, der früher grün gewesen war. Jetzt war er von der Farbe nur noch eingerahmt wie ein trockenes, braunes Flußbett von absterbendem Schilf an den Ufern.

Hollywood Row war ein Ort ohne Privatsphäre. Die Leute verhielten sich hier, als wäre es ein großes Haus mit vielen Zimmern. Die meisten Türen der Studiowohnungen standen offen. Hinter einer Tür, an der ich vorbeikam, war ein voll angekleideter Mann in einem altmodischen Anzug mit wattierten Schultern und engen Hosen und mit einem weißen Cowboyhut zu sehen. Als ich vorbeiging, musterten wir uns, wie sich zwei wachsame Eidechsen anschauen könnten, wenn sie über kahlen Stein huschen.

Es roch nach Essen, Räucherstäbchen und verschiedenen menschlichen Körperausdünstungen. Und dann kam ein langer, klarer Ton aus einer Silbertrompete. Der Ton brach sich zu einer Welle aus Klängen, die irgendwie in demselben klaren Ausruf endeten. Und dann kam ein irdisches »Wa-wa«, das alle Sterblichkeit, die in diesem Flur herrschte, übertönte.

Ich folgte dem Klang zu einer Tür gegen Ende des Flurs. Unterwegs kam ich an schäbigen Szenen vorbei, an Männern und Frauen in verschiedenen Stadien der Entkleidung. Etliche waren Liebespaare, die mich nicht bemerkten. Andere hielten Ausschau nach jemandem, der den Flur entlangkam und sie von ihrem Leben erlöste.

Die Tür von Lips McGee war angelehnt. Ich klopfte leise, und seine Trompete antwortete: »Wa?«

»Ich bin's, Lips, Easy Rawlins«, sagte ich.

»Komm rein, Easy.«

Das Zimmer war nicht groß, aber es war größer als Gregory Jewels ganzes Haus. Eine Couch stand darin, ein Ahorntisch mit zwei Eichenstühlen, und über dem Waschbecken war ein Fenster mit Aussicht auf die Central Avenue hinaus. Alle Wände waren tapeziert mit Photos aus Lips' Leben. Die größeren zeigten ihn und die Jazzgrößen. Aber es gab ältere, bräunliche Bilder, auf denen er in Kellerclubs in Houston spielte. Inzwischen war er alt geworden, aber in seinen besten Zeiten war Lips gewesen, was jeder Schwarze sein wollte: Er war gepflegt und selbstsicher, wortgewandt, hatte Geld in der Tasche. Er war immer von schönen Frauen umgeben, aber richtig neidisch machte mich sein Aussehen, wenn er Trompete spielte.

Dann stand er aufrecht und ragend da und spielte diese Trompete, als wolle er seine Seele durch ein silbernes Mundstück zwängen. Auf seiner breiten Stirn glänzte Schweiß und seine Augen wurden zu winzigen Schlitzen. Wenn Lips die hohen Töne blies, klang seine Trompete wie eine Frau, die beim Lieben endlich dort angelangt war, wohin sie sich gewünscht hatte.

Der Geruch nach Marihuana hing im Zimmer. Lips stand neben dem Waschbecken; vermutlich hatte er der Straße ein Ständchen gebracht. Er trug Blue jeans und ein gelbes T-Shirt, das locker um seinen knochigen Körper hing. Sein Haar war lang und zurückgekämmt. Sein orangebraunes Kinn übersäten schwarze und weiße Stoppeln.

»Wa-wa«, blies er. Und dann: »Was haste hier verloren, Easy Rawlins?«

Ich setzte mich auf einen Stuhl.

»Mach nen Höflichkeitsbesuch«, sagte ich.

Lips lachte. Er nahm einen Teller mit etwas, das wie Chili aus der Dose aussah, vom Herd und stellte ihn mir gegenüber auf den Tisch. Aus der Ferne hörte ich Sirenen, viele Sirenen. Es waren Sirenen der Polizei, nicht der Feuerwehr.

»Das hat die Schlange auch gesagt, als sie in den Bau des Hasen kam«, sagte Lips.

»Was?«

»Ich mach nen Höflichkeitsbesuch.« Lips gluckste. »Und als erstes hat sie ihren Gastgeber gefressen.«

»Kann schon sein«, sagte ich. »Aber ich bin heut nich hungrig.« Ich nahm eine Halbliterflasche aus der Jackentasche. Lips grinste ein bißchen breiter.

»Verstehe«, sagte der alte Mann.

Er holte zwei Marmeladengläser und füllte sie mit meinem Scotch. Er warf seinem Glas eine Kußhand zu, ehe er einen Schluck trank. Dann lächelte er hinauf zur Decke.

Lips erzählte mir Geschichten, die ich schon hundertmal gehört hatte, über die ich aber trotzdem herzlich lachte. Wenn wir schwiegen, trank Lips einen Schluck Whiskey, dann aß er einen Bissen Chili. Dann spielte er ein paar Töne, manchmal vielleicht sogar den Anfang eines Lieds – eines Kinderlieds oder eines Jazzhits. Er fragte mich nach Mouse, Dupree Bouchard und Jackson Blue.

Als wir die Banderole der zweiten Flasche geknackt hatten, fragte Lips: »Was willste denn hier bei mir, Mann?«

»Haste was über die ermordeten Frauen gehört?«

»Ja.«

»Ich seh mich mit Quinten Naylor um, will rauskriegen, wer's getan hat.«

»Mhm?«

»Eine von den Frauen, die letzte, is in der Zeitung Robin Garnett genannt worden, aber hier in der Gegend hat se den Namen Cyndi Starr benutzt.«

Einen Augenblick lang sah der alte Mann noch älter aus. Dann leckte er sich die Lippen.

»Ja«, sagte er. »Diese Weiße hat manchmal hier gewohnt. Hab mich gefragt, wo se hin is. Cyndi Starr, I wonder where you are, baby. I wonder wonder where.« In der Erinnerung an sie lächelte er ein anderes, weicheres Lächeln.

»Du hast se gekannt?« fragte ich.

Als Lips mir in die Augen sah, wußte ich, daß er gleich in das ausbrechen würde, was wir früher sein »wildes Geschwafel« genannt hatten. Aber er konnte nur so ausdrücken, was er meinte, deshalb nahm ich noch einen Drink und wünschte mir, ich hätte mich auf die bequemere Couch gesetzt.

»Jetzt bin ich seit dreizehn Jahren hier, und es hat sich nie nix verändert. Ich mein, jemand zieht aus, und jemand genau wie er oder sie zieht ein, und alles bleibt gleich. Es is, wie wenn de so high wirst wie in nem Traum, wo de fliegst, und manchmal fragste dich: ›Was hab ich hier oben verloren?‹ Und dann stürzt de mit nem Knall auf den Boden, und manchmal is dir das ganz egal. Wie ne Welle am Strand alle Fußspuren wegspült, die da mal gewesen sind.

Du hast mich gefragt, ob ich Cyndi Starr gekannt hab, aber du hast mich nich nach Hilda Wildheart gefragt. Du hast mich nich nach Curtis Mayhew gefragt. Weißte, was mit denen passiert is?«

Ich schüttelte den Kopf.

»Selbe Scheißgeschichte. Selbe Scheißgeschichte. Die sind fort. Fort. Das is alles. Ne schöne Frau, innendrin ganz traurig, braucht nen Mann, damit se sich gut fühlt. Zieht Seidenklamotten über und schminkt sich. Die ganzen Wölfe auf der Straße machen nen Riesenlärm, und sie vergißt, wie schlecht se sich fühlt. Was is daran verkehrt? He? Was is verkehrt?«

Darauf gab es keine Antwort.

»Hilda Wildheart, Sonia Juarez, Yakeesha Lewis…« Er zählte sie an den Fingern ab, als er fortfuhr, sie aufzuzählen. »Tiffany Marlowe, auch Lois Chan is hier oben gewesen. Gebrochene Herzen, gebrochener Kiefer, gebrochenes Genick. Alle Muschis, wo de dir nur wünschen kannst, warn hier. Weißte, viele von den Mädchen ham mir Gesellschaft geleistet, wenn mir so mies war, daß ich nich mal nach draußen konnte. Ham mir Tee gekocht und mit mir geschlafen. Ja«, er zuckte die Achseln, »vielleicht ham se mal fünf Eier mitgehen lassen, wenn ich geschlafen hab, aber se ham nie alles genommen. Mhm. Warn lauter schöne Mädchen, und du kommst an und fragst nach Cyndi Starr, als hättste noch nie was von den ganzen armen Mädchen gehört. Junge Männer wie du kommen hier rauf, wolln ne Muschi, und das war's. Dann biste weg.«

Lips zuckte wieder die Achseln. Ich goß ihm noch ein Glas Whiskey ein.

»Se is lachend und singend mit ihrn Freundinnen und Freunden hier raufgekommen«, sagte Lips. Ich wußte, daß er über Cyndi sprach, weil er jetzt mit mir zu reden schien, keinen Monolog mehr hielt. »Die is hier reingekommen und hat mir Sachen erzählt, bis mein alter Pimmel hart geworden is. Se hat gern gesagt, sie wird mit zwei Kerlen fertig, bis die butterweich sind. Se hat ein loses Maul gehabt, aber manchmal war se so lieb.«

»Wann isse zum letztenmal hier gewesen?«

»Vielleicht hab ich se vor etwa drei Wochen mal gesehen. Vorher war se ne Weile weg.«

»Wo?«

»Sie war einfach ne Weile weg. Hat ne andere Weiße hier wohnen lassen. Sylvia.«

»Wie lange war se weg?«

»Weiß ich nich. Drei, vier Monate. Ungefähr. Vielleicht länger.«

»Wie war diese Sylvia?«

»Rabenschwarz. Rabenschwarzes langes Haar und schwarze Augen und eine so helle weiße Haut, daß es immer n Schock war, wenn man se angesehen hat.«

»Wo isse jetzt?«

Lips schüttelte den Kopf. »Das weiß ich auch nich. Se is noch paar Tage geblieben, als Cyndi zurückgekommen is, aber dann isse weg. War vor etwa zwei Monaten. Ja, die beiden warn eng befreundet.«

»Hatte Cyndi Arbeit?«

»Sie hat sich im Melodyland ausgezogen.«

»In welchem Zimmer hat se gewohnt?«

»Dem lilanen. Drei Türen weiter auf der anderen Seite.«

Ich bedankte mich für seine Hilfe und brachte einen Trinkspruch auf seine Manneskraft aus.

Ehe ich ging, sagte er: »Du hast ganz schön was geschluckt, Junge. Tret lieber n bißchen kürzer.«

»Ich hab ne Menge Sorgen, alter Mann. Zuviel im Kopf.«

»Wenn de so weitermachst, haste bald nich mehr viel im Kopf.«

Ich lachte. »Ich bin noch jung, Lips. Ich kann's vertragen.«

»Ich hab welche gesehen, die nach m halben Jahr an der Flasche alte Männer geworden waren, Mann. Ich hab gesehen, wie se in einem Jahr gestorben sind.«

Ich benützte mein Taschenmesser, brach das Schloß mühelos auf.

Cyndi Starrs Zimmer hatte keine Geschichte. Alles war für

den Augenblick gemacht. Die Matratze auf dem Boden in der Ecke. Die signierten Photos von Little Richard und Elvis Presley an der Wand. Im Waschbecken standen drei halb aufgegessene Dosen Schweinefleisch mit Bohnen, in denen jeweils ein Löffel steckte. Ein Pappkarton bildete ihren Nachttisch. Den Resopaleßtisch bedeckten Filmzeitschriften und ein Buch. Das war ein dicker brauner Band mit dem Titel *Arbeitspsychologie.*

»Kann ich Ihnen helfen?« Die Stimme hinter mir klang musikalisch und behutsam.

Als ich mich umdrehte, hatte ich einen kleinen, hellhäutigen Mann vor mir. Er war fast weiß. Er hatte einen schütteren Ziegenbart, lange Wimpern und trug Hosen und ein Hemd aus Wildleder. Seine Schuhe waren aus imitiertem blauen Alligatorleder.

»Nein«, sagte ich zu ihm.

Er legte den Kopf schief und musterte mich mit der Andeutung eines Lächelns auf den Lippen von oben bis unten. Er begegnete meinem Blick und blinzelte langsam. »Was ham Se dann hier verloren?«

»Ich such Cyndi.«

Er sah sich im Zimmer um. »Die is nich hier. Und wenn se hier wär, warum hätten Se dann ihre Tür aufgebrochen, als se nich aufgemacht hat?«

Der dreiste kleine Mann machte mich nervös. Bei seinen offenen Blicken und seinem anzüglichen Lächeln, gepaart mit dem Alkohol, war mir unbehaglich zumute.

»Ham Se denn nix gehört, Mann?« fragte ich.

»Was gehört?« Bei der Frage wurde sein Blick härter.

»Sie is tot. Ermordet von dem Mann, der die ganzen Frauen umbringt.«

»Nein.« Seine Unterlippe zitterte. Er faltete die Hände und machte einen Schritt auf mich zu.

»Hat se vergewaltigt mißhandelt und ihre Leiche verstümmelt.« Ich nickte. Jetzt, wo mein Inquisitor beunruhigt war, fühlte ich mich besser.

Er machte noch einen Schritt und packte mich am Ärmel. »Nein«, sagte er wieder. Seine Augen flehten mich an.

»Und ich bin für die Polizei hier…«

Er ließ mir nicht die Zeit, zu Ende zu sprechen. Der kleine Mann wich zurück, legte die Hände auf die Schenkel. Sein Gesicht war hart und unnachgiebig. Er ging rückwärts zur Tür und drehte sich dann um. Er war nach nicht einmal drei Herzschlägen verschwunden.

Ich sah mich noch etwas um. Ich fand ein Jahrbuch der Los Angeles High School von 1955 und einen Aktendeckel mit professionellen Photos von Cyndi. Auf einer Aufnahme posierte sie auf einer leeren Bühne, nackt, bis auf einen Tanga und die Fingerspitzen, und heuchelte Überraschung. Der Punktscheinwerfer bildete vor dem schwarzen Hintergrund einen Schmetterling. Der weiße Schmetterling. In einer Zimmerecke stand ein Karton mit Kleidern. Sie hatte alles dort aufbewahrt, von einem Pullover mit dem Logo der University of Los Angeles bis zu einem Paar straßbesetzter Pumps.

Eine Weile musterte ich ein anderes Photo. Darauf schaute sie über die nackte Schulter in die Kamera. Das Gesicht war hart und schön. Auf diesem Photo hatte sie nichts Unschuldiges an sich. Nichts von der Willensstärke und der Sinnlichkeit dieses Gesichts war auf dem Collegephoto zu finden. Ich begriff, warum niemand außer John sie erkannt hatte. Cyndi Starr war in der Hollywood Row eine andere Frau gewesen.

Ich fühlte mich wie der Sargträger eines Kindes, als ich mit ihrer Schachtel voller Erinnerungen die Treppe hinunterging.

15

Ich rief von einer Telephonzelle aus auf dem Polizeirevier an. Quinten Naylor war damit einverstanden, in seinem Büro auf mich zu warten. Er war förmlich und die Höflichkeit in Person.

Als ich die Treppe zum Revier hinaufging, kamen fünf Männer herunter. Vier waren Polizisten, die Roger Vaughn in ihrer Mitte hielten. Roger trug Hand- und Fußschellen. Er sah zu mir auf, und ich erinnerte mich an die Sirenen, die ich in der Hollywood Row gehört hatte.

Roger streckte beide Hände nach mir aus, als er mich sah. Instinktiv hielt ich ihm auch die Hände hin. Aber zwei Cops schlugen mit Knüppeln auf ihn ein. Er sackte zusammen und wurde zu einem Polizeiauto auf der Straße geschleppt.

Der Sergeant am Tresen wußte, wer ich war, und winkte mich durch, als ich herankam. Aber ich blieb stehen und fragte: »Weshalb haben die den Mann da draußen in der Mangel?«

»Doppelmord. Er hat einen Kerl mit seiner Frau erwischt.«

Damals hatte Quinten ein eigenes Büro mit einer Milchglastür, auf der in grüner Farbe sein Name und sein Rang standen. Ich hob die Hand, aber er muß den Schatten gegen die Scheibe erkannt haben.

»Kommen Sie rein, Ezekiel«, sagte er.

Er war innerhalb von zwei Tagen fünf Jahre älter geworden. Seine Kanonenkugelschultern sackten noch etwas weiter durch, und sein Kopf kippte zur Seite, als wäre er ihm zum Aufrechthalten zu schwer. Als ich hereinkam, seufzte er wie ein Infanterist, der einen Marsch von fünfzig Kilometern hinter sich hat.

»Sie sehen halb tot aus, Q-Mann«, sagte ich und prägte den

Spitznamen, der ihn für den Rest seines Lebens verfolgen sollte.

»Und Sie sind betrunken«, erwiderte er.

»Es is eine harte Welt da draußen, Bruder. Bißchen Schnaps bewahrt einen davor, bis ganz nach unten abzusaufen.«

»Was wollen Sie?«

»Ich hab meinen großzügigen Tag, Officer. Ich bin hergekommen, um euch allen zu erzählen, was ich weiß.« Ich setzte mich auf einen Stuhl neben der Tür.

»Und was ist das?«

»Die ersten drei Frauen sind in Abständen von etwa zwei Wochen ermordet worden, stimmt's?«

Quinten nickte, und die Lider senkten sich über seine Augen, als würde er gleich eindösen.

»Aber dann war diese Robin Garnett tot, bloß ein paar Tage, nachdem ihr Bonita Edwards gefunden habt.«

»Ja, in diesem Punkt haben Sie völlig recht«, sagte Naylor mit seiner überkorrekten Aussprache, wie sie in Philadelphia üblich ist. »Und das ist nicht alles. Sie war weiß, sie war eine Collegestudentin und sie hat nicht in dieser Gegend gewohnt; niemand wußte, was sie dort verloren hatte. Das ist einer der Gründe, warum sich die großenTiere so aufregen. Sie glauben, ein verrückter Neger hat es darauf abgesehen, weiße Frauen umzubringen.«

»Ja.« Ich lächelte. »Aber ich glaube, Sie haben nich alles mitgekriegt. Wissen Se, das kleine Schätzchen, das abgemurkst worden is, war nich ganz so rein, wie's manche Leute gern glauben möchten.«

»Was soll das heißen?«

Ich warf eins von Cyndis Stripteasephotos auf den Tisch.

Naylor musterte es einen Augenblick lang.

»Warum hat mir das noch niemand gezeigt?«

»Weil's keiner gewußt hat, Mann. Das Bild in der *Times* und im *Examiner* hat dieser Stripperin überhaupt nich ähnlich gesehn. Und die meisten Leute, die se gekannt haben, kaufen sich wahrscheinlich keine Morgenzeitung. Und selbst wenn, warum sollten se herkommen, wenn Sie die vermutlich schon für das einbuchten, was se noch gar nicht getan haben.«

»Wo haben Sie das her?« Vielleicht hatte er vor, mich in den Knast zu sperren.

»Aus ihrer Bude, Mann. Sie kennen die Hollywood Row, stimmt's?«

»Woher haben Sie gewußt, wo Sie suchen müssen, Easy?«

»Hörn Se mal.« Ich hielt ihm die Handfläche hin, damit er sie bewundern konnte. »Ich hab meine Geheimnisse. Deshalb brauchen Se mich doch.«

Quinten musterte mich einen Augenblick lang scharf.

Schließlich sagte er: »In Ordnung. Ich werde dem nachgehen. Dadurch wird der Fall für uns ein bißchen übersichtlicher. Aber ich weiß nicht, was der Chef dazu sagen wird. Sie wissen doch, wie diese Leute sich aufregen, wenn weiße Frauen aus der Reihe tanzen.«

»Warum fahrn wir nich raus zu den Eltern des Mädchens? Sie wissen schon, bloß, um ein paar Fragen zu stellen. Wir könnten das Bild mitnehmen und rauskriegen, was sie dazu zu sagen haben.« Ich erwähnte die Schachtel mit ihren Sachen nicht, die ich draußen im Auto hatte.

»Warum?«

»Weil einfach was faul is, Quinten. Warum isse zwei Tage nach der anderen umgebracht worden, wenn's vorher zwischen den Morden immer vierzehn Tage oder mehr waren? Wie kommt's, daß se weiß is, wo alle anderen schwarz waren? Und wie kommt's, daß sie eine Studentin umbringen, wo's vorher lauter Nutten warn?«

»Hier haben Sie den Beweis, daß sie auch so ein Flittchen war.«

Er hielt das Photo hoch, um seine Bemerkung zu untermauern.

»Ja«, sagte ich. »Aber vielleicht is das nich die Frau, die er umgebracht hat.«

»Was?« Quinten schmetterte das Bild auf den Schreibtisch.

»Ich meine, die Leiche, das Leben stimmen überein, aber umgebracht worden is Robin Garnett, nicht Cyndi Starr. Ich meine, als se gefunden worden is, war se angezogen wie ne Studentin, stimmt's? Wenn die Studentin umgebracht worden is und nich die Stripperin, dann hat's für den Mord vielleicht nen anderen Grund gegeben, stimmt's?«

»Vielleicht hat der Killer sie gekannt. Vielleicht hat er über ihr Doppelleben Bescheid gewußt.« Quinten wollte keine Komplikationen.

»Ja, kann schon sein. Jedenfalls hat er Juliette LeRoi gekannt.«

»Was?«

Ich erzählte ihm von der Schlägerei bei Aretha und von Gregory Jewel. Und außerdem davon, daß Bonita Edwards die anderen Frauen nicht gekannt hatte.

»Das haben Sie alles herausbekommen und kommen jetzt erst damit an?«

»Hey, Mann, beruhigen Se sich. Ich bin ja hier. Sagen Se Ihrem Partner, was ich Ihnen erzählt hab, und fahren wir dann zu den Garnetts.«

»Nein, das tun wir nicht. Ich weiß zu schätzen, daß Sie helfen wollen, aber Polizeiarbeit sollte intern erledigt werden. Die haben schon genug Schwierigkeiten mit einem Negercop wie mir. Was sollen die dann erst von Ihnen halten?«

Mir gefiel gar nicht, wie er das sagte. »Was halten Sie von mir, Quinten?«

Über Quintens Gesicht ging ein höhnisches Grinsen. Er beugte sich vor, legte die großen Fäuste auf den Schreibtisch.

»Ich halte Sie für verdorben, Mr. Rawlins. Sie und Ihren Freund Raymond Alexander. Sie gehören beide hinter Schloß und Riegel. Aber niemand will das zu einer Priorität machen. Alle haben immer etwas Besseres vor. Vielleicht helfen Sie uns dabei, diesen Kerl zu fassen, höchstwahrscheinlich sogar. Aber wer auch immer das ist, er ist bloß verrückt. Er kann nichts dafür. Aber Sie können etwas dafür. Sie sind ein Krimineller, Ezekiel Rawlins. Wenn ich mit Ihnen zusammenarbeiten muß, dann muß ich eben mit Ihnen zusammenarbeiten. Aber daß man sich den Arsch abwischen muß, heißt noch lange nicht, daß man Scheiße lieben muß.«

Vielleicht hätte das nicht weh getan, wenn ich nicht getrunken gehabt hätte. Ich weiß es nicht. Aber alle waren gegen mich. Regina und Gabby Lee und Quinten Naylor. Ich hatte nicht nur das Gefühl, als bräuchte ich dringend einen Drink, ich brauchte wirklich einen Drink.

In jenen Tagen war das Telephonbuch von Los Angeles mein bester Freund. Ich fuhr nach Norden zum Pico Boulevard und dann nach Westen, bis ich zur Hauser Street kam. Das Haus der Garnetts lag fünf Blocks weiter nördlich.

Sie wohnten in einem zweistöckigen Haus im spanischen Stil mit einem großen Rasen, den sich eine Trauerweide und ein zottiger Bernhardiner an einer langen Kette teilten. Den ganzen Garten umgab eine niedrige Betonmauer, die so aussehen sollte, als wäre sie aus Adobeziegeln gemauert. Das Dach bestand aus geschwungenen, roten Ziegeln. Terrakotta. Vermutlich aus Mexiko, vielleicht sogar aus Italien importiert. Zwei wie Haifische aussehende Cadillacs parkten in der Einfahrt. Auf dem Rasen standen fünf Jungenfahrräder.

Ich nahm den Pullover, das Jahrbuch und die Mappe mit den Photos, die sie bei der Arbeit zeigten, heraus und steckte alles in eine große braune Papiertüte. Dann ging ich zur Tür und drückte auf den Knopf. Im Haus surrte ein Summer. Das überraschte mich. Ich hatte Glöckchen erwartet, spanische Glöckchen, die vornehm ertönten oder läuteten oder zumindest klingelten. Einen Summer bekam man in einem Haushaltswarengeschäft zu hören.

Ein Junge von etwa zehn riß die Tür weit auf. Er war noch so klein, daß er feminine Züge hatte, und ähnelte deshalb stark den Photos seiner toten Schwester. Sein Gesicht verfinsterte sich einen Augenblick lang, als er mich sah. Vielleicht hatte er einen seiner Freunde auf einem Rennrad erwartet.

»Hi.« Er hatte ein schönes, typisch amerikanisches Jungengrinsen.

»Ich möchte zu deiner Mutter oder deinem Vater.« Ich lächelte auch.

»Dad is nicht da, aber Mom. Ich hole sie.«

»Mom!« rief er, sobald er außer Sicht war.

Er ließ die Tür offen, entweder aus Vertrauen oder aus Ahnungslosigkeit, und ich konnte durch das ganze Haus sehen. Das Wohnzimmer lag tiefer als die anderen Räume und war luxuriös mit weißen Plüschmöbeln ausgestattet. Die Rückwand bestand fast ganz aus Glas und gab den Blick frei auf den Patio, den Garten hinter dem Haus und den Swimmingpool.

Die Frau, die mit dem Jungen schimpfte, als sie vom Patio aus an die Tür kam, war nicht viel älter als ich. Aber sie wirkte um Jahre älter. Mütter altern schneller als Väter.

Sie war groß für eine Frau und hielt sich aufrecht. Sie trug ein grünes, wadenlanges Kleid, das vom Ausschnitt bis zum Saum mit einem spiralförmigen Pferdchenmuster bedruckt war. Ich merkte, daß es ein teures Kleid war, denn das Muster war nicht schief.

Jemand hatte beim Nähen aufgepaßt.

»Ja?« fragte sie. Ihr Lächeln war zögerlich.

»Mrs. Garnett?«

»Ja?« Ihre Hand ging zum Türknauf.

»Ich heiße Easy, Easy Rawlins«, sagte ich.

»Wenn Sie von einer Zeitung sind, dann bedaure ich, wir geben keine Interviews. Wir...« Sie zog die Tür zu sich her und trat einen Schritt vor.

»Nein, Ma'am, ich hab einige Dinge gefunden, die Ihnen gehören.«

»Ich bedaure, Mr. Rawlins, aber ich habe nichts verloren.«

Als sie die Tür zumachen wollte, sagte ich: »Sachen Ihrer Tochter, Ma'am.«

»Wovon sprechen Sie?« Ihr Gesicht und ihre Stimme hätten eine gute Schlußeinstellung für eine Folge einer Fernsehserie abgegeben.

»Sie hat in meiner Gegend gewohnt. In der Central Avenue, und sie hat dort ein paar Kleider und Bilder zurückgelassen.«

»Sie irren sich, Sir. Meine Tochter hat hier gewohnt.«

»Nein, Ma'am. Ich meine, vielleicht hat sie hier gewohnt, aber außerdem auch in der Central Avenue. Ich habe die Sachen in der Tüte hier.«

Als ich den blauen Pullover aus der Tüte zog, rief sie: »Großer Gott!« und lief ins Haus zurück.

Sie schrie: »Milo! Milo!«, dann lief sie wieder zur Tür.

»Wer sind Sie?«

Es tat weh, ihr in die Augen zu sehen, deshalb schaute ich auf die Ackerminze, die sich durch die Ritzen unten an der Hauswand gezwängt hatte. Ich wollte nicht hier sein, aber der Teufel sollte mich holen, wenn ich es schaffte, Schwarze auszufragen, aber keine Weißen.

Der Junge und etliche seiner Freunde kamen herbeigelaufen. Das heißt, sie blieben hinter ihr stehen. »Mom«, sagte Milo.

»Geh in dein Zimmer zurück, Liebling.« Sie hatte sich wieder im Griff. Sie drehte sich um, führte die Kinder weg von der Tür und kam zurück.

»Wer sind Sie?«

»Ich bin Easy Rawlins, Ma'am, und ich helfe seit dem Tod ihrer Tochter der Polizei.«

»Sie sind Polizist?« Sie klang nicht erleichtert.

»Eigentlich nicht. Aber ich arbeite mit der Polizei zusammen. Außer ihrer Tochter sind noch einige schwarze Frauen umgebracht worden, und ich kenne die Gegend. Ich wollte Ihnen nur ein paar Fragen stellen, wegen der Sachen, die ich gefunden habe.«

»Entschuldigen Sie, Mr. Rawlins«, sagte sie mit einer täuschend echten Nachbildung eines Lächelns. »Sie können sich vorstellen, daß ich ganz durcheinander war. Kommen Sie herein und zeigen Sie mir, was Sie haben.«

Ich ließ mich von ihr in das versenkte Wohnzimmer führen und setzte mich auf die Plüschcouch.

»Kann ich Ihnen etwas anbieten?« fragte sie.

»Nein. Ich möchte Ihnen nur das hier zeigen.« Jetzt, im Haus mit ihr, war ich mir meiner Überzeugungen nicht mehr so sicher. Sie war jetzt keine Weiße mehr, die durch eine rassistische Welt von mir getrennt war. Sie war zu einer Mutter geworden, die ein Kind verloren hatte, und ich war im Begriff, ihren Schmerz noch zu verschlimmern.

»Wir haben Limonade, Milch und Bier«, rezitierte sie. Das war ihr Standardangebot an Gäste.

»Ich hätte gern ein Bier.«

Sie rückte die Schultern gerade und wandte sich einer Tür in der Nähe der Glaswand zu.

»Gut«, sagte sie. »Ich bin gleich wieder da.«

Sie ging schnell durch die Tür. Ich sah auf die Uhr. Sie blieb sechs Minuten lang weg

Sie kam mit einem Tablett zurück, auf dem ein Wasserglas stand, gefüllt mit bernsteinfarbenem Gebräu. Sie lächelte und stellte das Tablett vor mir ab.

»Haben Sie meine Tochter gekannt?« fragte sie. Vermutlich hätte sie am liebsten laut aufgeheult.

»Nein, Ma'am.«

Ich leerte die Tüte auf dem Tisch vor uns aus. Mrs. Garnett hatte sich schräg auf die Couch gesetzt, so daß wir uns gegenübersaßen. Sie war eine tapfere Frau, das muß ich ihr lassen.

Sie griff nach dem High-School-Jahrbuch und preßte es zwischen beide Hände. Sie sah die Briefe einen Augenblick lang an. Ich wurde nervös. Sie kam zu der Mappe mit den Photos. Zunächst machte sie ein fragendes Gesicht, als wollte sie sagen: »Was hat Robin bloß damit vorgehabt?« Aber dann kam die Lawine ins Rollen. Sie warf die Photos auf den Boden.

Ihr Atem ging jetzt scharf und stoßweise. Fast konnte ich ihr Vogelherz hören.

Sie schluckte und griff sich mit beiden Händen an den Nakken. Vor ihr lag in Form von Photos ein Flickenteppich des Lebens ihrer Tochter. Ein einladendes Lächeln, eine nackte Brust. Eine geschmeidige Pose, die ihre Mutter dazu brachte, sich noch aufrechter hinzusetzen. Der weiße Schmetterling.

»Warum?« In ihrer Stimme war soviel Gefühl, daß ich einen Augenblick brauchte, bis ich das Wort verstand.

»Ma'am?« sagte ich nach einer Weile.

Und, nachdem ich noch etwas gewartet hatte: »Ma'am?«

»Ja?«

»Ist das Robin?«

Sie stritt es nicht ab.

»Hat die Polizei Sie denn nicht gefragt, was sie an den Wochenenden gemacht hat, Ma'am? Haben Sie es gewußt?«

»Möchten Sie etwas trinken, Mr., Mr. ...« Sie wandte mir ihren Körper ganz zu. Ich war mir sicher, wenn sie den Hals gedreht hätte, wäre ihr der Kopf abgesprungen und auf dem Boden zerschellt.

»Sicher«, sagte ich.

Sie stand langsam auf und ging in die Küche zurück. Mein Bier stand immer noch auf dem Tisch – unberührt.

Nach etwa einer Viertelstunde sah ich nach ihr. Die Küche bestand aus weißem Linoleum und gewachstem Ahornholz. Mrs. Garnett saß am Tisch und barg den Kopf in den Armen.

16

Ich mußte ihr die Fragen über Cyndi stellen. Vielleicht ergab es einen Sinn, daß sie von diesem Mann umgebracht worden war. Vielleicht.

Aber als ich jenes Haus verließ, war ich fertig mit dem Fall. Quinten und die Polizei hatten bekommen, was ich herausgefunden hatte. Der Bärtige war ein guter Kandidat für die Morde. Und ich hatte ein Leben, in das ich zurückkehren mußte.

Auf halbem Weg die Treppe hinauf hörte ich Mofass schon husten. Als ich hineinkam, hielt er sich die Brust und atmete schwer.

Er sah aus gelblichen Augen mit einer Armesündermiene zu mir auf. Seine Lippen formten eine schiefe Grimasse. Zwischen den Fingern der linken Hand hielt er eine Zigarre.

»Mir is schlecht«, flüsterte er.

Mofass lehnte sich zurück wie ein verletzter Seelöwe. Die Haut um seine Lippen herum war aschfahl. Er keuchte, statt zu atmen. Sein Blick war auf irgendeinen Punkt außerhalb des Raums gerichtet.

Ich hatte Tote gesehen, die gesünder aussahen.

»Wir holn lieber nen Arzt, Mann«, sagte ich. Ich griff sogar nach dem Telephonhörer.

»Wozu?«

Er atmete flach und riß die Augen auf, groß wie Untertassen. Dann unterdrückte er ein Husten. Ein paar Augenblicke lang ließ er die Lungen rasseln, dann sagte er: »Lassen Se mir n bißchen Zeit. Dann bin ich okay.«

»Sie brauchen nen Arzt.«

»Ich brauch Geld für die Miete. Das brauch ich.«

Er stand auf, indem er sich auf den Schreibtisch stützte und sich hochzog. Im Stehen hielt er sich erst am Stuhl und dann an der Wand fest. Als er durch die kleine Tür ging, die zu seinem Klo führte, fragte ich mich, ob er da drin sterben würde.

Eine winzige schwarze Ameise stöberte in den Krümeln und der Asche auf Mofass' Schreibtisch herum. Ich legte meinen Finger neben die Ameise. Sie krabbelte zwischen meinen Fingern entlang. Ich beobachtete sie und fragte mich, ob irgendein Gott mich auch so beobachtete. Mich überkam der Impuls, das Insekt zu zerquetschen, aber in diesem Augenblick ging die Toilettenspülung, und Mofass kam türenknallend zurück.

Er hatte sich das Gesicht gewaschen, und in seinen Augen war wieder Leben. Er ging schwankend, aber hielt sich an nichts fest.

»Ziehn wir los?« fragte er mich.

Das Gebäude, zu dem wir fuhren, wurde das Dorado genannt und lag mitten in Culver City. Die Wände waren gelb verputzt, durchsetzt mit verwitterten Holzbalken. Den Gehweg bis zum Eingang säumten Terrakottatöpfe. Alle waren überwuchert mit gewundenen Weinranken. An der Tür stand: »DeCampo Associates.«

Eine rundgesichtige Japanerin saß an einem runden Tisch in der Mitte des großen Eingangsbereichs. Sie war friedlich, dick und goldgelb. Ihr Blick ging von Mofass zu mir.

»Tag, Mrs. Narataki«, sagte Mofass.

Sie lächelte breiter und sah ihm in die Augen.

»Sind die da?« Mofass nickte in Richtung der großen Eichentür hinter der Frau.

Mrs. Narataki sagte: »Setzen Sie sich. Ich sage Bescheid.«

In der Nähe des Eingangs standen große rote Samtsessel. Mofass und ich gingen hinüber und setzten uns nebeneinander.

Auf dem Tischchen neben mir stand eine Kristallvase mit sieben weißen Tulpen. Die Decke war hoch und mit einer verunglückten Renaissanceszene bemalt. Ein hellblauer Himmel mit Wolken wie Zuckerwatte und dicken männlichen Putten, der Züchtigkeit halber mit Feigenblättern.

»Ich möchte, daß Se hier die Führung übernehmen, Mo«, flüsterte ich.

»Keine Bange, Mr. Rawlins, ich weiß, wo's langgeht. Aber Se müssen dran denken, daß die hier Leute sind, die Geld machen wolln. Die ham keine Zeit, sich Sorgen um alte Leutchen zu machen.«

»Um was für alte Leutchen?«

»Leutchen wie die Bontempses.«

Die Bontempses waren ein altes Ehepaar, das in einem meiner Mietshäuser wohnte. Im Mietshaus in der Magnolia Street. Sie waren über achtzig, und ihr einziger Sohn war tot. Ich ließ mir von ihnen an Miete zahlen, was sie aufbringen konnten, und akzeptierte den Rest in Form von Dienstleistungen. Natürlich konnten sie in ihrem fortgeschrittenen Alter nicht viel tun. Henry sprengte jeden Tag den Rasen und fegte die Vorderveranda. Crystal behielt Nachbarn im Auge, die möglicherweise die Miete sparen wollten, indem sie mitten in der Nacht auszogen. Sie litt unter Schlaflosigkeit, deshalb trieb sie jedes nächtliche Geräusch aus dem Bett.

»Ich kann mich nich ändern, Mofass. Wenn ich nem Menschen ne Chance geben kann, mach ich's. Bei Ihnen hab ich's ja auch so gemacht.«

Er schluckte tief.

»Wie auch immer, Sie solln denen sagen, was wir verabredet ham. Okay?«

»Ja, Sir.«

Mofass verlor den Verstand, wenn es um Geld ging. Sein Gott war das Geld, und das war keine gütige Gottheit.

Mrs. Narataki sah vom Tisch auf und lächelte. »Sie können jetzt hineingehen.«

Wenn man durch die Tür ging, sah man als erstes den Garten. Die Fenster vom Boden bis zur Decke in der Wand gegenüber gingen auf einen großen Garten hinaus, mit einem riesigen Marmorteich in der Mitte. Im Teich putzten sich zwei schneeweiße Schwäne das Gefieder. Die Fensterscheiben waren getönt, wodurch der Himmel ein dunkleres Blau annahm. Ausgewachsene Weiden ließen ihre traurigen Blätter über den Boden hängen, und ein großes weißes Kaninchen stellte ein Ohr auf, während es am Gras knabberte und durch das Fenster schaute.

Der Raum war groß und sonnig. An den Wänden hingen Gemälde. Die Art von Gemälden, die alte europäische Herren zur Verherrlichung ihres Besitzes angefertigt hatten. Ein kleines Bild zeigte Jagdwild, das kopfüber an einem Haken an der Wand hing. Unter dem Federwild und den Hasen saß ein aufmerksamer Jagdhund. Hinter ihm lehnte ein Gewehr an der Wand.

Aus einem Rahmen lächelte ein üppiges Dienstmädchen mit einem Krug Milch in der Hand. Auf einem anderen Bild stand ein weißer Diener in einem eleganten Arbeitszimmer. An der Wand standen Sessel wie diejenigen, auf denen wir draußen gesessen hatten. Aber den Raum beherrschte ein langer Tisch aus Esche, um den herum sechs Holzstühle standen. Vier Stühle waren schon besetzt.

»Mr. Wharton«, sagte einer der Männer. Er saß der Tür am

nächsten und stand auf, um Mofass die Hand zu schütteln. Er war klein, schlicht in eine gelbe Strickjacke und dunkelbraune Hosen gekleidet. Sein Hemd war ein Baumwollpullover mit drei Knöpfen am Hals.

Mofass grinste und nickte. »Mr. Vie«, sagte er, »ich möchte Ihnen Mr. Ezekiel Rawlins vorstellen. Mr. Rawlins gehört zu den Männern, die für mich arbeiten. Er hat außerdem einen kleinen Anteil an dem Grundstück, für das Sie sich interessieren.«

Mofass faßte mich am Ellbogen und führte mich, bis der kleine Weiße und ich uns die Hände schüttelten.

Seine Augen waren graublau. Sie sagten mir, daß er hocherfreut sei, mich kennenzulernen, und mich näher kennenlernen wolle.

»Hocherfreut, Mr. Rawlins«, sagte er.

Ich wurde zu einem Platz zwischen Mr. Vie und Mofass geführt. Über den Tisch hinweg wurden Mofass und ich mit den anderen Männern bekannt gemacht, die sich alle herüberbeugten, um uns die Hände zu schütteln.

Da war Fargo Bear, ein großer Mann in einem adretten braunen Anzug. Er hatte überall rotes Haar. Auf seinem Kopf war es gebändigt und kurz, aber aus seinen Ohren, an seinem Hals und sogar aus den Handrücken sproß es wie Unkraut.

Neben Fargo saß Bernard Seavers. Bernard war knochig, hatte einen unsteten Blick und eine elfenbeinfarbene Haut. Durch das dichte schwarze Haar sah er aus, als trüge er eine Mütze.

Am Kopf des Tisches saß Jack DeCampo. Er führte den Vorsitz. Seine Haut war olivenfarbig und glatt. Seine Augen waren von einer unbestimmbaren hellen Farbe. Er bildete mit den langen Fingern ein Zeltdach, das sich zwischen seinen Augen traf, und sah Mofass lange an. Dann sah er mich an. »Ein Vergnügen, Sie kennenzulernen, Sir.«

Ich nickte schüchtern und senkte den Kopf. So hatte ich mich bei weißen Männern im Süden eingeschmeichelt.

»Wir vertreten ein Investmentsyndikat, das an Grundstükken interessiert ist.«

Die übrigen Männer, Mofass eingeschlossen, waren wie hungrige Häher, die einen frischgesäten Rasen beäugen.

»Mr. Rawlins gehören weniger als fünf Prozent des Grundstücks, an dem Sie interessiert sind, meine Herren. Aber weil er und ich zusammenarbeiten, hab ich mir gedacht, er sollte hören, was wir hier zu sagen haben.« Mofass konnte wie ein Weißer reden, wenn er wollte.

DeCampo lächelte mich an.

»Wir sind froh, daß Sie hier sind.«

Ich grinste so dümmlich, wie ich konnte.

»Wir glauben, wir können Ihnen helfen, Mr. Wharton«, sagte Bernard Seavers. Ich wich aus dem Mittelpunkt der Aufmerksamkeit, sobald sie wußten, wie wenig ich wert war. Fünf Prozent konnten ihnen nicht in die Quere kommen. Falls Mofass bei seinem Angestellten Eindruck schinden wollte, hatten sie nichts dagegen.

»Wir möchten, daß Sie Geld verdienen«, zirpte Mr. Vie.

»Ich bitte um Entschuldigung, aber das glaube ich Ihnen nicht«, sagte Mofass. Er wußte, was ich wollte. Er wußte, wie man soviel wie möglich herausholt. »Ich weiß, daß es seltsam klingt, Mr. Wharton«, sagte DeCampo. »Aber unsere Interessen kreuzen sich in dieser Sache.«

»Sie meinen mein Grundstück am Willoughby Place betreffend?«

»Sie haben das Land. Wir haben das Kapital.« Er legte die Hände zusammen und preßte sie gegeneinander.

»Was ist dabei für Sie zu holen? Kreditzinsen?«

Sein Lachen zischte wie Säure auf der Haut. »Na ja, vielleicht ein bißchen mehr.«

»Wieviel mehr?«

»Wir halten fünfundsiebzig Prozent dieser Firma. Lehnen Sie sich zurück und lassen Sie das Geld anrollen.«

»Fünfundsiebzig Prozent?«

»Ja, Mr. Wharton«, warf Mr. Vie ein. »Wir stellen das Kapital und außerdem die Informationen, die diese Investition äußerst lukrativ machen.«

Ich konnte die Schwäne beim Flirten sehen. Sie wirbelten das Wasser so auf, daß es die Nachmittagssonne in hellen Blitzen zurückwarf.

»Was für Informationen?«

Mr. DeCampo lächelte. »Das County baut Willoughby Place zu einer Hauptstraße aus. Fünfspurig. Und nach dem Bau werden fast Ihre ganzen dreieinhalb Hektar noch erhalten sein.«

»Dann wird der Wert des Grundstücks also steigen?« fragte Mofass. An der Art, wie er fragte, merkte ich, daß er begriff, warum ich nicht schon früher hatte verkaufen wollen.

»In zehn Jahren wird es mehr wert sein, als wir alle zusammen aufbringen könnten. Wir sprechen über Supermärkte und Kaufhäuser, Mr. Wharton. In Zukunft vielleicht auch ein Bürogebäude. Wer weiß.«

»Aber wenn wir einfach warten, steigert sich der Wert des Grundstücks dann nicht von selbst?« fragte Mofass unschuldig.

Die Häher wurden unruhig. Plötzlich lag Gefahr im Raum.

»Ich meine«, fuhr Mofass fort, »warum sollten wir uns auf so ein Geschäft einlassen, wenn uns alles allein gehören könnte?«

»Ehrlich gesagt«, sagte Fargo Bear, »diese Information verschafft Ihnen einen Vorteil. Das Land ist noch nicht im Bebauungsplan vorgesehen. Sobald der Countyplaner die Baupläne vorlegt, bindet Ihnen der Stadtrat die Hände. Ich meine, wenn Sie wollten, könnten Sie dann schon was auf die Beine stellen, aber dann wird es teuer.«

»Und«, warf Bernard Seavers sein, »wenn die Banken etwas von den Plänen erfahren, kommt es zu anderen Erschließungsvorhaben. Im Augenblick sind wir bei allem als erste am Drükker. Was wir auch bauen, dadurch werden wir zum Geschäftszentrum der Gegend.«

»Sie wollen also nicht, daß wir was über dieses Treffen rumerzählen?« fragte Mofass.

»Das würde unseren Partnern gar nicht gefallen«, sagte DeCampo so freundlich wie möglich.

»Und wer genau sind Ihre Partner?«

Wieder kam die zischende Säure aus seinem Mund. Dann: »Männer, die sich mit Landkäufen und neuen Straßen auskennen. Männer, die nicht gern betrogen werden.«

»Aber es ist Betrug, diese Information für einen Profit auszunützen, nicht wahr? Diese Straße wird mit meinen Steuern gebaut, oder?«

»In fünf Jahren ist Ihr fünfundzwanzigprozentiger Anteil eine Million Dollar wert«, sagte DeCampo.

Mofass fing an zu röcheln.

Ich stellte mir Edna und Regina vor, wie sie auf dem Rasen spielten und von den Schwänen gestreichelt wurden. Einen Augenblick lang machte ich mir sogar Sorgen, ein Schwan könne meiner Kleinen weh tun.

»Sie wollen also, daß ich Ihnen drei Viertel meines Eigentums gebe?«

»So kann man es auch sehen.« DeCampo zuckte die Achseln. »Sehen Sie es aber lieber so: Wir vermehren Ihr gegenwärtiges Vermögen zwanzigfach.«

Im Raum war es eine Weile lang ziemlich still. Das einzige Geräusch war Mofass' rasselnder Atem.

Früher hatte ich geglaubt, Geschäftsleute hätten eine Art Ehrenkodex. Aber diese Illusion hatte ich schon lange verloren, ehe ich Mr. DeCampo und seine Freunde kennenlernte.

Ich wußte, daß hier etwas faul war, und deshalb sollte Mofass dieses Treffen für mich arrangieren, damit ich herausfand, was genau es war. Der nächste Schritt, den ich geplant hatte, würde uns etwas Zeit lassen, ihren Behauptungen auf den Grund zu gehen.

Mofass räusperte sich.

»Gut, meine Herren«, sagte er, als wir beide aufstanden. »Ich muß das mit meinem Vorstand besprechen.«

»Was?« fragte Mr. Vie.

»Ich vertrete ein eigenes Syndikat, Sir. Mr. Rawlins gehört ein kleiner Anteil an dieser Organisation, und es gibt andere Mitglieder. Geschäftsleute in unserer Gemeinde.«

»Aber Sie haben uns doch in dem Glauben gelassen, das Grundstück gehöre Ihnen?« Fargos Frage klang eher wie eine Drohung.

»Es tut mir leid, wenn ich mich mißverständlich ausgedrückt habe. Verstehen Sie, meine Partner legen auch Wert auf Diskretion.«

»Wie bald können wir mit einer Antwort rechnen, Mr. Wharton?« fragte DeCampo, obwohl sein Mund sich nicht zu bewegen schien.

»Im Höchstfall in zwei Tagen. Vielleicht weiß ich schon heute nachmittag Bescheid.«

Damit gingen Mofass und ich zur Tür.

DeCampo folgte uns. Er schüttelte mir die Hand und strahlte mich mit seinem kalten Lächeln an. Dann nahm er Mofass' Hand und hielt sie fest.

»Diese Information muß vertraulich behandelt werden, Mr. Wharton. Niemand, der es nicht unbedingt wissen muß, sollte etwas davon erfahren.«

Mir gelang es, hinauszugehen, ohne daß ich ein Wort gesagt hatte.

17

Wir fuhren den Venice Boulevard entlang auf dem Rückweg nach Watts. Die Straßenbahn war schon außer Betrieb, aber die Gleise verliefen immer noch mitten auf der Straße. Seit die Straßenbahn abgeschafft worden war, brauchte jeder ein Auto.

In Detroit tranken sie Champagner.

»Was soll ich denen sagen, Mr. Rawlins?«

»Wenn er anruft, sagen Se ihm, wir lassen uns auf ein Geschäft vierzig zu sechzig ein. Sechzig Prozent kriegen wir.«

»Und wenn er da nich mitmacht?«

»Dann ist er im Eimer. Wir gehn zur Bank of America und tragen denen das so vor, wie's DeCampo uns verklickert hat.«

»Ich weiß nich«, sagte Mofass zögerlich.

»Was wissen Se nich?«

»Ne Million Dollar is n Haufen Geld. Meine Maklergebühr von neun Prozent is ne erfreuliche Aussicht. Warum wolln Se das kaputtmachen?«

»Wenn die mir ne Million geben könnten, könnten die mir auch drei geben. Wenn die das können, kann ich's auch.«

»Kann schon sein«, sagte Mofass. Aber ich war mir nicht sicher, daß er meiner Meinung war.

Den Rest der Fahrt über schwiegen wir. Mofass hustete ein bißchen. Ich träumte davon, einer der wenigen schwarzen Millionäre in Amerika zu sein. Es war ein seltsamer Tagtraum, denn wenn ich mir vorstellte, daß ein Ladenbesitzer in Beverly Hills mich anlächelte, so war mein nächster Gedanke, daß er nur heuchelte und mich in Wirklichkeit haßte. Selbst in meinen Träumen verfolgte mich der Rassismus.

Als wir wieder im Büro waren, fragte ich: »Wieviel Geld haben wir unter dem Teppich?«

»Neunhundertsiebenundachtzig.«

»Geben Se's mir.«

Normalerweise hätte Mofass mir bei einer derart saftigen Abhebung Fragen gestellt, aber nach dem Gespräch über sechs- und siebenstellige Zahlen zuckte er nicht mit der Wimper.

Er hob den Teppich, der vor dem Schreibtisch lag. Darunter war ein schlichter Kiefernboden. Aber wenn man einen Schraubenzieher zwischen zwei Bretter steckte, konnte man die kleine Falltür hochziehen. Dort unten bewahrten wir einen gewissen Teil an Barzahlungen auf. Das war unser Spesengeld.

Mofass zog die Kassette heraus und gab mir, was an gebündelten Scheinen darin war.

Als ich die Treppe halb hinunter war, klingelte Mofass' Telephon. Ich nahm an, es sei Jack DeCampo, der wissen wollte, ob Mofass schon eine Antwort habe.

»Hey, Baby!« sagte ich aus dem Autofenster.

Regina sah in ihrem orangefarbenen und weißen Kleid adrett und gepflegt aus. Sie stand vor dem Temple Hospital. Es war Punkt fünf.

Sie lächelte nicht, lief nur über die Straße und stieg ein. Wir beugten uns zu einem verlegenen Kuß zueinander und begrüßten uns.

Sie war nervös, gereizt.

»Was haste denn?« fragte ich.

»Es is bloß, weil ich den ganzen Tag gearbeitet hab und jetzt hier weg will.«

Also fuhr ich an und wendete in Richtung nach Hause.

»Haste den Jungen gefunden?« fragte sie.

»Ja.«

»Weiß er, wer der Killer is?«

»Vielleicht weiß er was, aber wir müssen abwarten. Er hat

bloß nen Hünen mit nem Bart gesehen. Und dann bloß noch Sterne.«

»Haste Quinten Naylor das gesagt?«

»Sicher«, sagte ich. Dann: »Hey, Schätzchen, ich will dir mal was sagen. Kannste nich zu Gabby Lee sagen, daß se zwei Tage bei Edna und Jesus bleibt?«

»Warum?«

»Dann könnten wir zwei Tage nach Frisco fahrn.«

»Ah... morgen nich, Baby«, sagte sie und suchte nach anderen Worten. »Im Moment geht's nich.«

»Weil de das Geld für deine Tante brauchst?«

»Nein, das isses nich. Ich hab nen Brief von meinem Onkel Andrew gekriegt. Er schreibt, ihr Mann hat schon besorgt, was se gebraucht ham.«

»Was isses dann?«

»Liebst du mich, Easy?«

Ich spürte, wie die Nachmittagssonne auf meinem Gesicht brannte. Es war wie ein glühendheißer Fleck, der oft noch lange zurückbleibt, wenn man geschlagen worden ist.

»Sicher... Ich meine, natürlich liebe ich dich.«

»Vielleicht liebst du mich nich. Vielleicht glaubste das nur.«

»Laß das, Regina. Spiel nich mit mir.«

»Ich spiel nich mit dir. Das is bloß son Gefühl, das ich hab, das is alles.«

»Was fürn Gefühl?« Ich saß, aber ich hätte genausogut auf den Knien liegen können.

»Du sprichst nich mit mir. Ich mein, du sagst mir nix.«

»Was mach ich denn jetzt? Sprech ich etwa nich?«

»Wie heißt meine Tante?«

»Was?«

»Weißte, daß de mich heute zum erstenmal gebeten hast, was für dich zu tun, Easy? Du sprichst nie mit mir über das, was de machst. Ich mein, du sagst, du arbeitest für Mofass, aber ich hab keine Ahnung nich, wo de die meiste Zeit steckst.«

»Jetzt muß ich mich also bei dir abmelden?«

»Neulich haste n Buch gelesen«, sagte sie und ignorierte meine Frage.

»Ja.«

»Ich weiß nich, was fürn Buch das war. Ich weiß nich, wie deine Mutter geheißen hat, weiß nich, wie deine Freunde heißen, nich richtig.«

»Die willste bestimmt nich kennen«, sagte ich. Ich lachte ein bißchen und schüttelte den Kopf.

»Aber ich will se kennen. Wie kannste einen Mann kennen, wenn de seine Freunde nich kennst?«

»Das sind keine richtigen Freunde nich, Gina. Mehr wie Geschäftspartner«, sagte ich. »Was man richtige Freunde nennt, hab ich nich mehr. Meine Mutter is tot, und sonst hab ich dazu nix zu sagen.«

Ich bog in die Ninety-sixth Street ein und parkte. »... und ich liebe dich.«

Ich weiß nicht, mit welcher Reaktion ich gerechnet hatte. Regina setzte sich so weit wie möglich weg von mir, mit dem Rücken gegen die Tür. Sie schüttelte den schönen Kopf und sagte: »Ich weiß, du hast was für mich übrig, aber ich weiß nich, ob's Liebe is.«

»Was soll das heißen?«

»Manchmal siehste mich an, wie n Hund rohes Fleisch ansieht. Ich krieg Angst, wenn du mich so ansiehst, krieg Angst davor, was de tun könntest.«

»Wann zum Beispiel?«

»Zum Beispiel neulich nacht.«

Ich wußte nicht, was ich dazu sagen sollte. Ich dachte an das, was sie Vergewaltigung nannte. Ich glaubte nicht, daß es das gewesen war, was manche Männer Frauen antun, wenn sie sie auf der Straße aufgelesen haben und sie brutal mißhandeln. Aber ich wußte, falls sie damals nicht gewollt hatte, dann hatte ich sie dazu gezwungen. Ich war im Unrecht, aber ich hatte nicht den Mut, es zuzugeben.

Mein Schweigen machte sie wütend.

»Willste mich gleich hier ficken?« spuckte sie aus.

»Komm schon, Baby. Red nich so.«

»Oh? Ich soll's nich sagen? Ich soll das Maul halten, während de mich wundfickst?«

»Es tut mir leid.«

»Was?«

»Es tut mir leid.«

»Tut dir leid? Das haste dazu zu sagen? Willste dich dafür entschuldigen, daß de mich vergewaltigt hast?«

Ich sah ihr ins Gesicht. Ich stieß den Ellbogen zur Seite und zerschmetterte dabei die Fensterscheibe. Ein scharfer Schmerz fuhr durch meinen Oberarm; ich war froh über die Ablenkung.

»Was, zum Teufel, machste da, Easy?« schrie Regina. In ihrer Stimme war Angst.

»Wir müssen uns beruhigen, Gina. Wir müssen aufhörn, bevor wir wo ankommen, wo's kein Zurück mehr nich gibt.« Ich sagte es leise und vorsichtig.

Ich ließ das Auto an und fuhr weiter. Sie sah nach vorn. Ich sah auch hinaus, hielt nach irgend etwas Ausschau, was meine Gedanken von dem Ärger in diesem Auto ablenkte.

Mein Blick blieb an den Palmen hängen. Ihre Silhouetten stiegen über der Landschaft auf wie unglaublich große und knochige Frauen. Mit wirrem Haar, in krummer Haltung. Ich versuchte mir vorzustellen, was sie denken mochten, aber es gelang mir nicht.

»Du mußt mit mir reden«, sagte Regina. »Und du mußt mir auch zuhörn.«

»Was soll ich sagen?«

Sie sah aus dem Fenster, aber ich glaube nicht, daß sie irgend etwas sah. »Ich hab dreizehn hungrige Brüder aufgezogen und meim Vater morgens zum Whiskey Eier serviert.«

»Das weiß ich.«

»NEIN! DAS WEISSTE NICH!«

Ich hatte sie noch nie so schreien hören.

»Ich hab gesagt, nein, das weißte nich«, sagte Regina wieder. Ich hörte, wie sie die Luft heftig aus der Nase ausstieß. »Ich mein, de weißt, was da war, aber du weißt nich, wie's is, wenn sich vierzehn Männer auf dich verlassen und dir was vorheulen. Dich die ganze Zeit anbetteln, um alles, was de hast. Um dein letzten Cent, dein Samstagabend. Und nach mir ham die kein Mal nich gefragt. Die sind hungrig heimgekommen, zusammengeschlagen oder besoffen, und ham mich gebraucht, damit's wieder gut wird.«

Ich hielt vor unserem Haus. Als ich den linken Arm bewegte, um die Tür aufzumachen, fielen Glasscherben zu Boden.

»Aber die warn besser als du«, sagte Regina. »Die ham mich wenigstens gebraucht. Ich mein, vielleicht willste ne Muschi. Vielleicht willste mich sogar verrückt machen, damit ich komm. Aber wenn ich das tu und mich in dich verlieb, gehste morgens bloß aus dem Haus, wer weiß, wohin.«

»Jeder geht zur Arbeit, Baby.«

»Du verstehst nix. Ich will zu wem gehören. Ich bin nich bloß n Weib, das dir den Pimmel lutscht und deine Kinder kriegt.«

Als Marla so redete, erregte es mich. Aber als ich meine Frau so reden hörte, hätte ich ihr am liebsten den Kopf abgerissen. Ich nahm mich jedoch zusammen. Ich wußte, daß ich ihre Beschimpfungen verdient hatte.

Sie schaute stur geradeaus, und ich schwieg, beobachtete die Uhr am Armaturenbrett. Als vier Minuten verstrichen waren, sagte ich: »Ich hab das Geld, falls de's brauchst.«

»Ich will's nich.«

»Ich nehm dich mit zu den Stellen, wo ich arbeite, und zeig dir, was ich mach.«

»Yeah…«, sagte sie, wartete auf mehr.

»Wir können ne Party geben und die Leute einladen, die ich kenn.«

Sie drehte sich um fünfzehn Grad und wurde ein bißchen milder. Da stieg mir der Geruch nach gebratener Okra in die Nase. Beim Leichenschmaus nach dem Tod meiner Mutter hatte es gebratene Okra gegeben. Ich war gerade erst sieben geworden und haßte den Pfarrer bis aufs Blut.

Ich hatte seit neunundzwanzig Jahren keine gebratenen Okra mehr gegessen, aber manchmal roch ich sie. Meistens, wenn ich starke Gefühle für eine Frau empfand.

»Ich lieb dich wirklich, Easy.« Es tat ihr weh, das zu sagen.

Als ich ausstieg, fiel das Glas zu Boden. Ich mußte die Scherben wegschieben, damit ich die Tür zumachen konnte.

»Du blutest«, sagte Regina.

Das Blut war mir am Arm entlanggelaufen, bildete eine rote Spur bis zu meinem kleinen Finger.

Gabby sah von der Couch aus die Abendnachrichten, und Edna musterte die Fransen eines Kissens unter dem Kopf der stattlichen Frau.

»Moment noch, Lee«, sagte Regina. Dann führte sie mich ins Bad, wo ich das Hemd ausziehen mußte.

»Da is Glas drin.« Ich machte unter ihren tastenden Fingern einen Satz. »Tut's weh?«

»Bloß, wenn de dran rummachst«, winselte ich.

Als sie den Schnitt säuberte, floß das Blut leichter.

Ich beobachtete Reginas Gesicht im Schrankspiegel, als sie mir den Verband um den Oberarm wickelte. Der Schmerz war willkommen. Genau wie ihre Berührung.

Wir machten gemeinsam Abendessen und spielten mit den Kindern. Jesus zeigte uns seine Noten. Eine Vier in Rechtschreibung, aber eine Eins in Mathematik. Edna rutschte auf dem Boden herum und kreischte. Niemand sagte was.

Gegen neun klingelte das Telephon.

»Hallo?«

»Ist dort Mr. Rawlins?«

»Wer ist da?« antwortete ich.

»Ich heiße Vernon Garnett. Ihretwegen hätte meine Frau heute fast einen Herzinfarkt bekommen.«

»Woher haben Sie diese Nummer, Mr. Garnett?«

»Ich arbeite in der Innenstadt, Rawlins. Ich bekomme so gut wie alles, was ich will.«

»Okay, Sir. Vielleicht hätte ich mit Ihrer Frau nicht so unsanft umspringen sollen. Aber ich arbeite in diesem Fall mit der Polizei zusammen und hab das Gefühl, ich muß ein paar Sachen rauskriegen.«

»Die Polizei sagt, Sie sollen ihr bei Problemen in der schwarzen Gemeinde helfen. Sie hatten in meinem Haus nichts verloren.«

»Ihre Tochter hat in meiner Gemeinde gewohnt, Mr. Garnett. Sie hat hier gearbeitet.«

»Lassen Sie meine Familie in Ruhe, Rawlins. Halten Sie sich aus meinem Leben heraus. Haben Sie das verstanden?«

»Ja, Sir. Ab sofort, Sir.«

Ich legte den Hörer auf, und das Telephon klingelte in meiner Hand. Es war zu schnell, als daß es ein Rückruf von Garnett hätte sein können, also war ich höflich. »Ja?«

»Haben Sie einen Knall, Rawlins?«

»Wer ist da?« fragte ich innerhalb von zwei Minuten zum zweitenmal.

»Hier ist Horace Voss. Wer hat Ihnen erlaubt, in das Haus

dieser Familie zu gehen und Beweismaterial dort zu hinterlassen?«

»Vermutlich wolln Se nich mehr mit mir zusammenarbeiten, stimmt's?«

»Ich will, daß Sie sich aus dieser Sache ganz heraushalten. Ganz und gar!«

Ich legte den Hörer wieder auf. Dann nahm ich ihn von der Gabel und legte ihn erst wieder auf, als wir gegen elf zu Bett gingen.

Um eins stand ich auf, um den Verband zu wechseln. Er war zu eng, aber ich wollte Regina nicht das Gefühl geben, ich wisse ihre Arbeit nicht zu schätzen.

Ich wusch den Schnitt mit Hamamelis aus und verband ihn locker mit Gaze und Pflaster. Ich war eben damit fertig, als das Telephon klingelte.

Es klingelte nur einmal.

Auf dem Flur wartete Regina auf mich.

»Ne Freundin von dir«, teilte sie mir mit.

Ich folgte ihr ins Schlafzimmer und nahm den Hörer von meinem Kissen. »Hallo?«

»Gott sei Dank, daß du's bist, Easy. Die ham Raymond eingebuchtet.«

»Wer ist da?« fragte ich zum drittenmal.

»Minnie Fry.«

Das war Raymond »Mouse« Alexanders festeste Freundin.

»Okay, Minnie. Jetzt beruhig dich. Was is mit Mouse?«

»Die Po-li-zei hat ihn!«

»Is er tot?«

»Se halten ihn fest. Ich soll dich gleich anrufen, hat er gesagt.«

»Hier im Revier in der Siebenundsiebzigsten?«

»Mhm. Du mußt sofort hin.«

»Es is fast zwei…«

»Du mußt sofort hin, Easy! Das hat Raymond gesagt.«

Mouse hatte, um mir beizustehen, mehr als einmal geladenen Schußwaffen gegenübergestanden. Er war seit unserer Jugend mein Freund, und obwohl ich wußte, daß Mouse immer weit jenseits des Gesetzes stand, wußte ich auch, daß er für mich, außer meiner Frau und meinen Kindern, einem Angehörigen am nächsten kam.

»In Ordnung.« Ich seufzte. »Ich fahr hin.«

»Fährste gleich?« fragte Minnie.

»Ich hab gesagt, in Ordnung, oder?«

»Okay. Aber du mußt sofort hin.«

So ging es noch drei- bis viermal hin und her, bis ich sie zum Auflegen brachte.

Ich holte meine Sachen aus dem Schrank.

»Mein Verband war dir wohl nich gut genug?« fragte Regina, als ich die Hose anzog.

»Bloß n bißchen eng. Hab ihn eben gewechselt.«

»Wo willste jetzt hin?«

»Aufs Polizeirevier.«

»Willste dich besaufen und das Weib da ficken?«

»Das am Telephon war Minnie Fry, Baby. Das is die Freundin von Mouse. Sie hat gesagt, Mouse is im Gefängnis.«

»Was geht dich das an?«

»Er is mein Freund, Regina. Und ich könnt ihn rausholen.«

»Das kann nich bis morgen warten?«

»Mouse kann nich warten, bis ich ihn holen komm.«

Regina saugte an einem Zahn und ging ins Bett zurück. Ich beugte mich über sie, um sie zu küssen, bevor ich ging, aber sie wollte nichts davon wissen.

18

Der Sergeant mit Nachtdienst glaubte nicht, daß ich für Quinten Naylor arbeitete. Aber er hatte auch nichts dagegen, seinen Vorgesetzten am frühen Morgen anzurufen. Also wartete ich, während er versuchte, durchzukommen.

Es war eine ruhige Nacht auf dem Revier.

Auf der langen Holzbank, auf der wir beide saßen, nickte ein alter Mann immer wieder ein. Er war ein weißer Säufer, nichts Ungewöhnliches in unserer Gegend. Sein Mantel war einmal braun gewesen, jetzt aber stellenweise zu Grau abgewetzt. Er roch nach Schweiß, und das machte ihn mir sympathisch. Uns gegenüber saß eine Schwarze in mittleren Jahren. Sie weinte in ein blaues Taschentuch. Ihre Wangen und ihre Nase waren tiefschwarze Pflaumen. Ich habe nie erfahren, warum die beiden dort waren. Ich habe mein Leben damit verbracht, an solchen kleinen Tragödien vorbeizugehen und sie zu ignorieren.

»Mr. Rawlins!« rief der Sergeant am Tresen.

»Ja?«

»Lieutenant Naylor hat gesagt, Sie dürfen den Mann besuchen. Füllen Sie das hier aus, und ich hole jemand, der Sie hinbringt.« Er hielt mir ein Klemmbrett mit einem vorgedruckten Formular hin.

Ich trug meinen Namen ein, meine Adresse und meine Beziehung zu dem Inhaftierten. Ich trug meine Sozialversicherungsnummer ein, meine Telephonnummer und den Grund meines Besuchs. Ich unterschrieb und gab das Klemmbrett zurück.

Der Sergeant las es nicht einmal, faltete das Blatt nur doppelt und steckte es in einen Schlitz hinter ihm. Dann nahm er den Telephonhörer ab und drückte einen Knopf auf dem Tresen. »Kommen Sie raus, Rivers«, war alles, was er in den Hörer sagte.

Einen Augenblick später kam ein kleiner Weißer in einem kurzärmeligen Khakipolizeihemd aus einer Tür hinter dem Tresen. Der Mann hatte ein ausgemergeltes Gesicht voller Narben. Er war vermutlich Mitte Dreißig, aber mit einem derart verwüsteten Gesicht hätte er sechzig sein können.

»Ist das der Mann?«

Der Sergeant nickte.

»Kommen Sie schon«, sagte der Verwüstete. »Ich hab's gottverdammt eilig.«

Erst führte er mich durch einen langen, grau verputzten Flur. Wir kamen zu einer weißen Holztür, zu der er einen Schlüssel hatte. Direkt hinter dieser Tür war noch eine, eine Eisentür mit lauter einschüchternden Riegeln. Zu dieser Tür hatte er auch einen Schlüssel. Dann waren wir in einem weiteren Flur mit Stahlverstärkung im Boden, in den Wänden und an der Decke.

Wir kamen in einen großen Raum, der ganz aus Metall und Glas bestand. In der Mitte stand ein Tisch mit zwei Stühlen. Tisch und Stühle waren am Boden festgeschraubt.

Ich hörte die barsche Stimme eines Mannes, der etwas sagte, und das jämmerliche Schluchzen eines anderen Mannes.

»Setzen Sie sich. Warten Sie hier«, sagte der kleine Polizist. Dann ging er durch eine Tür auf der anderen Seite.

»Ich sag's dir nich noch mal!« Das war die barsche Stimme.

Als Antwort ächzte ein Mann. Dann ein lautes Krachen und weiteres Weinen. Ich hörte die Stimme wieder, konnte aber nicht verstehen, was gesagt wurde.

Die Geräusche kamen durch eine Eisentür zu meiner Rechten.

Die Tür hinter mir ging auf, und Mouse, mit Hand- und Fußschellen, schlurfte herein, den Wärter im Schlepptau.

Es tat mir in der Seele weh, Raymond so zu sehen. Er war der einzige Schwarze, den ich je gekannt hatte, der sich in keiner

Hinsicht von Weißen hatte Fesseln anlegen lassen. Mouse war dreist und wild und frei. Vielleicht war er geisteskrank, aber jeder Schwarze, der es wagte, in Amerika an seine Freiheit zu glauben, mußte wahnsinnig sein. Sein Anblick in Haft ließ mich in meinem Innern erschauern.

Rivers stieß Mouse auf den Stuhl zu. Als Raymond saß, kettete der Polizist die Hand- und Fußschellen an zwei Eisenringen am Boden fest. Dann setzte er sich auf einen Hocker in der Ecke, ließ uns so wenig Privatsphäre wie möglich.

Ich konnte die Streiterei, das Ächzen und die Schlägerei hinter der Eisentür immer noch hören, aber der Wärter und Mouse ließen sich offenbar nicht davon beeindrucken.

»Haste ne Wumme, Easy?« flüsterte er.

»Was?«

»Haste ne Waffe?«

»Nein, nein. Ich komm nich mit ner Knarre innen Knast.«

»Ich muß hier raus«, sagte Mouse langsam. »Die wolln mir als Adresse Folsom Prison verpassen, und das darf nich passiern.«

»Warum hamse dich hergebracht, Raymond?«

»Die wolln mir diese Morde anhängen. Die brauchen einen zum Hängen.«

»Warum du?«

»Weiß ich nich, Mann. Die sagen, ich hätt ein paar von den Weibern gekannt. Kann schon sein, du weißt ja, daß ich immer hinter so was her bin. Aber das heißt nich, daß ich wen umgebracht hab.«

»Du hast es also nich getan?«

»Was getan?«

»Was die sagen, Mann. Die Frauen umgebracht.«

»Was? Hältste mich für verrückt?«

Ja, dachte ich. Verrückt und ein Killer bei allem, was er tat. Er war ein schmächtiger Mann, nicht über einssiebzig, mit goldgefaßten Zähnen und einem bleistiftdünnen Schnurrbart. Die Polizei hatte ihn nicht in Gefängniskleidung gesteckt. Er trug grüne Wildlederschuhe, graugrüne Hosen und ein weites knallrosa Hemd, das ihm um die Handgelenke flatterte, weil sie ihm die Manschettenknöpfe abgenommen hatten.

Er hatte seinen Stiefvater wegen einer Mitgift ermordet. Er würde Gott noch mit seinem letzten Atemzug anlügen.

»Ich will bloß wissen, warum die dich hergebracht ham«, sagte ich. »Das is alles.«

»Bitte, nein!« kam ein Aufschrei durch die Eisentür.

Ich sah mich nach dem Wärter um, aber er las in einem Heftchenwestern.

»Es is egal, warum ich hier bin, Easy«, sagte Mouse. »Nich egal is, daß de mich rausholst.«

Immer wieder war ein dumpfer Aufschlag gegen die Eisentür zu hören.

»Laß mir n paar Stunden Zeit«, sagte ich. Als mich der kleine Wärter aus dieser Hölle führte, hätte ich am liebsten den Boden geküßt.

Ich las am Tresen des Sergeant die Morgenzeitung, als Quinten Naylor kam. Es war sechzehn Minuten nach sieben.

Er winkte mir, ihm zu folgen, und wir gingen beide nach hinten in sein Büro.

Wir setzten uns mit unserem Kaffee und den Zigaretten. Quinten nickte und fragte: »Was kann ich für Sie tun?«

»Warum ham Se Mouse hergebracht, Mann?«

»Mr. Alexander wird verdächtigt, Informationen über einen Mordfall zu haben.« Sein Gesicht war steinern.

»Se ham kein Furz nich gegen ihn.«

»Wissen Sie, wer die Morde begangen hat?«

»Was is mit dem bärtigen Kerl, von dem ich Ihnen erzählt hab? Der könnt's gewesen sein.«

»Keinerlei Bestätigung. Die Besitzer von Aretha streiten die Geschichte ab.«

»Und was is mit Gregory Jewel?«

»Er sagt, er hat den Mann, der ihn geschlagen hat, gar nicht gesehen.«

»Und das glauben Se?«

»Haben Sie etwas für mich, Rawlins? Falls nicht, ich habe zu tun.« Er deutete mit dem Kopf zur Tür, dann griff er nach einem Bleistift und schrieb etwas auf einen weißen Block.

»Was is mit Mouse?«

»Er bleibt in Haft, bis wir etwas Besseres haben.«

»Unter welcher Anschuldigung?«

Naylor legte den Bleistift weg und sah mich an. »Keine Anschuldigung. Er bleibt noch zwei Tage hier, dann wird er auf das Revier in Hollywood verlegt. Danach schicken wir ihn in die Innenstadt. Wir könnten ihn monatelang festhalten, und nicht einmal der Polizeipräsident würde ihn finden.«

»Darauf sind Se stolz?«

»Werden Sie unseren Killer finden?«

»Ich hab gedacht, Voss will mich rausham.«

»Er ist nicht der einzige Zuständige. Violette will, daß Sie weiter dranbleiben. Er wäre bereit, Ihren Freund umzubringen, damit Sie weiter mitmachen.«

»Lassen Se Mouse raus«, sagte ich.

»Das kann ich nicht.«

»Lassen Se ihn raus, dann finden wir den Killer gemeinsam. Ich brauch Hilfe, wenn ich die ganze Zeit an der Sache dranbleiben soll.«

»Er ist ein Hauptverdächtiger, Easy. Er ist überall gesehen worden, wo diese Frauen waren. Das gilt auch für Cyndi Starr.«

»Ich glaub nich, daß er's war.«

»Woher wollen Sie das wissen?«

»Raymond hätt diese Frauen nich so umgebracht. Aber wenn Sie ihn weiter im Knast lassen, wern bestimmt Leute sterben. Und außerdem hat er mir gesagt, er hat nix damit zu tun. Er hat keinen Grund nich, mich anzulügen. Lassen Se mir und Raymond ne Woche Zeit, dann kriegen wir raus, was Se ham wolln.«

Quinten schüttelte den Kopf. »Ich weiß nicht.«

»Rufen Se Violette an. Fragen Se ihn«, sagte ich. »Ich wart draußen auf der Bank, bis Se Antwort ham.«

Ich wartete eineinviertel Stunden darauf, daß Naylor herauskam. Er hatte Mouse bei sich. Mouse fingerte gerade an seinen Manschettenknöpfen und lächelte mich an. Es war ein Killerlächeln, das jede Frau an ein reizendes, liebevolles Kind erinnerte.

19

Mouse lebte damals mit Minnie Fry zusammen. Sie hatten ein Einzimmercottage in der Vernon Avenue.

Sie lag auf dem Bett und schlief, als wir ankamen.

»Hey, Minnie! Dein Junge is wieder da!« rief Mouse, als wir hereinplatzten.

Ich konnte nur Minnies Kopf sehen. Der Rest war nur eine Wölbung unter einer dicken rosa Steppdecke. Aber als Mouse sich bemerkbar machte, schrie sie (ich schwöre es): »Junge, Junge!« und schleuderte die Decke weg. Sie hatte nur ein winziges rosa Höschen an, aber mein Blick machte ihr nichts aus. Sie lief zu Mouse und zog ihn an ihren großen Busen, als wäre er der von den Toten auferstandene Heiland.

»Baby!« rief sie. Sie küßte und umarmte ihn weiter. »Baby!«

Minnie war einen Kopf größer und fünfzig Pfund schwerer als Mouse. Sie schaukelte ihn hin und her, bis er sie nicht mehr umarmte und statt dessen versuchte, sich von ihr loszumachen.

»Hör auf, Minnie! Hör auf, wenn de mich nich ins Krankenhaus bringen willst.«

Sie summte vor sich hin und schaukelte weiter. Ich glaube nicht, daß ich jemandem je so gefehlt habe wie er dieser Frau. Ich war im Zweiten Weltkrieg jahrelang weg von zu Hause, und niemand hat, als ich nach Hause kam, im Hafen auf mich gewartet und mich derart umarmt.

»Laß mich runter, Mädchen«, flehte Mouse. Ich sah jedoch, daß er lächelte. »Zieh dir was über, der alte Easy schämt sich so.«

Es machte Minnie nichts aus, ihre üppige schwarze Figur vorzuführen, solange wir es nicht erwähnten, aber als Mouse das sagte, verschränkte sie die Arme über der Brust und duckte sich etwas, als sie ein paar Kleidungsstücke von einem Stuhl zog. Sie hielt sie vor sich und ging auf Zehenspitzen ins Badezimmer.

Mouse lächelte ihr nach. »Die is toll, was, Easy?«

Minnie kam nach ein paar Augenblicken aus dem Bad zurück. Sie trug ein schlichtes blaues Kleid, das sie vermutlich im Handarbeitsunterricht genäht hatte, als sie noch auf die High-School ging. Man sah die schiefen Nähte an den blauen Schulterträgern. Das Kleid spannte ein bißchen, weil sie in den zwei Jahren seit ihrem Abschluß ein paar Pfund zugenommen hatte.

»Das Haus issen Schweinestall«, sagte Mouse und verzog angewidert den Mund. »Ich war bloß nen Tag lang im Knast. Wie haste das alles nur geschafft?«

Minnie zuckte nur zusammen.

Mouse breitete in einer hilflosen Geste die Hände aus. »Wollteste was sagen?«

»Ich hab nix gesagt, Baby.«

»Was hättste auch zu sagen? Ich mein, ich komm nach

Hause innen Schweinekoben, und du wedelst Easy mit den Titten vorm Gesicht rum?«

Ich hatte Mitgefühl mit Minnies Scham, aber ich konnte nichts tun, um ihr zu helfen. Mouse wollte sagen, wir hätten Geschäftliches zu bereden und müßten deshalb noch einmal weg. Aber so direkt konnte er sich nicht ausdrücken, deshalb kritisierte er ihre Putzerei, damit er eine Ausrede zum Weggehen hatte, während sie das Haus in Ordnung brachte.

»Jetzt fängste sofort damit an«, sagte Mouse. »Ich zieh mit Easy los und geh was frühstücken...«

»Ich koch was für euch, Baby«, unterbrach Minnie.

»Äh, nein. Wir essen was im Pie Pan, und wenn wir zurück sind, haste das Haus und dich auf Hochglanz gebracht. Haste verstanden?«

»Mhm. Aber ich könnt wirklich ganz schnell saubermachen, Raymond...«

Mouse schüttelte den Kopf und runzelte die Stirn. »Davon will ich nix hörn, Minnie. Wir gehn jetzt.«

Wir gingen ins Pie Pan. Mouse nahm Toast, Gelee und heiße Schokolade. Ich bestellte Grütze, Würstchen und Rühreier mit Kartoffelwürfel und Zwiebeln. Erst redeten wir nicht, weil Mouse die Hände zitterten. Im Lauf der Jahre hatte ich gelernt, daß Mouse jemanden wegen der geringsten Kleinigkeit töten konnte, solange seine Hände noch zitterten. Wenn er nervös wurde, war Gewalt sein einfachstes, erstes Ventil. Deshalb hatte ich im Haus nicht Minnies Partei ergriffen. Möglicherweise hätte er sie geschlagen oder mich, wenn er das Gefühl gehabt hätte, ihm werde widersprochen.

Also aßen wir und rauchten und warteten darauf, daß sich das Zittern aus dem Knast legte.

Als wir nach dem Essen beide Tee mit Zitrone tranken, sagte ich: »Wir müssen den Kerl finden, der die Frauen gekillt hat, Raymond.«

»Geht von mir aus in Ordnung. Weißte, ich will son Arschloch abmurksen. Vertrag's nich inner Zelle.«

»Wir können ihn nicht abmurksen, Raymond. Ich will, daß die Cops uns beide in Ruhe lassen, und das geht bloß, wenn wir denen nen Kerl zum Hängen liefern können.«

»Vielleicht muß ich den ja nich gleich alle machen, aber n bißchen auf ihn schießen könnt ich ja trotzdem. Glaubst du, auch wenn er n großer Kerl is, er hat keinen Respekt vor meiner Pistole?«

Ich widersprach nicht. Wenn Mouse jemanden verletzen wollte, war es unmöglich, ihn daran zu hindern. Ich mußte seine geisteskranke Gewalttätigkeit akzeptieren, wenn ich seine Hilfe wollte.

Ich erzählte ihm alles, was ich herausbekommen hatte. Ich erzählte ihm vom Aretha und von dem Hurenhaus. Ich erzählte ihm von Gregory Jewel und von Cyndi Starr. In einer Dreiviertelstunde wußte er alles, was ich wußte.

»Was hat diese Weiße denn damit zu tun?«

»War wohl Pech.«

»Pech? Son Quatsch.«

»Was meinste damit?«

»Weiß nich, Easy. Aber wir kriegen's raus. Mit wem reden wir zuerst? Willste es bei den Jungs probieren, die dich verdroschen ham?«

»Noch nich. Das warn bloß Handlanger. Sind vermutlich nur auf mich los, weil Max geglaubt hat, dann laß ich sein Hurenhaus in Ruhe. Is einfach schlecht fürs Geschäft, wenn einer rumhängt und über Morde redet.«

»Gregory Jewel?«

»Nee. Der weiß nix. Nein. Wir reden mit Charlene Mars und mit Westley. Charlene hat den Cops erzählt, sie hätt nich gesehn, wie einer auf Gregory Jewel losgegangen is. Ich weiß nich, warum, vielleicht lügt sie bloß, um die Cops zu verscheißern, aber ich glaub, se weiß was. Sonst hätt se denen das bißchen gesagt, was se weiß.«

»Is was dran. Willste gleich dorthin?«

»Nee. Heut nacht, wenn se geschlossen ham.«

Mouses Blick hellte sich auf. »Ich treff mich um zwei davor mit dir.«

Ich nickte und schüttelte ihm die Hand. Dann brachte ich ihn nach Hause zu Minnie, damit er den Nachmittag damit verbringen konnte, sich mit ihr zu versöhnen.

Als ich nach Hause kam, wartete ein Brief von Jesus' Sportlehrer auf mich.

Jesus hatte sich mit zwei Jungen geprügelt, die ihn gehänselt hatten. Als der Sportlehrer versuchte, dem Streit ein Ende zu machen, schlug ihn Jesus auf die Nase.

»Sei nich zu streng zu ihm, Easy«, sagte Regina, als ich den Brief gelesen hatte. »Du weißt doch, wie Kinder immer auf nem Kind rumhacken, das anders is.«

»Er muß lernen, seine Wut zu beherrschen«, antwortete ich. Ich war immer glücklich darüber, daß Regina etwas an Jesus lag. Sie akzeptierte ihn einfach, wie er war.

Vielleicht hatte ich ihr gegenüber hart geklungen, aber ich regte mich nicht besonders über Jesus' Verbrechen auf.

Trotzdem setzte ich eine ernste Miene auf und ging in das Zimmer des Jungen. Aber als ich ihn sah, zusammengesunken mit hochgezogenen Knien auf dem Bett sitzend, wußte ich, daß er schon mehr gelernt hatte, als ich ihm eintrichtern konnte.

Er zuckte zusammen, als ich mich neben ihn setzte. Ich tätschelte ihm die Schulter und lächelte so sanft, wie ich konnte.

»Mach dir keine Sorgen, Junge«, sagte ich. »Das bringen wir morgen früh in Ordnung.«

Jesus sah mich mit verängstigten Augen an. Er nickte, als wollte er sagen: »Wirklich?«

»Ja. Ich weiß, daß de ein guter Junge bist, Jesus. Du prügelst dich nich, wenn de nich meinst, es muß sein. Aber du mußt mir versprechen, daß de dich nie prügelst, wenn dich nich jemand schlägt oder dich schlagen will.«

Sein Blick gewann an Zuversicht. Er lächelte und nickte.

»Denn weißte, einer hat dich inner Hand, wenn er dich durch die Scheiße, die er redet, zum Prügeln bringen kann.«

Jesus nickte wieder.

Jesus legte mir seine kalten Hände um den Hals und gab mir einen Kuß links neben meiner Nase. Als er mich umarmte, staunte ich darüber, wie heiß seine Wange war.

»Jetzt essen wir was«, sagte ich.

Beim Abendessen saßen Regina und ich uns gegenüber und vermieden Blickkontakt wie Fremde, die sich nicht sicher sind, wie sie ein Gespräch anfangen sollen.

Als die Kleine und Jesus schliefen, brachte ich Regina einen dicken Umschlag mit neunhundert Dollar darin.

»Hier is das Geld, daß de gewollt hast, und noch bißchen was dazu«, sagte ich.

Sie sah mich mit klaren, ernsten Augen an. Ich wartete darauf, daß sie etwas sagte, aber es kam nichts. Statt dessen wurde ihr Gesicht weicher, und sie zog mich auf das Bett, bis ich über ihr lag.

Wir schliefen nicht miteinander, lagen nur da wie Löffel, ich hinter ihr. Um eins löste ich mich von ihr und zog mich an. Als ich ging, sah ich mich an der Tür nach Regina um. Ihre Augen waren weit offen, musterten mich. Ich legte den Finger auf die Lippen und winkte. Sie sah mir nur nach. Gott weiß, was sie dachte.

20

Ich parkte ein paar Häuser vom Aretha entfernt. Die Bewohner der Bone Street schwankten allein und in Paaren herum. Auf dem Gehweg wurde gebrüllt, geküßt und gekotzt. Die letzten, die das Aretha verließen, waren die Stripperinnen. Im großen und ganzen üppige Frauen, die sich nach Hause schleppten wie müde Soldaten auf dem Rückweg von der Front.

Es war zwanzig nach zwei, als ich auf die Uhr sah, aber das beunruhigte mich nicht. Ich wußte, daß Mouse da sein würde, wenn ich ihn brauchte. Er würde in meinem Leben immer da sein, lächelnd und immer bereit, Mord und Totschlag zu begehen.

Die Tür zum Aretha war eine Weile nicht aufgegangen, als er herausschlenderte. Er trug ein knallgelbes zweireihiges Jackett und dunkelbraune Hosen. Sein Seidenhemd war blau und mit leuchtend orangefarbenen Dreiecken bedruckt. Er hatte keinen Hut auf dem gestutzten Haar. Vermutlich meinte Mouse, ein so gekleideter Mann könne einfach nicht umgebracht werden.

Er kam an mein Autofenster und sagte: »Jetzt sind bloß noch die beiden da, Easy. Ich hätt mir selber besorgen können, was de brauchst, aber ich will dich nich um den Spaß bringen.«

»Is die Tür offen?« fragte ich.

»Nee. Se ham abgeschlossen, als ich gegangen bin, aber ich hab nen Keil unter die Hintertür geklemmt. Wenn de willst, können wir rein.«

Wir bogen in die Gasse ein, die parallel zur Bone Street verlief, und gingen durch ein kleines Tor zur Hintertür der Bar. Mouse drückte die Tür auf, die in einen großen dunklen Raum führte. Dann gingen wir durch einen Torbogen, hinter dem eine weitere Tür lag. Diese Tür umrahmte Licht. Ich hörte Charlene und Westley auf der anderen Seite reden.

Mouse ging als erster hinein. Ich hörte, wie Charlene scharf die Luft einzog und Westley sagte: »Was?«, und dann kam ich herein.

Sie saßen an einem kleinen runden Tisch vor der Bühne. Beide starrten uns an. Die Luft war elektrisch geladen. Westley sah aus, als wäre er am liebsten zur Tür gerannt.

Charlene sah aus, als hätte sie uns am liebsten die Köpfe eingeschlagen. »Was habt ihr denn hier verlorn?« Es war eher eine Warnung als eine Frage.

»Easy muß euch was fragen«, sagte Mouse in seinem freundlichsten Ton.

»Schert euch hier raus«, sagte Charlene, aber dann erstarrte sie. Ich schaute hinüber und sah, daß Mouse seine Pistole gezogen hatte.

»Ich bin nich zum Vergnügen hier, Charlene. Wir müssen was wissen, und du wirst es uns sagen«, sagte Mouse.

»Was wollt ihr von uns?« fragte Westley. Sein Blick ging unstet hin und her. Ich wußte, daß er etwas vorhatte, und das machte mir angst. Ich befürchtete nicht, daß er uns verletzen oder weglaufen könnte. Ich befürchtete, daß Mouse den armen Westley töten könnte. Dann hätte ich diesmal alle Hände voll zu tun, mich selber aus dem Gefängnis freizubekommen.

»Sagt uns was über die Schlägerei zwischen diesem Mann und Gregory Jewel«, sagte ich schnell. Vielleicht bekamen wir, was wir wollten, und waren draußen, ehe die Lage außer Kontrolle geriet.

»Ich hab dir schon gesagt, was ich weiß, Easy Rawlins.« Das war Charlene. »Und dann haste versucht, mich bei der Polizei anzuschwärzen.«

»Ich will wissen, wer dieser Mann war, Charlene. Entweder sagste's mir oder überzeugst mich davon, daß de's nich weißt.«

»Und was is, wenn ich's nich sag?« forderte die kräftige Frau mich heraus.

Mouse grinste wie ein fröhlicher Junge an einem heißen Sommertag. Westley zog seinen Fuß auf den Stuhl und griff mit beiden Händen an den Knöchel. Er trug rote Socken, aber ich erhaschte auch einen Blick auf braunes Leder. Westley zog eine kleine Pistole aus dem Hosenbein. Ich schrie: »Nein!« und stieß mit der Hand gegen Mouses Schußarm. Charlene rief: »O nein.« Die Schüsse, klein- und großkalibrig, waren ohrenbetäubend. Ich sah, daß Westley seitlich vom Stuhl kippte.

Charlene rief: »West!« und lief zu ihm.

Mouse drehte den Pistolenlauf auf meinen Kopf zu, aber ich wich aus. »Scheiße, was is denn los mit dir, Easy?« rief er.

Ich war so klug, nicht zu antworten. Mouse starrte mich finster an, während sich Charlene verzweifelt um Westley bemühte. Blut sickerte am Arm des Barkeepers entlang.

Mouse ging zu den beiden und schob Charlene beiseite. Er überprüfte die Wunde des Barkeepers, drehte sich weg und nahm Westleys Pistole an sich.

»Da stirbt er nich dran«, sagte Mouse.

»Erzähl's mir«, sagte ich zu Charlene.

Mouse ließ den Hahn der Pistole zurückschnappen.

»Er heißt Saunders«, sagte sie. »Er is verrufen von hier bis St. Louis. Verwickelt sich in Schlägereien und greift zum Messer. Mit dem wollt ich keinen Ärger nich ham.«

»Nich mal, wenn er Frauen umbringt?« fragte ich.

»Über Morde weiß ich nix. Ich seh fast jede Nacht, wie Männer und Frauen sich so verdreschen, wie der Gregory Jewel verdroschen hat.«

Ich dachte daran, wie Jasper Filagret wegen Dorthea zusammengeschlagen worden war.

»Hat er Freunde?« fragte ich.

»Mal hat er nen Cousin mitgebracht, n Rotschopf, den er Abernathy genannt hat. Der arbeitet bei meinem Neffen Tiny bei Federal Butcher's. Mehr weiß ich nich.«

Daraufhin wurde Mouse freundlich. Er holte einen Lappen hinter dem Tresen und reichte ihn Charlene.

»Hab ihn bloß an der Schulter erwischt«, sagte Mouse. »Der hat Schwein gehabt, daß Easy nach mir geschlagen hat.«

Draußen lächelte Mouse nicht. »Mach das nie wieder, Easy Rawlins.«

»Du hast ihn fast umgebracht.«

»Westley hätt uns beide erwischen können, wenn ich ihn nich innen Arm getroffen hätt. Nächstes Mal schieß ich auch auf dich.«

Das war keine Lüge.

Als das vorbei war, legte sich Mouses Wut. »Erst mal nehmen wir uns diesen Metzger vor, Easy. Dem könn wir auflauern, bevor er arbeiten geht.«

»Ich kann erst später.«

»Wieso?«

»Ich muß morgen früh mit Jesus in die Schule. Er hat Ärger mit nem Lehrer, und ich muß mit.« Urplötzlich war ich sehr müde. Ich wäre beim Reden fast eingedöst.

»Na gut. Komm doch hinterher zu Minnie und mir.«

Ich war einverstanden. Wir verabschiedeten uns, dann fuhr ich nach Hause. Ich parkte vor meinem Haus, hatte aber nicht die Kraft, die Tür aufzumachen.

Ich dachte an eine Tote, die friedlich unter einem Baum saß. Mouse redete mit ihr. Pausenlos. Was er ihr auch erzählte, er las es aus einem kleinen schwarzen Buch vor, das aussah wie ein Telephonverzeichnis.

Sie saß nur da und hörte friedlich zu. Mouse sprach weiter. In den Bäumen sammelten sich tausend Vögel. Sie warteten stumm darauf, daß Mouse zu reden aufhörte, damit sie sich auf die Leiche stürzen und ihr das Fleisch von den Knochen picken konnten.

21

Ich hörte lautes Schnarchen und wunderte mich, weil ich Regina noch nie so schnarchen gehört hatte. Ich hob den Kopf, um ihr einen Stups zu geben, und berührte etwas Hartes und Glattes, das Lenkrad. Ich hatte die eigenen Atemzüge gehört. Ich sah durch die Windschutzscheibe zum bewölkten Himmel auf. Selbst dieses trübe Licht tat meinen Augen weh.

Es dauerte lange, bis ich mich aufsetzte. Langsam atmend und mit kleinen Schritten schaffte ich es ins Haus. Regina schlief noch. Es war fünf Uhr morgens. Ich blieb in der Badewanne, bis ich Regina im Haus herumgehen hörte. Dann rasierte ich mich und trocknete mich ab.

Ich trank in der Küche Kaffee, als Regina hereinkam. Sie trug einen geblümten Hausmantel mit einem aufgemalten, leuchtend orangefarbenen und blauen Ara auf der linken Seite.

»Du bist letzte Nacht nich nach Hause gekommen«, sagte sie.

Ich fühlte mich wie ein Mann, der sich von der Straße aus in ein Theaterstück verirrt hat. Niemand würde mich von der Bühne lassen, bis ich meinen Text aufgesagt hatte, aber ich hatte ihn vergessen.

Regina goß sich einen Becher Kaffee ein und setzte sich mir gegenüber. »Na?«

»Die Cops brauchen mich, damit se nen Anhaltspunkt kriegen. Also ham se Mouse ins Gefängnis gesteckt, und ich hab gesagt, ich mach's.«

Sie sah mich nur an.

»Ich war letzte Nacht mit Mouse bei Aretha…«

»Bei wem?«

»Das is ne Bar.«

»Wo?«

»In der Bone Street.« Ich versuchte, meine Stimme normal zu halten, aber sie senkte sich, als ich den Straßennamen nannte.

»Oh.« Sie nickte und schloß ihre schönen Augen, zog sich für einen Moment von mir zurück.

»Es is nich das, Baby. Wir mußten jemand zum Reden bringen. Dort gab's nen Streit, nen ziemlich üblen. Ich hab's nach Hause geschafft, bin aber im Auto weggesackt. Das brauchste mir nich zu glauben, Baby. Ich weiß, du wunderst dich, warum ich so verrückte Sachen mach. Aber ich schwör, es wird besser. Ich schwör's.«

Sie stellte den Kaffeebecher ab und stand langsam auf. Ich saß da und schaute zu ihr hoch.

»Du brauchst mir nix zu schwörn, Easy«, sagte sie. »Ich bin nich dein Babysitter.«

»Aber du weißt, wie schwer ich's in letzter Zeit hab.«

»Keine Bange. Wird schon nix passiern, bloß weil de mal ne Nacht nich nach Hause kommst. Darüber mach ich mir keine Sorgen. Ich will bloß wissen, was passiert is. Vielleicht haste dich in ne andere verliebt. Ich hab bloß gefragt.«

»Ich liebe dich.«

Sie räumte den Kaffeebecher weg und machte Schulbrote für Jesus. Später kam Jesus heraus und setzte sich neben die Haustür.

Regina brachte ihm seinen Beutel. Sie ging vor ihm in die Knie und strich sein Hemd glatt. Sie fuhr ihm mit dem Finger über die Wange, und er lächelte; mehr aus Liebe als des Kitzelns wegen. Als sie aufstand und sich umdrehte, sah ich Tränen in Reginas Augen.

Regina ging ins Schlafzimmer und zog sich schnell an. Sie verließ das Haus, ohne sich zu verabschieden. Gabby Lee kam und ging mit Edna weg.

Ich fuhr mit Jesus zur Schule in der Eighty-ninth Street. Sie war ein großes, blaues Gebäude. Drei Stockwerke mit Klassenzimmern und dahinter ein großer, asphaltierter Sportplatz. Links vom Sportplatz stand ein kleiner Bungalow, in dem die Kinder mehrmals in der Woche Gymnastikunterricht bekamen. Sie machten Grätschensprünge, Winkelstütze und liefen auf der Stelle. Ich wußte das, weil ich Jesus gefragt hatte, was er in allen seinen Fächern machte. Das meiste zeigte er mir in Büchern, aber wenn es um Gymnastik ging, führte er die Übungen vor, um mich und Edna zu unterhalten.

Mr. Arnet, der Sportlehrer, stand vor einer Gruppe kleiner Jungen, die auf dem Rücken lagen, die Hände hinter dem Kopf. Sie versuchten, sich am Hals hochzuziehen.

»Eins, zwei«, sagte Mr. Arnet. »Eins, zwei.«

Ich weiß nicht, was er zählte. Die kleinen Köpfe und jungen Bäuche mühten sich ab.

Als Mr. Arnet Jesus und mich sah, sagte er mit lauter Stimme: »Gut, Leute, Völkerball draußen auf dem Platz.«

Alle Kinder sprangen auf und schrien. Arnet zog einen Volleyball aus einer Segeltuchtasche hinter sich und warf ihn einem großen Jungen in die wartenden Arme. Die Kinder gingen auf ein großes weißes Spielfeld und warfen sich den Ball gegenseitig zu. Es sah aus, als machte es Spaß.

»Mr. Rawlins?« Arnet war ein großer Weißer mit strohigem blondem Haar, einem extrem langen Hals und einem Kugelbauch. Als er auf mich zukam, sah ich, daß er nicht annähernd so groß war wie ich, aber durch den langen Hals wirkte er aus der Entfernung groß.

»Mr. Arnet«, sagte ich. »Offenbar hat es ein kleines Problem gegeben.«

Er fuhr sich mit der Hand durch das strohige Haar, schüttelte den Kopf und bedachte mich mit einem wehmütigen Grinsen.

»Wegen der blutenden Nase, die mir Ihr Junge verpaßt hat,

Rawlins, mußte ich mich eine Viertelstunde lang über das Waschbecken beugen.«

Wie er meinen Namen benützte, wie er ihn aussprach, gefiel mir gar nicht. Ich holte tief Luft und versuchte, meinen Zorn zu unterdrücken.

»Das tut ihm wirklich leid, Mr. Arnet. Er fühlt sich mies, und ich habe ihm gesagt, ich will nicht, daß er sich prügelt.«

Der Sportlehrer schüttelte wieder den Kopf und steckte die Hände in die Taschen. Er schnalzte mit der Zunge, vermittelte den Eindruck, als hätte ich die Prüfung nicht bestanden.

»Ist Jesus Ihr leiblicher Sohn?« fragte er.

Ich wandte mich Jesus zu, der mit einem konzentrierten Stirnrunzeln zu uns aufgeschaut hatte. »Geh jetzt in deine Klasse, Schätzchen«, sagte ich. »Ich und Mr. Arnet haben noch zu reden.«

Er lächelte kurz und lief auf das große blaue Gebäude zu.

»Er ist ein schöner Junge«, sagte ich.

»Ist er Ihr Sohn?« fragte Mr. Arnet wieder.

Die Augen dieses Weißen waren überwiegend gelb, aber durchsetzt von grauen Pünktchen, durch die sie grün wirkten. Es waren kleine, schlaue Augen.

»Ja«, sagte ich. »Er ist mein Junge.«

»Ist Ihre Frau Mexikanerin?«

Ich wußte, was kam. Jesus war seit Jahren bei mir, aber er war nicht mein leiblicher Sohn. Er war ein armer Teufel, der entführt worden war, um die perversen Gelüste eines reichen Weißen zu befriedigen. Ich hatte Jesus vor all dem gerettet und schließlich als meinen Sohn angenommen. Mr. Arnet wollte deswegen Ärger machen. Vielleicht, weil Jesus ihn gedemütigt hatte, vielleicht, weil ihm das Herz blutete.

»Gefällt Ihnen Ihre Arbeit, Mr. Arnet?« fragte ich.

Die Frage erwischte ihn auf dem falschen Fuß. Er sagte: »Was?«

»Ich frag bloß, weil ich weiß, daß ein Mann, der an seiner Arbeit hängt, zu seinen Ansichten steht, ganz gleich, was los ist. Ich meine, nehmen Sie Jesus und mich. Er ist mein Junge. Ich liebe ihn. Es war schwer für mich, heut morgen herzukommen, weil ich arbeite und gestern nacht Überstunden machen mußte. Aber ich hab mich aus dem Bett geschleppt und bin hergekommen, um zu sehen, was Sache ist. Ich liebe Jesus. Wenn jemand ihm was antun wollte, ich wüßt nicht, was ich tät.«

Ich sah Mr. Arnet in die Augen, dann schüttelte ich den Kopf. »Nein. Nein. Das stimmt nicht. Wenn jemand meinem Jungen was tät, dann würd ich den Scheißkerl umbringen. Denn verstehen Sie, das bin ich ihm schuldig. Ich liebe ihn. Er ist mein Sohn.«

Der Sportlehrer war etwas bleich geworden, während ich sprach. Als ich fertig war, schluckte er, um seine Stimmbänder zu befeuchten, denn er wußte, seine nächsten Worte waren wichtig.

»Ich verstehe Sie, Mr. Rawlins«, sagte er. »Heutzutage sind Eltern selten, die sich solche Sorgen um das Wohlergehen ihrer Kinder machen. Ich bin mir sicher, von jetzt an wird Jesus sich gut benehmen.«

»Rufen Sie mich an, wenn er es nicht tut«, sagte ich. »Ich will, daß Jesus aufwächst, wie es sich gehört.«

Ich sah ihm noch einen Moment lang in die Augen. Er wurde nervös, faltete die Hände.

»Es hat mich gefreut, Sie kennenzulernen, Mr. Rawlins.« Er streckte die Hand aus. Ich schüttelte sie. »Jetzt muß ich zu den Kindern zurück.«

Er zog eine Polizeipfeife aus der Tasche und pfiff nach den Kindern. Dann schrie er: »In Ordnung! Stellt euch auf!« und lief auf das große weiße Spielfeld zu.

Ich stolzierte mit schmerzendem Kopf und rasendem Herzen vom Schulhof. Es sah so aus, als müsse es überall Schwierigkeiten geben.

Ich rief Quinten Naylor von einer Telephonzelle aus an. Ich sagte ihm, der Mann, der Gregory Jewel zusammengeschlagen hatte und mit Juliette LeRoi weggegangen war, heiße Saunders.

Als ich nach Hause kam, hatte Gabby Lee die Nachricht für mich, für Hinweise, die zur Festnahme des Killers führten, sei eine Belohnung von fünfzehntausend Dollar ausgesetzt worden, und der Hauptverdächtige sei ein bärtiger Mann namens Saunders.

22

Um Viertel nach elf ging ich zu Mouse. Minnie war in dem Kosmetiksalon, in dem sie arbeitete, aber eine andere Frau war da. Maxine Cone, Mouses zweite Freundin.

Sie saßen auf dem Bett und tranken Bier, als ich ankam. Mouse bot mir eins an, und ich nahm es.

Ich war halb mit dem dritten Bier fertig, als Mouse sagte: »Dein Kleiner muß jetzt bald zum Mittagessen weg.«

Ich stellte die Flasche auf den Boden und stand auf.

»Wo wollt ihr denn hin?« fragte Maxine. Sie war sehr dunkel und schmächtig, mit borstigem, schulterlangem Haar, das glatt nach hinten gekämmt war.

»Wir ham zu arbeiten, Maxine. Geh du nach Hause, ich ruf später an«, sagte Mouse zu ihr.

Ich glaubte, es käme gleich wieder zu einem Streit. Ich sah, wie sich Maxines Unterkiefer verkrampften und ihre Augen so schmal wie Schießscharten wurden. Aber sie blieb ruhig. Ehrlich gesagt, sie sagte so gut wie kein Wort mehr. Sie nahm einen Pullover von einem Nagel an der Wand und ging vor uns hinaus.

Mouse und ich gingen zu meinem Auto, und ich rief Maxine zu: »Kann ich dich irgendwohin mitnehmen?«

Sie ging einfach den Gehweg entlang und ignorierte uns beide. Ich glaube nicht, daß sie je wieder mit Mouse gesprochen hat. Nach vier Monaten war sie mit Billy Tyler verheiratet.

Mouse spielte mit Frauen herum wie ein kleiner Junge am Weihnachtsmorgen mit seinen Geschenken. Für Mouse war das ganze Jahr lang Weihnachten, sein ganzes Leben lang.

Federal Butcher's war in einem Gebäude, in dem ich Ende der vierziger Jahre oft gewesen war. Es war in erster Linie das Lagerhaus einer Schlachterei, aber früher war im zweiten Stock eine kleine Bar gewesen. Joppys Lokal.

Joppy war viele Jahre lang ein Freund von mir gewesen. Er war ein alter Freund aus dem Fifth Ward in Houston und ein Kumpel in L. A., als ich in den vierziger Jahren hierherkam. Aber als wir krumme Geschäfte machten, hat's Joppy erwischt. Das hatte schreckliche Auswirkungen auf mein Leben; in ganz Los Angeles gab es Erinnerungen daran.

Die Zeit zum Mittagessen kam und ging, und wir sahen nicht einen einzigen rothaarigen schwarzen Mann. Ich ging zu einem Schnapsladen und kaufte einen Viertelliter Seagram's und zwei Plastikbecher.

Am Nachmittag konnte ich die Augen nicht mehr offenhalten.

»Mach nur n Nickerchen, Easy«, sagte Mouse.

Als die Verkehrsgeräusche lauter wurden und das wechselnde Licht auf meinen Lidern spielte, wurde ich wach. Aus dem großen Tor von Federal Butcher's kamen Männer heraus. Manche trugen noch die blutigen weißen Kittel. Ich dachte, vermutlich gebe es bei Federal keinen Wäschereidienst, und die Männer müßten das Blut selbst auswaschen.

»Da isser«, sagte Mouse.

Ein gutaussehender Mann in einem hellbraunen Hemd und hellbraunen Hosen ging schnell den Central Boulevard entlang. Er hatte sehr helles Haar, blond, an manchen Stellen hellbraun und glänzend. Er war groß und gut gebaut, mit einem kantigen, hellbraunen Gesicht. Er ging direkt an unserem Auto vorbei. Mouse ließ den Motor an und wendete, um ihm zu folgen.

Als er an einer roten Ampel an der 110th Street stehenblieb, parkten wir und folgten ihm zu Fuß.

Er ging den ganzen Weg bis zur 125th Street, ehe er abbog. Dann ging er den halben Block entlang zu einem Mietshaus, das genau nach den Plänen meines Mietshauses in der Magnolia Street gebaut war. Wir warteten, bis er hineingegangen war, dann prüften wir die Namen an den Briefkästen.

Randall Abernathy wohnte im obersten Stock im Apartment 3 C.

»Geh nach Hause, Raymond«, sagte ich.

»Was?«

»Mit dem hier will ich allein reden.«

Mouse muß etwas anderes zu tun gehabt haben, denn er widersprach mir nicht. Ich war froh darüber. Zur Abwechslung wollte ich einmal ruhig und geschickt vorgehen.

Als ich an der Tür von 3 C klopfte, kamen Schritte durch den Raum zur Tür, dann trat einen Augenblick lang Stille ein.

»Wer ist da?« fragte eine vorsichtige Stimme.

»Roger Stockton«, antwortete ich mit einer lauten, hohlen Stimme, die ich manchmal einsetzte.

»Ich kenn keinen Roger.«

»Ich bin von Star Meat Packing in Santa Clara, Mr. Abernathy. Ich möchte über ein Stellenangebot mit Ihnen sprechen.«

Ein armer Mann kann immer Arbeit brauchen. Vielleicht hat er schon einen Job, einen guten, aber er kann nie damit rechnen, daß das ewig währt. Vielleicht dreht der Chef durch und wirft ihn morgen hinaus. Vielleicht wird seine Mutter krank, und er kann das zusätzliche Geld brauchen.

Ich weiß nicht sicher, ob Abernathy aus armen Verhältnissen stammte, aber er machte die Tür auf.

Ich setzte ein Lächeln auf, mit dem ich eine Wahl gewonnen hätte, wenn ich ein Weißer gewesen wäre.

»Mr. Abernathy!« Ich packte seine Hand und schüttelte sie heftig. »Wie schön, Sie endlich von Angesicht zu Angesicht kennenzulernen.«

Seine Lippen formten ein zögerliches Lächeln, und er versuchte, meine Herzlichkeit zu erwidern. Aber dann runzelte er kurz die Stirn und wich leicht zurück. Im selben Moment sah ich das Zinnkreuz, das um seinen Hals hing, und ich roch den Alkohol in meinem Atem.

»Ich komm gleich zur Sache, Bruder Abernathy, weil ich Sie nicht zu Hause störn will. Ich kann Ihnen ne offene Stelle als Chef der Schlachterei anbieten, und ich glaub, Sie sind der Richtige dafür.«

»Was?«

»Kann ich kurz reinkommen und das mit Ihnen besprechen?«

Ich humpelte an ihm vorbei in die Mitte des Zimmers. Ich kannte den Grundriß der Wohnung wegen meines Hauses. Sie war auf Rationalisierung kalkuliert. Ein Zimmer von bescheidener Größe mit einer Nische für das Bett, einer Kochnische und einem kleinen Bad daneben.

Ich sah an der Einrichtung, daß Abernathy allein lebte. Er hatte einen Tisch mit einem Stuhl und eine Kommode. Der Fußboden war gefegt, wurde nie naß aufgewischt und war nackt.

Ich stützte mich auf das linke Bein, ging zu dem Stuhl und ließ mich behutsam darauf nieder.

»Ham Se sich verletzt?« fragte Abernathy.

Auf dem Tisch vor mir lag eine aufgeschlagene Bibel. Die Hälfte der Verse war mit blauer Tinte unterstrichen.

»Was? Oh, Sie meinen mein Bein.«

Abernathy stand vor mir, und ich bereitete mich darauf vor, ihm meine Lügen aufzutischen.

»In gewisser Weise is die Kriegsverletzung hier der Grund dafür, daß ich hier bin. In dem Bein hab ich mehr Schrapnell als Knochen. Das war n chinesischer Minenwerfer, bedient von nem nordkoreanischen Soldaten...«

Abernathy setzte sich auf den Rand seines sauber gemachten Bettes.

»Ich hab das Ding kommen hören und bin ins nächste Loch gesprungen... bloß war da dieser weiße Junge namens Tooms im Weg, also stoß ich den um und krieg die Ladung ins Bein.«

Ich zog eine kleine Grimasse und berührte die imaginäre Verwundung.

Randall fragte: »Und deshalb sind Sie hier?«

»Dieser Tooms hat nich gewußt, daß er mir im Weg war. Er hat geglaubt, daß ich ihn mit Absicht gerettet hab.« Ich zwinkerte. »Er glaubt, er verdankt mir sein Leben.«

»Wenn Sie ihn gerettet haben, muß er Ihnen ja wohl was schuldig sein«, sagte Abernathy. Meine Geschichte verwirrte ihn immer noch, aber er wollte so klingen, als wüßte er, wovon die Rede war.

»So seh ich das auch. Und als sein Daddy zu ihm gesagt hat, er soll das Familienunternehmen übernehmen, da is Eugene, so heißt der Junge, den ich gerettet hab, sofort zu mir gekommen und hat gesagt, ich soll sein Geschäftsführer werden.«

»Und das Unternehmen ist die Firma Star Meat Packing?«

Ich nickte mit einem wissenden Grinsen im Gesicht.

»Das erklärt mir noch nicht, warum Sie hier sind, Mr. Stockton«, sagte der Schlachter.

»Na ja«, ich sah mich etwas unbehaglich um. »Ich hab gemerkt, daß Se fromm sind, Bruder, aber ich kann Se nich anlügen. Ich war inner Bar, kann mich an den Namen nich erinnern, aber se war in der Slauson Avenue. Jedenfalls hab ich dort diesen Mann kennengelernt. Ich hab ihm dieselbe Geschichte erzählt wie Ihnen, und er hat mir Ihren Namen genannt. Er hat gesagt, Se sind n verdammt guter Schlachter, aber n Schwarzer kriegt nie ne Chance, wenn er für n Weißen arbeitet. Ich hab mit paar Leuten über Sie geredet, und alle ham gesagt, Se sind n guter Arbeiter und kennen sich aus mit Fleisch.«

»Wer war dieser Mann?«

Es gelang mir, die Erregung aus meiner Stimme herauszuhalten, als ich sagte: »Seinen Vornamen hab ich vergessen, aber der Barmann hat ihn Mr. Saunders genannt.«

Randall hätte nicht schneller aufstehen können, wenn er auf glühenden Kohlen gesessen wäre.

»So ein Großer?«

»Mit nem Bart«, erwiderte ich und nickte.

»Wann war das, haben Sie gesagt?«

Ich hob die Schultern. »Weiß ich nich. Vor zwei Wochen, vielleicht vor drei.«

»Und warum kommen Sie dann jetzt erst zu mir?«

»Hab ich doch gesagt. Eugene hat mich zum Geschäftsführer bei Star gemacht. Er hat mich angelernt, damit ich was vom Handwerk versteh. Wissen Se, ich hab mich mit Sägen beschäftigen müssen, mit Waagen und damit, wie man schwarzen Schimmel an Rindfleisch erkennt. Ich kann Ihnen sagen, ich hab gar nich gewußt wie schwierig es is, ein Steak zuzuschneiden. Was is denn verkehrt dran, daß ich erst drei Wochen später bei Ihnen vorbeikomm?«

»Es is bloß, weil ich's mir nicht vorstellen kann, wie Saunders mit mir angibt.«

»Er hat sich irgendwie komisch benommen, jetzt, wo Sie's sagen. Aber ich hab gedacht, das liegt nur dran, daß er viel getrunken hatte. Er hat auch dauernd über Frauen geredet.«

»Frauen«, sagte Abernathy, als wäre es ein Fluch. »Dieser Mann ist durch Frauen zugrunde gerichtet worden.« Sein Ton ähnelte dem eines Pfarrers, der vom Heiligen Geist entflammt ist.

»Mir kam er ganz okay vor.«

»Aber innerlich ist er verdorben. Verfault, weil er soviel Böses getan hat. Vor der Rache des Herrn kann man sich nicht verstecken. Ohne Glauben nützt denen das ganze Sulfonamid überhaupt nichts. Nein, nein. Syphilis ist die Strafe des Herrn für Unzucht.«

Sein Gesicht lief rot an, seine Lippen bebten. Saunders' Familie war geistig nicht ganz normal, soviel war klar.

»Wenigstens hat er mir von Ihnen erzählt«, sagte ich. »Lassen Se uns doch darüber reden, daß Se bei Star anfangen.«

Ich erzählte ihm alles über Star und darüber, wie dringend ich einen leitenden Schlachter brauchte, dem ich vertrauen konnte. Wir vereinbarten einen Termin in vierzehn Tagen, an dem er Eugene Tooms kennenlernen sollte. Ich gab ihm eine falsche Telephonnummer und Adresse.

Am Ende unseres Gesprächs war Randall glücklich. Sein Lohn würde sich verdoppeln, und er bekam die Chance, Geschäftspartner zu werden.

»Wo kann ich Ihren Cousin erreichen?« fragte ich an der Tür.

»J. T.? Warum?«

»Weiß nich. Er war nett zu mir. Hat mir paar Drinks spendiert und mir Ihren Namen genannt. Das is ja wohl ein Dankeschön wert.«

»Er is fort.«

»Fort? Wohin?«

»Nach Norden.«

»Frisco?«

»Seine Familie lebt in Oakland. Die leben da, aber ich bin noch nie dortgewesen.«

Regina, Jesus und Edna waren auf der Vorderveranda. Jesus lag quer auf Reginas Schoß, und Edna saß neben ihnen und spielte mit einem rosa-blauen Ball. Alle drei sahen mich an, als ich die vier Stufen heraufkam.

»Hi, Schatz«, sagte Regina. Ihre Stimme klang glücklich, aber sie sah mir nicht in die Augen.

Edna kreischte und warf den Ball nach mir.

»Hi, Leute.«

Edna wollte von ihrem Stuhl herunterrutschen, aber Jesus fing sie auf und kitzelte sie, damit sie nicht schrie.

»Jesus«, sagte ich. »Bring Edna ins Haus und spiel ne Weile Pferd mit ihr.« Jesus und Edna liebten das Pferdespiel. Sie krochen beide auf allen vieren herum und stießen überall dagegen. Regina erlaubte es ihnen nie, ich schon, wenn ich eine Zeitlang Ruhe brauchte.

Ich küßte meine Frau und führte sie an der Hand zum Gartenzaun. Irgendein ahnungsloser Stadtgärtner hatte eine Eiche in ein ungepflastertes Stück des Gehwegs gepflanzt. Der Baum war gewachsen, und durch die Wurzeln wellte sich nun auf der einen Seite der Gehweg und auf der anderen die Straße. Der Stamm war knorrig und dunkel, und dort war es schattig.

»Was kannste mir über Syphilis sagen?« fragte ich.

»Warum?« Reginas Hand wurde steif, und sie zog sie zurück.

»Nich meinetwegen, Baby«, sagte ich. »Aber vielleicht hat se dieser Killer. Ich hab gehört, er hat Sulfonamide genommen.«

»Wie lange hat er se schon?«

»Weiß ich nich genau. Aber se sagen, es is ziemlich schlimm.«

»Wenn's schlimm is, könnt alles mögliche mit ihm nich stimmen. Von ner Geschlechtskrankheit kannste geisteskrank werden.«

»Gibt's Akten über Leute, die so was gekriegt ham?« fragte ich. »Ich weiß, daß es in Texas Spezialkliniken für so was gegeben hat.«

»Ich könnt's rauskriegen.«

»Er heißt Saunders, J. T. Saunders. Und er war in Behandlung, bevor se mit dem Penicillin angekommen sind.«

Wir küßten uns leicht, aber dann löste sie sich von mir, als wir zum Haus zurückgingen. Jesus und Edna hatten einen Tisch umgestoßen, und der Fußboden war voller Wasser.

23

Am nächsten Morgen fuhr ich herum und sah nach meinen verschiedenen Objekten. Ich beauftragte einen Schreiner aus Guatemala, in einer Wohnung in der Quigley Street einen Fußboden zu verlegen, und mußte mit einem Gärtner reden, der seit sechs Wochen den Rasen nicht mehr gemäht hatte. Ich sah mich überall um, las Müll auf und stellte Verstöße gegen die Hausregeln fest, denen Mofass nachgehen sollte.

Dann fuhr ich zu Mofass' Büro.

Ich traf ihn an, als er tief aus der Lunge in einen großen gelben Lappen hustete. Er hustete, als ich hereinkam, und er hustete, als er mir sagte, DeCampos Leute hätten meinen Forderungen zugestimmt.

»Mr. DeCampo hat mich persönlich angerufen«, keuchte Mofass.

»Das war ja ungeheuer nett von ihm.«

Ich bereute, daß ich das gesagt hatte, denn Mofass bekam dadurch einen noch heftigeren Hustenanfall. Der Husten erschütterte seinen ganzen Körper und trieb ihm fast Tränen aus den Augen.

Nach langen Augenblicken, in denen er Schleim gespuckt hatte, brachte Mofass krächzend eine Frage heraus. »Werden Se mit denen abschließen?«

Ich hatte Angst davor, ihm die Wahrheit zu sagen. Ich war sicher, daß er tot umfallen würde, wenn ich die Frage mit nein beantwortete.

Ich sagte: »Na ja, treffen wir uns noch mal mit denen und lassen uns was Schriftliches zeigen.«

Ich hatte nicht die Absicht, diese Diebe stehlen zu lassen, was mir gehörte. Wenn eine Hauptstraße neben meinem Grundstück verlief, konnte ich mit einer Bank verhandeln und hundert Prozent des Geschäfts machen.

»Ich muß mal Ihr Telephon benützen«, sagte ich.

»Ich muß sowieso nach Hause«, sagte er. »Diese Erkältung hat mich an den Eiern.«

Ich sah ihm zu, als er den Mantel anzog und den Hut aufsetzte. Das Gewicht seiner Kleidung schien ihn zu Boden zu drücken. Ich sah ihm nach, als er hinausging, und dann hörte ich, wie er hustend die Treppe hinunterging.

Ich setzte mich und wählte die Nummer, die ich am besten kannte.

»Temple Hospital«, meldete sich eine Weiße mit nasaler Stimme.

»Bitte die Entbindungsstation im fünften Stock.«

Eine Pause, dann Knacken und Klingeln. Schließlich sagte eine andere, vollere Stimme: »Schwesternzimmer.«

»Regina Rawlins, bitte.«

»Die hat jetzt zu tun. Wer is dran?«

»Louise«, sagte ich, »holste bitte meine Frau?«

»Easy?«

»Wie geht's denn so, Louise? Regina hat mir gesagt daß de wieder arbeitest.«

»Bestens, Baby.« Ich konnte ihr zahnlückiges Grinsen förmlich hören. »Aber de fehlst mir.«

»Is Regina irgendwo in der Nähe?«

»Mm. Zu verliebt für n nettes Wort?«

»Bei ner so schönen Frau wie dir darf ein Mann kein Risiko nich eingehn, Louise.«

»Okay. Das reicht.«

Nach weiterem Warten kam schließlich meine Frau an den Apparat.

»Hi, Schatz«, sagte sie.

»Babe.«

»Er is in einem Krankenhaus in Oxnard untersucht worden. War n öffentliches Krankenhaus, aber angegliedert an die Navy. Er war n tauglicher Matrose bei der Handelsmarine, und die hat seine Behandlung bezahlt.«

»Geht er immer noch dorthin?«

»Schon lange nich mehr. Zum letztenmal war er 1938 dort. Er is bloß drei Monate lang hingegangen. Die von der Verwaltung ham gesagt, wenn er sich nich anderswo behandeln läßt, muß er jetzt sehr krank sein.«

»Haste ne Adresse?«

»Bloß die von damals. Stockard Street zwo vier acht neun, Oakland, Kalifornien. Die Telephonnummer war Axminister zwo acht fünf vier.«

Ich schrieb alles auf einen Block auf Mofass' Schreibtisch.

»Ich geh zum Steakessen mit dir aus, wenn de Gabby Lee auf die Kinder aufpassen läßt«, sagte ich.

»Heute abend geht's nich, Baby.« Sie klang, als regte sie sich deswegen auf. »Ich hab soviel Zeit damit verbracht, das für dich rauszukriegen, daß ich Miss Butler versprechen mußte, Überstunden zu machen.«

»Kannste es morgen einrichten?«

»Ich muß jetzt Schluß machen, Schatz. Viel Glück.«

Als ich den Hörer auflegte, fühlte ich mich sehr einsam. Alles, was ich hatte, alles, was ich tat, hatte ich heimlich erworben und getan. Niemand kannte mein wahres Ich. Vielleicht wußten Mouse und Mofass etwas darüber, aber sie waren keine Freunde, mit denen es sich behaglich plaudern ließ.

Ich dachte, vielleicht hatte Regina recht. Aber bei dem Gedanken, ihr alles über mich zu erzählen, brach mir der kalte Schweiß aus; die Art von Schweiß, wenn das Leben in tödlicher Gefahr ist.

Quinten Naylor saß am Schreibtisch, als ich anrief.

»Was gibt's, Rawlins?«

»Gilt die Belohnung auch für mich?«

»Ja, wenn Sie ihn fassen.«

»Und wenn er nich in der Stadt is?«

»Wo ist er?«

»Im Norden.«

»Oakland?«

»Warum fragen Se das? Ich mein, warum ham Se nich an San Francisco gedacht?«

»Was haben Sie herausgefunden, Rawlins?« fragte Quinten mit seiner Copstimme.

»Ich hab Ihnen das mit dem Aretha und mit Gregory Jewel gesagt und Se ham nix damit anfangen können, Officer. Jetzt find ich den Mann selber.«

Vielleicht hatte er etwas dazu zu sagen, aber ich hörte es nicht, weil ich den Hörer aufgelegt hatte. Ich rief Mouse an und erzählte ihm von der Belohnung. Er sagte, ich solle ihn um vier Uhr morgens vor Minnies Haus abholen.

»Warum mußte dort hinfahrn?« fragte Regina. Ich packte eine kleine Tasche für eine Reise von zwei bis drei Tagen.

»Ich hab's dir gesagt. Se bieten fünfzehntausend Dollar für den, der ihn findet.«

»Aber du hast denen doch schon gesagt, er is dort oben. Wenn se ihn jetzt fassen, kriegste das Geld doch sowieso.«

Was konnte ich sagen? Sie hatte recht. Aber ich hatte diesen Auftrag übernommen und das Gefühl, ich müsse ihn zu Ende bringen. Außerdem war es eine Tortur für mich, zu Hause zu sein, ehe wir die Dinge ins reine gebracht hatten. Ich mußte eine Zeitlang weg.

»Du würdest es einfach nich verstehen«, sagte ich lahm.

»Oh, ich versteh's, schon gut. Du bist ein Gauner, genau wie dieser Mouse. Du magst Kriminelle und treibst dich gern auf der Straße rum.«

»Worüber redest du?«

»Du glaubst, ich weiß nix über dich? Glaubste das? Dein Leben is kein Geheimnis, Easy. Ich hab von dir gehört und von Junior Forney und Joppy Shag und Pfarrer Towne. Ich kann mit eigenen Augen sehn, daß de mit Mofass Geschäfte machst und nicht für ihn arbeiten tust. Baby, in deim eigenen Haus kannste dich nich verstecken.«

»Ich muß weg, mehr gibt's dazu nich zu sagen«, sagte ich. »Über alles andere können wir reden, wenn ich zurück bin.«

Regina legte ihre Hand flach auf meine Brust und zog dann die Finger zusammen, bis nur noch die Fingerspitzen mich berührten.

Wir standen einen Augenblick lang reglos da, mit ihren Nägeln über meinem Herzen.

Ich hätte ihr gern gesagt, daß ich sie liebte, aber ich wußte, das war es nicht, was sie hören wollte.

»Du mußt ner Frau erlauben, daß se deine Schwachstellen sieht, Easy. Se muß wissen, daß de ihre Kraft brauchst. Ne

Frau kann nich bloß ne Sache sein, für die du Geld rauswirfst. Se kann nich bloß die Mami von deiner Kleinen sein.«

»Ich will ja...« war alles, was ich herausbrachte, bis mich der Druck ihrer Nägel verstummen ließ.

»Sch«, zischte sie. »Laß mich jetzt reden. Ner Frau is bloß wichtig, daß de ihre Liebe brauchst. Du weißt, ich hab Arbeit, und du hast mich noch nie um nen Penny gebeten. Warum geh ich dann arbeiten? Du wechselst der Kleinen die Windeln, gießt den Rasen und stopfst sogar deine Sachen selber. Du weißt, daß de mich noch nie um was gebeten hast, Easy. Um keinen Scheißdreck nich.«

Ich hatte immer geglaubt, wenn man etwas für Menschen tat, würden sie einen mögen, vielleicht sogar lieben. Niemand hatte etwas für einen Mann übrig, der weinte. Ich hatte geweint, als meine Mutter starb; ich hatte geweint, als mein Vater wegging. Niemand hatte mich deswegen geliebt. Ich wußte, daß viele Männer, die knallhart daherredeten, abends zu ihren Frauen nach Hause gingen und über ihr schweres Leben weinten. Ich hatte nie verstanden, wie es eine Frau mit einem solchen Mann aushielt.

24

Mouse schlief neben mir auf dem Beifahrersitz. Die Sanddünen und Felsenklippen der kalifornischen Küste, über denen eben die Sonne aufging, türmten sich zur Rechten auf. Zu unserer Linken erwachte der Ozean aus seinem grauen Schlaf zu einem tiefblauen Wunder.

Ich beobachtete die Seeschwalben und Möwen, die zwischen den Schwaden des Morgennebels unbeholfene Kreise zogen. Kaktuspflanzen wuchsen in bizarren Winkeln, als hätten sie Wurzeln geschlagen, während sie den Abhang herunterrutschten. Leuchtende, winzige lila Blüten strahlten neben der Straße an saftigen Ranken.

Mein Chrysler war das einzige Auto, das auf dem Pacific Coast Highway zu sehen war. Ich fühlte mich in Hochstimmung, stark und bereit, alles in Ordnung zu bringen.

Das Brummen des Motors war mir in Fleisch und Blut übergegangen. Ich hätte ewig fahren können.

»Hey, Ease«, krächzte Mouse.

»Biste wach?«

»Warum grinste denn so, Mann?«

»Glücklich, am Leben zu sein, Raymond. Einfach glücklich, am Leben zu sein.«

Er streckte sich auf dem Sitz und gähnte. »Du mußt bescheuert sein, wenn de so früh am Morgen so grinst. Verdammt. Für son Scheißdreck isses noch zu früh.«

»Ich hab auf dem Rücksitz ne Thermoskanne mit Kaffee. Und Toast und Marmeladenbrote.«

Mouse fiel über die Brote her und goß mir einen Becher Kaffee ein. Die Sonne kam über die Böschung und funkelte auf der Wasseroberfläche. Zum erstenmal seit einer Woche war ich ohne die Hilfe von Whiskey freudig erregt. Aber bei diesem Gedanken bekam ich Lust auf einen Drink.

Wir fuhren durch Oxnard, Ventura und Santa Barbara. Der Highway 1 schlängelte sich zwischen dem Landesinneren und der Küste hin und her. Es war eine kurvenreiche Straße, auf der überwiegend Personenwagen fuhren, weil der Highway 101 eine direktere Verbindung zwischen San Francisco und L. A. war.

Wir fuhren noch etliche Stunden, bevor wir miteinander redeten. Ich war es zufrieden, mir die Landschaft anzuschauen, und Mouses Wesen war eher für die Nacht geschaffen.

Als wir dreihundert Kilometer Küstenfahrt hinter uns hatten, fragte er: »Was machen wir, wenn wir im Norden sind?«

»J. T. Saunders is in Oakland. Das is alles, was ich weiß.«

»Und was willste machen, wenn wir ihn finden?« fragte Mouse.

»Wir wissen doch gar nix über ihn, Raymond. Vielleicht is er bloß n Pechvogel, der zur falschen Zeit am falschen Ort gewesen is. Wir tun gar nix, wir beobachten ihn bloß und geben der Polizei seine Adresse.«

»Und wenn er abhaut?«

»Der wird nich abhaun.«

»Wie kommste darauf?«

»Er kriegt uns nich zu sehen, also haut er auch nich ab.«

Mouse nickte und zog die Schultern hoch. »Warten wir's ab«, sagte er.

Um zwölf hatten wir San José passiert, und vor uns lag die Bergkette von Santa Cruz.

»Kennste wen, der mal mit Sulfonamid gegen Syphilis behandelt worden is?« fragte ich.

»Mich.«

»Was?«

»Ich, n halbes Jahr lang bin ich in den verdammten Schuppen gegangen. Die ham mich fünf Jahre lang behandeln wolln.«

»Und du bist nich mehr hingegangen?«

»Klar bin ich nich mehr hin. Verdammt! Ich hab den Scheißdreck gehaßt. Weißte, du gehst hin, und die verpassen dir ne Spritze, und dann haste gleich son stinkigen, widerlichen Geschmack im Maul. Scheiße! Mir wird schon schlecht, wenn ich bloß dran denk.«

»Raymond, du mußt zu nem Arzt.«

»Warum?«

»Weil Syphilis sich im ganzen Körper ausbreitet und später ausbricht.«

»Ich hab keine Syphilis.«

»Aber du hast eben gesagt...«

»Ich hab gesagt, ich bin behandelt worden. Ich war noch n Junge und hab son Pickel am Schwanz gehabt. Und ne Freundin, Clovis, die hat gesagt, so fickt se nich mit mir, also bin ich zum Doktor gegangen. Der hat meinen Schwanz angeschaut und gesagt ›Syphilis.‹ Dann ham se mich gezwungen, mich jede Woche spritzen zu lassen.«

»Vielleicht hat er das ja bloß vom Hinschauen gemerkt.« Aber das glaubte ich nicht.

»Nee. Ich weiß es, weil ich mich nachts mal besoffen hab und mich am nächsten Morgen mit Joe Dexter zur Army melden gewollt hab. Und als se mich einberufen ham, bin ich ganz frech hingegangen und hab gesagt, se könn mich nich nehmen, weil ich Syph hab. Aber der fette alte Knacker dort hat mir gesagt, meine Tests warn sauber. Ich hab nie die Syph gehabt.«

Früher waren weiße Ärzte davon überzeugt, daß fast alle Neger Geschlechtskrankheiten hätten. Es war durchaus glaubhaft, daß sie sich bei Mouse zunächst nicht die Mühe gemacht hatten, einen Test zu machen.

»Und warum warste dann nich bei der Army?« fragte ich.

»Am selben Tag ham se meine Gefängnisakte gekriegt. Se ham gesagt, ich soll wiederkommen, wenn's schlimmer wird mit m Krieg. So schlimm isser nie geworden, daß die mich genommen hätten.«

In den letzten Jahren hatte ich in San Francisco immer im Galaxy Motel in der Lombard Street gewohnt. Es kostete nur zehn Dollar pro Nacht, und das alte Ehepaar dort kannte mich. Mr. und Mrs. Riley. Sie waren ein altes irisches Ehepaar, Kinder von Einwanderern. Sie hatten einen weichen, irischen Akzent und ein freundliches Lächeln.

»Oh, hallo, Easy«, begrüßte mich Mr. Riley, als ich in sein verglastes Büro kam. »Hab Sie eine ganze Weile nicht mehr gesehen.«

In Weinregalen an der Wand lagen Stadtpläne, Fährenfahrpläne und Touristenführer für einzelne Stadtteile.

»Muß da unten hart arbeiten. Zu hart.«

»Wie geht's der Gattin?«

»Bestens. Wie geht's Mrs. Riley?«

»Ist zu Hause bei den Enkelkindern. Cecily hat im letzten Juni Zwillinge bekommen.«

Ich buchte für uns ein Zimmer mit zwei Einzelbetten und einem Fernseher.

Mr. Riley wählte von der Telephonzentrale aus für mich Axminister 3-854. Ein Karl Bender meldete sich. Er kannte keinen J. T. Saunders, und er kannte mich nicht. Ich versuchte herauszubekommen, wie lange er diese Adresse und Telephonnummer schon hatte, aber das führte zu gar nichts.

»Was jetzt?« fragte Mouse.

»Ich weiß nich. Die Adresse is schon zwanzig Jahre alt.«

»Zwanzig Jahre! Mann, in zwanzig Jahren hab ich über hundert Wohnungen gehabt.«

»Und in jeder erinnern se sich an dich.«

Mouses jungenhaftes Grinsen war entwaffnend. Nicht daß er das nötig gehabt hätte; ich hatte gesehen, wie er in seinen besten Tagen einige, trotz ihrer Waffen, niedergestreckt hatte.

Draußen war es dunkel geworden. Auf der Lombard Street stauten sich die Scheinwerfer. Zwei Prostituierte belegten das Zimmer neben unserem und fingen mit dem Geschäft an. Mouse und ich mußten lachen, weil sie es in knapp fünf Minuten schafften, einen Freier abzufertigen. Die Wände waren wie Papier, so daß wir alles hören konnten. »Äh, erst das Geld«, sagte eine der beiden Frauen. Man konnte den Atem des Mannes und dann das Geraschel von Kleidern hören.

»Oh!« schrie sie, ehe er die Zeit gehabt hatte, in sie einzudringen, und dann: »Mach's!«

Und urplötzlich schrie, grunzte oder ächzte der Kerl. Es klang immer ein bißchen traurig wie ein Bauerntölpel auf einem Volksfest, der zwar die Pyramide aus Milchflaschen voll getroffen hat, aber sie nicht umwerfen kann.

»Was willste machen, Easy?« fragte Mouse gegen acht. »Weil weißte, ich muß was tun, sonst geb ich mein Geld den Weibern nebenan.«

»Laß uns nach Oakland rüberfahrn und mal sehn, wo dieser J. T. Saunders früher gewohnt hat.«

»Mach's!« erwiderte eine der Frauen nebenan.

25

Wir fuhren über die untere Ebene der Bay Bridge. Es war Freitag abend, und zehntausend Autos folgten unserem Beispiel. Im Rückspiegel sah ich über dem Strom flitzender, schneller Autos die schimmernden Lichter von San Francisco.

In Oakland war es volle zehn Grad wärmer als in San Francisco. Wir wechselten von angenehmem Wetter in ein Klima, in dem ich mir den Hemdkragen aufknöpfen mußte.

Stockard Street 2489 war ein dreistöckiges Mietshaus. Die Farbe war schon so lange abgeblättert, daß die Holzverschalung grau verwittert war.

Eine dicke Frau saß auf der Veranda und fächelte sich mit einem Kirchenfächer Luft zu. Zwei kleine Jungen liefen mit Holzlatten in den Händen um sie herum.

»Pengpengpengpengpengpengpeng«, sagte einer der Jungen.

»Knallbumm, knallbumm«, imitierte der zweite mit tiefer Stimme eine Geschützsalve.

Die Frau merkte nichts von dem Krieg um sie herum. Sie war sehr dunkel, mit grauem Haar und einem jungen Gesicht.

»Ma'am?« sagte ich. Ich stieg zwei Stufen hinauf. Die Jungen erstarrten, hielten die Waffen aus Latten vergessen in den Händen.

Die Frau fächelte weiter. Sie konzentrierte sich auf etwas auf der anderen Straßenseite.

Ich stieg noch eine Stufe hinauf und sagte wieder: »Ma'am?«

Die Münder der Jungen waren das, was meine Mutter Fliegenfallen genannt hatte.

»Ja?« Ihr Blick haftete immer noch auf der anderen Straßenseite.

Ich sah in diese Richtung. Ich konnte nur das flackernde Licht eines Fernsehers hinter einem Fenster ausmachen. Das Bild sah ich nicht. Ich bezweifelte, daß die Frau es sah.

»Was wolln Se?« fragte die Frau.

»Wohnt hier eine Familie namens Saunders?«

»Nein.« Sie beugte sich vor, um mir zu zeigen, daß sie mit dem Zuschauen beschäftigt war.

»Pengpengpeng.«

»Hat mal ne Familie mit diesem Namen hier gewohnt?«

»Kann schon sein, Mister. Woher soll ich das wissen?«

Der Artillerieschütze benützte mich als Deckung. Er schoß Salven aus seiner Lattenkanone ab, während sein Feind hinter der jung-alten Frau Deckung suchte.

Ich sah, daß Mouse unten auf der Kühlerhaube des Autos saß und eine Zigarette rauchte.

Und ich stand da, schaute der Frau zu, während sie fernsah.

Nach einem Augenblick hob die Frau den Kopf und rief nach hinten: »Nate!«

Im ersten Stock ging ein Fenster auf, und eine kratzige Stimme rief: »Ja?«

»Hier unten will einer wissen, ob hier mal jemand namens...« Sie wandte sich mir zu und fragte: »Wie war der Name gleich noch mal?«

Ich sagte es ihr.

»Saunders!« rief sie. »Ham die mal hier gewohnt?«

»Kommen Se rauf«, sagte die Sandpapierstimme. »Nummer siebenundzwanzig.«

»Sir!« rief ich an der verriegelten Fliegentür vor dem Eingang.

Nate, wer das auch sein mochte, lebte in seinem Wohnzimmer. Dort standen ein Bett und ein Tisch mit einer Kochplatte und einem Toaster. Es dauerte lange bis er den Stock in seiner rechten Hand in die linke verlagert hatte. Ich fragte mich, ob er die Kraft habe, den Türriegel aufzusperren.

»N Abend, junger Mann«, begrüßte er mich.

Wir machten uns auf den langen Weg zurück zu seinem Stuhl am Fenster.

»Heiß draußen, was?« fragte er.

Ich nickte. »Wieso ham Se ne Fliegentür vorm Eingang? Gibt's im Haus Fliegen?«

»Ich hab die Tür gern offen, aber manchmal kommen die verdammten Kinder hier rein und klauen meinen Kuchen, wenn ich n Nickerchen mach.«

»Aha.«

»Se interessieren sich für die Saunders, ja?«

»Ham Se die gekannt?«

»Nathaniel Bly«, sagte er.

Ich war einen Augenblick lang verwirrt, dann begriff ich, daß er mir seinen Namen gesagt hatte.

»Vincent Charles«, erwiderte ich.

»Was wolln Se nach den vielen Jahren von denen, Mr. Charles?«

»Ich hab den Sohn gekannt, J. T.«

Er nickte, und mein Herz machte einen kleinen Sprung. »Wir warn ne Zeitlang gemeinsam bei der Handelsmarine. Das hier is die einzige Adresse, die ich von ihm hab.«

Nate saß da und nickte mir zu. Auf seinem Gesicht lag ein wehmütiges Lächeln, fast, als erinnerte er sich an etwas, wovon ich gesprochen hatte.

»Ich weiß nich mal, ob einer von denen noch am Leben is«, sagte er. »Sein Daddy is noch vor dem Umzug gestorben. Wissen Se, Viola hat die Miete für so ne große Wohnung nich bezahlen können. Ich weiß sowieso nich, warum jemand so ne große Wohnung ham will. Ich finds nich richtig. Aber meine Kinder zahln die Miete, deshalb bleib ich hier. Die wohnen hier in der Gegend. Willie wohnt in der Morton Street und Betty in der Seventeenth. Willie is Automechaniker in San Francisco, und Betty liefert Essen ins Haus. Ne Menge Leute sagen, das wär ne bloße Hausfrauenarbeit, und rümpfen die Nase, aber die meisten davon könnt Betty glatt in die Tasche stecken. Letztes Jahr hat se über zehntausend Dollar verdient ...«

»Hat se mit J. T. gespielt, als sie klein warn?«

Bei der Frage hielt Nate inne. Er hatte vergessen, daß ich hier war, weil ich jemanden suchte.

»Nein«, sagte er. »Willie und Betty warn paar Jahre jünger als J. T. und Squire.«

»Squire?«

»Ham Se nich gesagt, Sie wärn n Kumpel von J. T.? Warum wissen Se dann nix von seinem Bruder?«

Ich lachte freundlich. »Wir warn auf nem Schiff, Mann. J. T. hat nich über seine Familie gesprochen, mir nur die Adresse gegeben, und ich hab nich gefragt.«

»Das war mir vielleicht einer.« Nate schüttelte den Kopf. »Hat immer kleine Tiere gequält und meine Kinder verprügelt.«

»J. T.?«

»Squire. J. T. war n schüchterner kleiner Junge. Als Baby muß er mal n Schock gekriegt ham, und er hat vor jeder Menge Sachen Angst gehabt – vor allem vor Insekten. Ich mein, er hat's nich mal vertragen, wenn er ne Ameise auf dem Gehweg gesehn hat. Und Squire is losgezogen und hat ne tote Libelle eingesammelt und is damit hinter J. T. hergerannt. Und wenn Viola rausgekommen is, hat Squire bloß gesagt: ›Ich will ihm doch bloß was Hübsches schenken.‹ Lieb und böse, genau wie n Engel aus der Hölle.

Mal hab ich sie im Keller überrascht. Squire hat J. T. mit nem Stück Gummischlauch geschlagen. Dauernd hat er zu J. T. gesagt: ›Mach's! Mach's!‹ Und schließlich wimmert J. T. und schreit und steckt sich son großen, halbtoten Wasserkäfer vorn in die Hose. Wissen Se, der arme Junge is auf den Boden gefalln und hat geschrien wie am Spieß. Squire is um ihn rumgetanzt wie ne Hexe. Wie ne Hexe.«

»Warum ham Se das nich verhindert, Nate?«

Nate bedachte mich mit einem forschenden Blick. »Woher sind Se, Junge?«

»Texas. Texas und Louisiana.«

»War's damals schwer, als Se aufgewachsen sind?« fragte er.

Ich mußte grinsen, als ich nickte.

»Früher hab ich geglaubt, alle Schwarzn wärn bloß Nigger. Und Nigger müssen hart sein, damit ses schaffen in so ner harten Welt. Ich hab immer Angst gehabt, wenn ich mich zu sehr um ein Kind kümmer, glaubt es dann, die Welt kümmert sich auch. Ich hab meine Kinder streng erzogen. Und jetzt zahln se meine Miete und kaufen für mich ein, aber sie ham nie nich Zeit, mit mir zu reden. Die glauben, ich war knickrig.«

»Aber sie kommen gut zurecht«, sagte ich.

»Als ich gesehen hab, wie Squire J. T. gequält hat, hab ich mir gesagt, der Junge muß lernen, sich zu wehren. Aber wissen Se, als ich gesehen hab, wie der arme Junge gelitten hat, hat mein Herz Sprünge gemacht, wie Squire Sprünge gemacht hat. Ich hab gemeint, es will zerspringen.«

Nach dieser Rede sah er aus dem Fenster.

Nach einer Weile fragte ich: »Wissen Se, wo Viola Saunders jetzt wohnt?«

»Kann nich behaupten, daß ich's weiß.«

Als ich nach unten kam, aßen die Jungen etwas aus einem Eismilchbehälter, und die Frau sah immer noch auf die andere Straßenseite hinüber.

Niemand sah auf, als ich ging.

26

Viola Saunders stand im Telephonbuch: Queen Anne's 386¾.

Queen Anne's Lane war eine kurze Straße, nur ein Block, in dem sich Mietshäuser drängten. Auf einer Seite war ein großes, leerstehendes Grundstück, auf der anderen waren acht große, in einen Hügel hineingebaute Mietshäuser.

Wir gingen die Straße auf und ab, aber 386¾ war nirgends zu finden. Schließlich gingen wir in 386 und klopften an einer Fliegentür im Erdgeschoß. Irgendwo in der Wohnung lief ein Fernseher, und wir konnten sein bläuliches Licht im langen, dunklen Flur sehen.

Ein kleiner Junge, fast noch ein Baby, lief den Flur entlang. Er blieb an der Fliegentür stehen und sah zu uns auf.

»Wa!« rief er.

Er trug nur ein gestreiftes T-Shirt, das kaum bis zu seinem aufgeblähten Bauchnabel reichte.

»Arnold!« schrie eine Frau im Haus. Sie kam den Flur entlang, in jedem Arm ein Baby und mit zwei weiteren Kindern, die an ihrem Rock zogen.

Sie war mittelgroß und attraktiv gebaut. Sie trug ein Wickelkleid, tiefer ausgeschnitten als die meisten, das des Schweißes wegen eng an ihrer Figur anlag. Sie hatte schlaffe Lippen, was ihren unbekümmerten Blick noch unterstrich, und eine helle Haut. Ihre Kinder hatten alle verschiedene Hautfarben. Der Kleine, den wir als ersten gesehen hatten, war hellhäutig wie seine Mutter, aber die Babys auf ihren Armen waren beide schwarz, Zwillinge. Ein kleines Mädchen, das etwa fünf war und uns hinter dem linken Bein seiner Mutter hervor musterte, hatte eine kräftige braune Farbe. Die kleine Schwester auf der anderen Seite war fast weiß mit schmutzigblondem Haar und grünlichen Augen. Daß sie Geschwister waren, sah man an ihren Augen. Sie hatten alle den leeren, leicht fragenden Blick ihrer Mutter.

Die junge Mutter musterte mich kurz, dann sah sie Mouse an. Er trug ein dunkelblaues, gerade geschnittenes Hemd, das über weitgeschnittenen grauen Hosen hing. Seine Schuhe waren aus grauem Wildleder. Hinter dem Diamanten in seinem Vorderzahn blitzte sein Lächeln auf.

»Ja?« fragte sie Mouse langsam und bedeutungsvoll.

Er lächelte, verbeugte sich fast unmerklich und sagte: »Wir suchen nen Mann namens J. T. Saunders. Kennen Se den?«

»Nee«, sagte sie. Es war ihr auch egal.

Eines der Babys fing zu schreien an, und die Mutter sagte: »Vanessa, Tiffany, hier«, und sie beugte sich nach unten und reichte den beiden kleinen Mädchen das schreiende Baby und seinen braven Bruder. »Bringt Henry und ihn ins große Zimmer.«

Die kleinen Mädchen, die unter dem Gewicht ihrer Brüder fast umkippten, wankten zurück zum schummrigen Licht des Fernsehers.

Der kleine Arnold blieb, bis sie fast um die Flurecke herum waren, dann drehte er sich um und lief ihnen nach.

»Wolln Se reinkommen?« fragte sie Mouse. Sie riegelte die Fliegentür auf, und wir folgten ihr in den Flur. Wir gingen auf den Fernseher zu und schlugen dann die entgegengesetzte Richtung ein.

Es war eine kleine Küche, beleuchtet mit einer nackten Sechzig-Watt-Glühbirne. Den Boden bedeckte löchriges gelbes Linoleum. Im gelben Kachelspülbecken stapelte sich das Geschirr. Auf dem Zweiplattenherd stand ein großer Topf mit schmutzigem Reis, offen und verkrustet. Die Decke, die früher einmal weiß gewesen war, hatten Rauch und Fett geschwärzt.

Ich war jedoch der einzige, dem der Dreck auffiel. Unsere Gastgeberin hatte eine Flasche Bier aus dem kleinen Kühlschrank genommen und sie Mouse gereicht. Sie redeten nicht miteinander, aber ihre Blicke tauschten Versprechungen aus.

»Wissen Sie, wo dreihundertsechsundachtzig dreiviertel is?« fragte ich, ehe sie sich in die Arme fallen konnten.

»Was?« fragte sie.

»Wie heißen Se?« fragte Mouse sie.

»Marlene.«

»Wir suchen nach dreihundertsechsundachtzig dreiviertel, Marlene«, sagte Mouse. Er hätte genausogut über ihre Augen reden können oder vielleicht über ihre Brüste.

Marlene zeigte durch ein kleines Fenster über der Spüle.

»Da oben«, sagte sie. »Eins von denen.«

Durch das Fenster sah ich einen schmalen, betonierten Weg, der an 386 vorbei zu einer kleinen Häuserreihe hinter den größeren Mietshäusern führte.

Arnold stand auf der Schwelle und sah uns an. Grünlicher Schleim quoll aus seinem linken Nasenloch.

Mouse hatte Marlene fest im Blick.

Ich ging zur Tür. Ich hatte den Flur schon halbwegs hinter mir, als Mouse mir nachkam.

»Wart doch, Easy, du kannst doch nich ganz allein auf den losgehn«, sagte er.

»Ich hab gedacht, du bist beschäftigt.«

Marlene folgte uns bis zur Haustür. Dort blieb Mouse stehen und sah Marlene bedeutungsvoll an. »Was machen Se denn später so, Marlene?«

»Nix.«

»Was dagegen, wenn ich zurückkomm?«

»Nee, ich bin hier.«

Der betonierte Weg war unbeleuchtet, aber der Halbmond schien. Auf der linken Seite des Wegs schützte ein ungestrichener Palisadenzaun die Spaziergänger davor, achtzehn Meter tief in den Hinterhof von Marlenes Mietshaus zu stürzen.

Der Aufstieg war steil, und Mouse und ich atmeten beide schwer, als wir oben angekommen waren. Es waren sieben kleine Häuser mit allen möglichen Nummern.

In 386 3/4 brannte Licht.

Mouse und ich sahen uns an, ehe wir den kurzen, unbefestigten Weg zur Haustür entlanggingen. Mouse öffnete die beiden untersten Knöpfe seines Hemdes und bewegte die Schultern, damit er an seine Pistole kam, falls er sie brauchte. Ich ging ihm voraus zur Tür.

Auch an diese Tür kam eine Frau. Sie war groß und stattlich. Sie wirkte noch vornehmer, weil ihr Salz-und-Pfeffer-Haar in einem Turban steckte, leuchtend rot und lila. Ihr Nachthemd war ein langes, korallenrotes Gewand. Es betonte ihre dunkle Haut auf eine Weise, die einen an die Karibik denken ließ.

»Ja?« Ihre Stimme war musikalisch und tief.

»Is J. T. da?« Ich spürte Mouses Anspannung hinter mir.

»Wer sind Sie?« fragte sie.

»Martin«, sagte ich. »Martin Greer. Das is mein Cousin Sammy.« Ich trat beiseite und zeigte auf Mouse. Er lächelte.

»Mm! Was wollen Sie hier?«

»Wir sind aus L. A. hergekommen. Abernathy hat uns gesagt, wir solln J. T. mal besuchen, wenn wir hier sind.«

»Randall Abernathy?«

»Ja, Randy.«

»Der kann uns nicht mal leiden.«

»Davon hat er mir nix gesagt. Ganz im Gegenteil, er hat gesagt, J. T. hat ihm nen Job besorgt. Ja, Randy hat gesagt, mit J. T. kann man ne Menge Spaß haben.«

»Und was ist mit Ihnen?« fragte sie Mouse. »Was wollen Sie?«

»Äh… na ja…« Mouse starrte sie mit offenem Mund an. Das war eine ganz besondere Frau, die es geschafft hatte, ihn einzuschüchtern. Wenn sie ihn geohrfeigt hätte, hätte er sich dafür entschuldigt, daß er ihrer Hand weh getan hatte.

»Was wollen Sie?« fragte Viola Saunders wieder. Sie war älter als wir sechzig oder drüber, und gebieterisch.

»Könnten wir hineinkommen?« fragte ich.

Einen Augenblick lang sah sie mich an. Ich versuchte, mein Gesicht offen wirken zu lassen, ihr zu vermitteln, daß ich ehrlich zu ihr war. Später, wenn wir in ihrem Haus saßen, konnte ich lügen. Viola machte die Tür auf, und ich spürte eine Berührung an meiner Schulter.

»Ich wart hier draußen, Ease«, flüsterte Mouse mir ins Ohr.

Das Zimmer, in das sie mich führte, war groß, aber es gab wegen der Fülle an Möbeln wenig Platz. Regale mit Nippes und Büchern säumten jede Wand. Zwei Sofas, drei Polstersessel, ein Couchtisch aus Nußbaum, ein Eßtisch aus Kirschbaum und ein Klavier waren hier untergebracht. Der dunkelgrüne Teppich war dick. Er schluckte die Gehgeräusche. Die Wände waren auch grün.

»Setzen Sie sich, Mr. Greer.«

»Danke, Ma'am. Sie haben wirklich n hübsches Haus.«

»Was wollen Sie von meinem Sohn?« Sie stand neben dem Klavier.

»Nix Besonderes. Ich hab bloß gehört, er weiß, wie man sich in Oakland amüsiert, und...«

»Lügen Sie mich nicht an, Freundchen. Was hat James Ihnen getan?«

Meine Muskeln wurden schlaff, und meine Fähigkeit zu lügen verließ mich. »Mir persönlich gar nix, Mrs. Saunders. Aber vielleicht weiß er was über ne Frau, mit der er vor ein paar Wochen zusammen war.«

»Ist sie schwanger?«

»Sie ist tot.«

Viola Saunders ließ den Hals zurückschnellen wie eine Viper vor dem Zubeißen. Ihre Augen wurden glasig, und sie hob die Schultern.

»Woran isse gestorben?«

»Jemand hat se umgebracht. Se war nich die einzige.«

»Und Se glauben, James isses gewesen?«

»Ich weiß bloß, daß se jemand mit ihm gesehn hat und daß es zu ner Schlägerei gekommen is.«

Die elegante Frau von den Inseln schloß die Augen. Ihre Lippen arbeiteten ein bißchen, und ihr Hals bebte ganz leicht.

»Wohnt James hier bei Ihnen, Ma'am?«

»Er is ein guter Sohn, Mr. Greer. Er bringt mir immer was mit, wenn er verreist. Er bringt mir immer was mit.«

Das Haus war leer, still und traurig.

»Er is ein guter Sohn«, sagte sie wieder. »Aber jetzt hat er sich verändert. Es is, als wär er gar nich mehr er selber. Manchmal wird er so wütend, daß ich mir Sorgen mach. Manchmal schließ ich meine Tür vor ihm ab. Vor meinem eigenen Sohn.«

Ich wußte, daß sie mir alles sagen würde, was ich hören wollte, solange ich sie reden ließ.

»Werden Sie meinem Sohn was tun, Mr. Greer?« Sie benützte meinen falschen Namen dazu, Macht über mich zu bekommen. Selbst diese Lüge war schwer zu ertragen.

»Nein, Ma'am.«

»Was is mit Ihrem Freund?«

»Wir wollen bloß mit ihm reden, das is alles.«

»Er war immer ein sanfter Junge.«

»Wissen Sie, wo ich ihn finden kann?«

»Ich will nich hörn, daß Se meinem Jungen was getan haben, weil ich Ihnen geholfen hab, Mr. Greer.«

»Ich will ihn bloß fragen, was passiert is.«

»War's ne junge Frau?«

»Ja, sie is mit Ihrem Sohn gesehn worden, aber niemand behauptet, daß er se umgebracht hat. Ich will ihm bloß n paar Fragen stellen.«

Mrs. Saunders vertraute mir. Aber sie machte sich Sorgen.

»Wenn ich ihm das erzähl, is er vorgewarnt, Mrs. Saunders. Dann weiß er, daß er der letzte war, der die Frau gesehn hat.«

»Sie finden ihn im Tiny Bland. Das is hier in der Chino Street in der Nähe vom Lake Merritt. Freitags geht er wegen der Huren da hin.«

Viola begleitete mich vor das Haus.

»Lassen Se meinen Sohn in Ruhe, Sie Lump«, sagte sie zu Mouse.

Er scharrte mit der Fußspitze auf dem Gehweg und sah zu Boden. »Ja, Ma'am.«

»Sehen Sie mich an«, verlangte Viola.

Mouse sah ihr in die Augen; die Tatsache, daß er Furcht empfand, machte mir angst.

»Tun Sie meinem Sohn nichts.«

»Se ham mein Wort.« Mouse nickte und wandte sich ab.

Als sie ins Haus zurückgegangen war, entspannte Mouse sich wieder. Er war die Ruhe selbst, als wir zur Straße hinuntergingen.

»Glaubste, Marlene würd gern mitkommen?« fragte er, als wir zum Auto kamen.

»Ich glaub, se hat fünf kleine Kinder, die ne Mami brauchen, Raymond.«

Er kratzte sich das Kinn und sagte: »Ja. Da haste recht.« Dann lächelte er. »Ich komm zurück, wenn die im Bett sind.«

27

Auf dem breiten roten Neonschild stand in verwegener Schrift Tiny Bland. Es leuchtete hinter einer schwarzen Glaswand, aus der die Fassade des Nachtclubs bestand.

Autos fuhren vor, denen elegante Männer und Frauen in Pelzen und Seide entstiegen, ausnahmslos Schwarze. Die Frauen trugen außerdem knalligen Modeschmuck und hatten Handtaschen aus weichem Leder dabei.

Auf der anderen Straßenseite wankten Säufer und spielten dürre Teenager. An einem alten Chevrolet lehnten zwei junge Männer in T-Shirts und Jeans und bedachten die Gäste von Tiny Bland mit mürrischen Blicken. Mit Blicken, die sagten: »Euch fick ich, euch mach ich alle, oder ich freß euch.« Möglicherweise alles nacheinander.

Aber die Clubbesucher störte das nicht. Sie erzählten Witze und lachten. Ein Abend bei Tiny Bland verschlang zwei Wochenlöhne.

Ein großer Schwarzer in einer goldbetreßten Uniform stand am Eingang. Er begrüßte die Gäste und verscheuchte alle unerwünschten Elemente, die Einlaß begehrten.

Ein junger Mann, der die Autos parkte, tanzte nach der Pfeife des Rausschmeißers. Er trug eine dunkelblaue Uniform mit goldfarbenen Satinstreifen an den Hosen. Er sagte ständig: »Yessir« und »Yes'm.« Er hatte mehr Zähne als all die lächelnden Frauen zusammen. Seine Tasche steckte voller Trinkgeld, und sein Körper tänzelte vor Vorfreude.

»Wie wolln wir da reinkommen?« fragte ich Mouse. »Ich hab nich damit gerechnet, daß unser Typ in so nen Schuppen geht.«

Mouse zuckte die Achseln. »Einfach durch die Vordertür, Mann, genau wie alle anderen.«

»Dafür sind wir nich richtig angezogen, Raymond.« Aber Mouse ignorierte mich. Er stellte sich in die kurze Schlange, die sich vor der Tür gebildet hatte. Ich stand neben ihm, froh darüber, daß uns der Eintritt verwehrt werden würde. Ich war ein bißchen nüchterner geworden und glaubte, es sei besser, Saunders aus einem Abstand heraus zu folgen. Wir konnten bei den Säufern und Straßenräubern auf der anderen Straßenseite warten und unserem Opfer dorthin folgen, wo es wohnte.

Der Türsteher ließ ein Paar vorn an der Schlange hinein. Es waren ein Farbiger mit fast orangefarbener Haut und einem Bürstenschnitt und seine blonde Begleiterin. Alle in der Schlange wurden eingelassen. Das heißt, bis der Türsteher mich zu sehen bekam. Ich trug ockerfarbene Hosen und ein graues Hemd mit zwei winzigen Brandlöchern in der Brusttasche.

Er sah diese Löcher an, als wären es Pestbeulen, und fragte: »Yeah? Was wollen Sie?«

»Ich will hinein. Haben Se da drin ne Klimaanlage?«

»Spielt keine Rolle, ob wir eine ham, denn Se kommen nich rein.« Er sah über meine Schulter, was hieß, die Audienz sei beendet und er sei bereit für den nächsten Bittsteller.

»Mach die Tür auf, Mann, sonst stoß ich se mit deim Kopf ein.« Das war Mouse.

Er hatte Mouse noch nicht bemerkt. Vielleicht dachte er, die Gestalt neben mir sei meine häßliche Begleiterin.

Wie auch immer, daraufhin sah er auf Mouse herunter und sagte: »Was?«

»Du hast mich gehört, Leonard. Ich hab gesagt, mach diese Tür auf.«

Mouse hatte ein breites Grinsen im Gesicht. Der Mann in der goldbetreßten Uniform grinste auch.

»Mouse.«

»Für dich immer noch Mr. Mouse.« Sie schüttelten sich die Hand und lachten.

Dann fragte Mouse: »Mann, in was ham se dich denn gesteckt?«

Leonard fuhr sich mit der großen Hand über die goldbetreßte Brust und sah schüchtern zu Boden.

»Dafür zahln die mich, Bruder«, sagte er.

»Versteh schon«, antwortete Mouse.

Wir wurden hineingewinkt. Die Empfangsdame war schwarz. Das galt auch für die Kellner, die Musiker auf der Tribüne vorn und für die meisten Gäste.

Mouse verlangte einen Tisch, aber ich unterbrach und sagte, wir wollten uns eine Weile an die Bar stellen.

Ich bestellte einen dreifachen Scotch. Mouse bestellte Bier.

»Nettes Lokal, was, Easy?«

Er grinste und sah sich im Raum um. Es war ein großer Raum mit niedriger Decke, vom Boden bis nach oben schwarz gestrichen. Die Kellnerinnen trugen weiße Satinkleider, die Kellner Smokings.

Jede Menge Leute. Die Band spielte fröhlichen Jazz, keine religiösen Melodien wie Lips McGee. In der Mitte des Raums hing eine Kristallkugel und warf helle Lichtreflexe in die Runde, durch die alles ein bißchen unwirklich aussah. Vielleicht war Tiny Bland zwei Wochenlöhne wert.

»Woher kennste denn den Kerl?« fragte ich Mouse.

»Bin ne Zeitlang hier rumgehangen.«

»Wann?«

»Als Terry Peters abgemurkst worden is.«

Mouse hatte Terry bei einem Streit über zweitausend Dollar auf der Straße umgebracht.

»Wie lange warste hier?«

»Bis noch einer umgebracht worden is und die Cops angefangen ham, sich Sorgen zu machen.«

Der Bartresen war lang und glänzendschwarz. Ein paar Meter von uns entfernt saß der Bürstenschnitt vor seinem Drink und erzählte seiner blonden Begleiterin eine Geschichte.

Sie machte dem Mann neben ihnen schöne Augen.

Ich weiß nicht, ob die Frau auf Ärger aus war, aber der Flirt war schon weit fortgeschritten. Der Mann, dem sie schöne Augen machte, war von normaler Größe, aber man sah ihm an, daß er kräftig und gewalttätig war. Er hatte struppiges Haar und einen dünnen Schnurrbart. Seine Augen waren trüb und unstet, obwohl er der Weißen direkt ins Gesicht sah. Aber das alles stellte die Narbe an seinem Hals in den Schatten. Sie war breit und verlief zackig und wirkte noch unansehnlicher, weil sie heller war, genau gesagt gelblicher, als seine mittelbraune Haut.

Ich fragte mich, welcher Unfall oder welches Kriegsgefecht zu einer solchen Katastrophe geführt haben mochte. Es brachte mich nicht wenig zum Staunen, daß dieser kräftige Kerl, daß überhaupt jemand solche Schmerzen und solchen Blutverlust überlebt hatte.

Aber er lächelte nur und flirtete mit der Weißen, während der Bürstenschnitt darüber redete, daß er in seinen Pontiac ein Kurzwellenradio eingebaut hatte.

»Easy«, sagte Mouse. Ich wandte mich wieder ihm zu. Er sah sich im Raum um.

»Ja?«

»Er is nich hier, Mann.«

»Wir haben noch gar nich richtig nachgesehn, Raymond.«

»Ich hab mich umgesehn.«

»Du meinst, du willst zu dieser Schlampe zurück. Das meinste.«

Mouse strahlte und strich sich den Schnurrbart glatt. »Mann, ich weiß, was da auf mich wartet.«

»Und was is, wenn se nen Freund hat, der um zwölf kommt? Was machste dann?«

»Ich mach, was ich mach, Easy. Und du weißt, ich mach's gut.«

»Hey, Mann, Pfoten weg«, äußerte jemand hinter mir mit soviel Wut, daß ich mich schnell umdrehte und einen Schritt zurücktrat.

Der Orangefarbige riß die Hand seiner Begleiterin aus der Liebkosung des Manns mit der Narbe. Der Mann mit der Narbe hielt die Hände hoch, mit den Handflächen nach vorn, und lächelte, genau wie Mouse gelächelt hatte. Ich spürte, wie mir der dreifache Whiskey in die Hände fuhr; sie fühlten sich schwach und kraftlos an.

Die Frau vor mir wich aus, aber ich war zu langsam. Der Mann mit der Narbe ballte die rechte Hand zur Faust, die in Bürstenschnitts Gesicht krachte. Als nächstes prallte mir der Rücken des Orangefarbigen gegen die Brust. Sein Krauskopf lag an meinem Kinn. Er stieß sich von mir ab und ging wieder auf seinen Gegner los.

Es war ein Fehler, für den er bezahlte.

Als er auf dem Boden lag, blutete er aus Mund und Nase. Um die beiden Männer hatte sich ein Kreis gebildet. Der Orangefarbige lag keuchend auf dem Rücken, auf beide Ellbogen gestützt. Der Mann mit der Narbe war in gebückter Haltung, einen leeren Ausdruck im Gesicht. Zum letztenmal hatte ich einen solchen Blick bei der Ardennenoffensive gesehen. Bei einem deutschen Soldaten, der vorhatte, mich zur Hölle zu schicken.

Der Mann mit der Narbe griff in sein Jackett.

Der Orangefarbige lächelte.

Der Mann mit der Narbe zog ein kurzes Messer mit dicker

Klinge und kam einen Schritt auf seinen Gegner zu. Jemand schrie.

Der Orangefarbige zog eine Pistole und zielte.

Ich sah, wie sich der Blick des Messerstechers veränderte. Er war besiegt, und die Mordlust war ihm vergangen; vielleicht senkte er sogar die Klinge.

Ich werde es nie wissen, denn der lächelnde Orangefarbige gab Schüsse ab. Beim ersten Schuß ging der Mann mit der Narbe in die Knie. Wumm!... und eine flüchtige Verbeugung. Wumm!... und das Kinn ruckt nach unten und verdeckt die Narbe. Nach dem sechsten Schuß war er zu Boden gegangen.

Der Orangefarbige hörte keinen Augenblick lang auf zu lächeln.

Die Leute rannten weg oder warfen sich zu Boden. Eine sehr dicke Frau in einem überweiten himmelblauen Kleid versuchte, sich in eine Ecke zu quetschen. Ich sah, daß die Begleiterin des Orangefarbigen hinausrannte, aber ihr Freund rührte sich kaum.

Nach ein paar Augenblicken stand er auf. Er befreite sich auf feierliche Weise vom Staub, indem er leicht gegen Unterarme und Knie klopfte. Er steckte die Pistole in die Tasche und setzte sich an die Bar. Inzwischen hatte sich der Raum fast ganz geleert.

»Komm schon, Mann, nix wie raus hier«, sagte Mouse neben mir. »Die Cops können jeden Augenblick hier sein. Und weißte, ich hab keine Lust, Fragen zu beantworten, wenn ich bei Marlene sein kann.«

Die Anwesenheit am Tatort eines Mordes bedeutete Mouse nicht mehr als Randy Abernathy eine tote Kuh. Wir armen Neger aus dem Süden hatten seit unserer Kindheit den Tod erlebt und eingeatmet, aber bei Mouse war das anders – er akzeptierte ihn. Für ihn war Tod so selbstverständlich wie der Regen.

Ich pflichtete ihm bei, wir sollten gehen, aber der Mord machte mir zu schaffen. Alles wirkte logisch. Ich meine, seit hunderttausend Jahren bringt ein Mann einen anderen wegen einer Frau um. Aber warum hielt er nicht einmal Ausschau nach seiner Begleiterin? Warum lief er nicht weg?

Draußen schlossen wir uns der Menge auf der Straße an. Ich glaubte, wir könnten vielleicht einen Blick auf Saunders erhaschen.

Der Notarztwagen war in nicht einmal zehn Minuten da. Die Polizei kam schon früher. Sie führte den Mörder ab. Ich konnte mir nicht sicher sein, aber der Orangefarbige schien die Hände frei zu haben. Keine Handschellen.

Während Mouse mit dem Türsteher sprach, ging ich herum und hielt Ausschau nach dem Bärtigen. Ich bekam ihn nicht zu sehen.

Ich sah jedoch die beiden Halbstarken, die den Club vorhin im Auge gehabt hatten. Sie sprachen mit etlichen Männern aus dem Club. In der Hoffnung, sie wüßten, warum der Mord sich so seltsam abgespielt hatte, ging ich näher heran und hörte zu.

Als erster sprach ein kräftiger Mann in einem hellbraunen Baumwollanzug.

Er sagte: »Ja. Der Kerl mit dem gestutzten Haar hat gesehn, wie der andere mit seinem Mädchen Händchen gehalten hat. Wissen Se, der hat ihr direkt in den Ausschnitt geguckt und sich die Lippen geleckt...«

»Ja, ja«, sagte ein kleinerer Mann mit einem verblödeten Gesicht. »Den hätt ich auch abgemurkst. Verstehn Se? Der Typ s-sagt, er soll die Finger von seiner B-Braut lassen und d-der gibt ihm dafür nen Tritt in den Arsch. So g-geht es ja nun auch wieder nich.«

»Das sagen Se so«, sagte einer der Jungen im T-Shirt. »Saunder liest die immer so auf. Scheiße, meine Cousine hat der gefickt, und Bobby Lee hätt er fast abgemurkst.«

»Von wem haben Sie da eben geredet?« fragte ich den Jungen.

Er sah mich meines Tones wegen finster an. Vielleicht erinnerte ich ihn an seinen Bewährungshelfer.

»Saunder«, sagte er und verschluckte sich fast an dem Namen.

»Hat der mal nen Bart gehabt?« Ich hielt mir die Hand unter das Kinn, um zu zeigen, was ich meinte.

»Yeah.«

»Wo is der her?«

»Was für n Scheißkerl biste denn?« rief der zweite Junge.

Der Mann mit dem verblödeten Gesicht und sein Freund drehten sich um. Ich erinnere mich, daß sie mir besonders kräftig vorkamen. Und ich schwor mir, daß ich diese Art von Arbeit nie wieder machen würde.

Dann dachte ich daran, mich mit den beiden jungen Männern anzulegen. Sie waren unter zwanzig, einer war vielleicht älter. Der linke zeigte im Lampenlicht kräftig entwickelte Arme. Ich war noch jung genug, sie auszuschalten. Vielleicht hätte ich mir eine blutige Nase geholt, aber das Leben dieser beiden Jungen lag in meiner Hand.

Sie gingen auseinander, beobachteten meine Hände und meine Augen. Vielleicht verdienten sie sich mit so etwas ihren Lebensunterhalt. Wahrscheinlicher war, daß sie es aus Vergnügen taten.

Ich griff in die Tasche und zog zwei Fünfdollarscheine heraus, gab jedem einen.

»Was ham Se gesagt, wo is dieser Saunders her? Ich mein, wo is er geborn?« fragte ich.

»Der hat komisch geredet«, sagte der eine Junge. Er packte den Schein im selben Augenblick wie sein Partner.

»Yeah«, sagte der andere. »Hat immer ›Mönsch‹, statt Mensch gesagt.«

»War er ne Weile weg von hier?« fragte ich. Aber jetzt, wo sie meine fünf Dollar hatten, waren sie in Aufbruchstimmung. Ich sah es wieder an ihrem Blick.

»Zum Teufel, Mensch, mich hat keiner nich dafür bezahlt, auf diesen irren Scheißer aufzupassen!«

Und damit waren beide verschwunden.

28

Ich dachte über das nach, was ich zu sagen hatte, während das Telephon klingelte. Die Frauen nebenan feierten mit zwei Männern eine Fete, und das Neonlicht des Motelschilds blitzte durch die gazedünnen Vorhänge.

Mouse war bei Marlene. Ich hatte ihn dort abgesetzt.

»Hallo?« Quinten sprach mit schwerer Zunge.

»Tut mir leid, Sie zu störn, Mann, aber ich hab was.«

»Von wo aus rufen Sie an?«

»San Francisco.«

»Haben Sie Saunders gefunden?«

»Ja, ich hab ihn gefunden.«

»Es ist spät, Easy. Ich hab keine Zeit für Spielchen.«

Vermutlich hatte sein Vater genau das zu ihm gesagt, als Quinten noch ein Baby-Cop gewesen war.

»Er is tot.«

»Wo?«

»Vermutlich im Leichenschauhaus in Oakland.«

»Sind Sie sicher?«

»Ziemlich sicher. Ich hab gesehn, wie er mit nem Laken über den Augen weggeschafft worden is.«

»Wer hat ihn umgebracht?«

»Keiner, den ich kenn. Den hat die Polizei auch erwischt.«

Am anderen Ende der Leitung entstand ein Schweigen. Vielleicht machte ich mir unnötige Sorgen darüber, daß der Mann, den ich in einer anderen Großstadt gesucht hatte, vor meinen Augen ermordet worden war.

»Kommen Sie morgen gegen Mittag ins Polizeihauptrevier in Oakland. Wo sind Sie jetzt?«

Ich gab ihm die Telephonnummer des Motels.

»Seien Sie um zwölf auf dem Polizeirevier, wenn ich Sie nicht vorher anrufe und Ihnen etwas anderes sage.«

»Okay Quinten. In Ordnung, Mann. Ich fahre hin. Aber wenn das der Kerl is, will ich die Belohnung, und ich will, daß ihr Leute mich vom Wickel laßt und daß es auch so bleibt.«

»Um zwölf«, sagte er, dann legte er auf.

»Hallo.« Ihre Stimme war weich und lieb und einladend.

»Hey, Schatz, hab ich dich geweckt?«

»Easy?«

»Ja, Baby.«

»Wann kommste nach Hause?«

»Vermutlich erst übermorgen. Zum Abendessen. Hab ich dich aus dem Bett geholt?«

»Nein.«

»Du bist um Mitternacht noch auf?«

»Ich hab nich schlafen können, deshalb hab ich die Küche saubergemacht.«

»Ich liebe dich, Schatz. Weißte, ich hab dir ne Menge zu erzählen, wenn ich nach Hause komm.«

»Okay«, sagte sie so leise, daß ich es fast nicht hören konnte.

»Weißte, Baby, ich hab Geld, aber es is auch deins. Ich hab nie…«

»Sag's mir, wenn de hier bist, Easy.«

»Können wir jetzt nich reden?«

»Ich will nich so reden, nich am Telephon. Komm nach Hause, Easy.«

»Ich liebe dich«, sagte ich.

»Wir reden, wenn du nach Hause kommst«, flüsterte sie zurück.

Am nächsten Morgen stand ich vor der Tür von Marlenes Wohnung.

»Mami und der sind im Schlafzimmer«, sagte mir das schmutzigblonde Mädchen. In seiner Stimme lag die Verachtung einer Frau. Es lernte früh, Männer ihrer Gleichgültigkeit wegen zu hassen und den Verrat seiner Mutter zu beklagen.

»Willste dem Mann, Mouse, was von mir ausrichten?«

Sie sah nur zu Boden.

Ich nahm ein silbernes Fünfzigcentstück aus der Tasche und gab es ihr.

Das Stirnrunzeln wich nicht von ihrem Gesicht, aber sie riß die Augen auf und nahm die Münze. Sie wollte weglaufen, aber ich faßte sie am Arm.

»Sag ihm, ich komm um vier zurück. Okay?«

»Okay«, sagte sie zu meinem Handgelenk. Dann rannte sie ins Haus und rief den Namen ihrer Schwester.

»Ezekiel Rawlins«, sagte ich zum drittenmal zu Miss Cranshaw.

»Wie schreibt man das?« fragte die grauhaarige, klapperdürre alte Sekretärin.

»Weiß ich nich.«

»Was?«

»Ich bin nich zur Schule gegangen, und sonst unterschreibt immer meine Mami für mich. Und überhaupt hat mich nie wer gefragt, wie man das schreibt. Da sind Se die erste.«

Ich hatte dort gestanden, in meinem besten braunen Anzug mit einem cremefarbenen Hemd, mit Manschettenknöpfen aus echtem Gold, in braunen Halbstiefeln und Socken mit Rautenmuster. Ich trug eine handbemalte Seidenkrawatte mit einem perfekten Windsorknoten. Und diese Frau hatte alle aufgerufen bis auf mich. Ich war dagewesen, hatte über eine Stunde lang auf dem Stuhl vor ihr gesessen.

Ich hatte ihr gesagt, in meinem besten Englisch des weißen Mannes: »Ich möchte im Büro des Polizeichefs angemeldet werden. Ich weiß, das ist eine ungewöhnliche Bitte, aber ein Polizist aus Los Angeles, ein Sergeant Quinten Naylor, hat mich darum gebeten, mich hier mit ihm und dem Polizeichef zu treffen. Es geht um einen Fall in Los Angeles, der sich mit einem Fall in Ihrer wunderschönen Stadt zu überschneiden scheint.«

»Wenn Sie eine Aussage zu machen haben, sollten Sie auf das für Sie zuständige Polizeirevier gehen, Sir«, sagte sie, zog dann eine Schublade auf und schaute hinein, damit ich die Chance hatte, mich zurückzuziehen.

Ich blieb hartnäckig.

Sie fragte mich nach meinem Namen.

Ich sagte ihn ihr, buchstabierte ihn, und sie rief den Assistenten des Captains an, der das Revier leitete.

Sie sagte mir, er habe noch nie etwas von mir gehört. Ich wiederholte meine Rede.

Sie fragte mich nach meinem Namen.

Vielleicht hätten wir uns richtig gehaßt, wenn ein Assistent des stellvertretenden Bürgermeisters nicht darüber informiert gewesen wäre, beim Polizeichef sei tatsächlich ein Polizist aus L. A. Sie warteten auf einen Zeugen aus L. A.

Miss Cranshaw hätte fast Galle gespuckt, als sie für mich anrief. Ihre Kiefer verkrampften sich so, daß ich glaubte, sie werde sich die Zähne ausbeißen.

Vielleicht war es das erste Mal, daß sie einem Neger zu Diensten sein mußte. Ich arbeitete für den Fortschritt.

»Ist das der Mann, den Sie hier gesucht haben?« fragte mich Chief Wayland T. Hargrove.

Wir waren im Leichenschauhaus von Oakland City und standen vor einem Labortisch mit den Überresten von J. T. Saunders. Er war nackt und fleckig. Er roch säuerlich wie vergammeltes Gemüse kurz vor dem Verschimmeln.

Seine Augen standen offen, sein Kopf war leicht nach links gewandt. Die Narbe an seinem Hals war im Tod weniger ausgeprägt.

»Ich glaube, er ist es, Sir«, sagte ich. »Auf jeden Fall ist er derjenige, dessen Erschießung ich gesehen habe. Ich habe auch den Mann gesehen, der ihn erschossen hat. Ich weiß nicht, ob ich das Notwehr nennen kann.«

»Es ist nicht nötig, daß Sie sich darüber den Kopf zerbrechen«, sagte Bergman, der Beobachter aus dem Büro des Gouverneurs. Er war kurz nach uns im Leichenschauhaus von Oakland eingetroffen. »Wir wollen wissen, ob das der Mann ist, der die Frauen in der South Bay ermordet hat.«

»Sie meinen in L. A.«

»Nein, Easy«, sagte Quinten Naylor. »Hier hat's im letzten Jahr drei Morde gegeben. Dieser Mann ist ein Verdächtiger.«

»Schwarze Frauen?«

»Alle schwarz.« Quinten sah mir direkt in die Augen. Er wollte, daß ich ruhig blieb, und ich wußte, warum. Er mußte sich zu den Morden in L. A. äußern, ehe die Hysterie seine Arbeitsmöglichkeiten dort untergrub. Ärger mit Wayland T. Hargrove oder, genauer gesagt, mit Mr. Bergman, war das letzte, was er brauchen konnte.

Aber ich war wütend. »Was?«

Chief Hargrove zog angesichts meiner Entrüstung die Augenbrauen hoch. Er trug einen grauen Nadelstreifenanzug und hatte einen blaugrauen Haarschopf.

»Dieser Mann ist in der Bay seit fünfzehn Jahren ein Problem gewesen«, sagte Hargrove zu niemandem im besonderen. »Er hat fünf Jahre wegen Totschlag im Gefängnis verbracht. Er wurde verdächtigt, seine erste Frau umgebracht zu haben, aber es gab keine Beweise. Wir haben ihn auch wegen dieser Verstümmelungsmorde verhört, aber...«

»Sie meinen, hier sind Frauen auf dieselbe Weise umgebracht worden, und niemand weiß es?«

»Deshalb hat mich der Gouverneur nach Los Angeles geschickt, Mr. Rawlins«, sagte Mr. Bergman. »Wir wußten Bescheid über die Morde in Oakland, aber als es in Los Angeles auch anfing, wurden wir nervös.«

»Vor allem, als er sich an einer Weißen vergriffen hat«, höhnte ich.

»Es war klug, Mr. Rawlins, die Ermittlung geheimzuhalten. Wir hatten keine stichhaltigen Beweise dafür, daß es sich um nur einen Täter handelt.«

Ich war still, weil ich meine ganze Willenskraft dazu brauchte, ihm nicht den Kopf von den Schultern zu reißen.

»Wir verstehen«, sagte Roland Hobbes. »Wir wollen dem Kerl nur die Fingerabdrücke abnehmen und sie mit denen vergleichen, die wir am Tatort im Fall Scott gefunden haben.«

»Selbstverständlich«, sagte der Chief. »Selbstverständlich.«

»Was ist mit dem Kerl, der den Mann hier umgebracht hat?« fragte ich.

»Das ist Sache der Polizei von Oakland«, sagte Bergman.

»Ich hab's gesehen, Mann, ich hab's gesehen, und mir kam's wie ne Falle vor.«

»Passen Sie auf, Easy«, sagte Naylor leise. »Sie sind nur Gast hier.«

»Seid ihr Leute denn nich hier, um Verbrechen aufzuklären und zu verhindern? Was ist, wenn der andere Kerl in den Fall verwickelt war?«

»Das war er nicht«, sagte der Beobachter.

»Woher wissen Sie das?«

»Er ist ein Cop.«

Er hätte mich ebensogut mit einem Vorschlaghammer treffen können. Mein Gehirn wurde butterweich. Mir wäre fast das Herz in der Brust stehengeblieben.

Bergmans tiefliegende grüne Augen vervollständigten das Lächeln, mit dem er mich bedachte.

»Ein Cop?«

Der Chief räusperte sich. »Ich hoffe, Sie bekommen hier, was Sie brauchen, meine Herren«, sagte er. »Wenn ich noch etwas für Sie tun kann, sagen Sie mir bitte Bescheid. Grüßen Sie Mr. Voss und Captain Violette.«

Er wandte sich ab, genau wie sein Hofstaat aus zwei Leibwächtern in Zivil, zwei uniformierten Polizisten und dem Assistenten. Bergman, der Teufel aus Porzellan, begleitete sie. Quinten Naylor, Hobbes und ich blieben mit einem Leichenschauhaushelfer und einem winzigen Arzt zurück, der von einem Golfspiel geholt worden war, damit er die Obduktion leitete.

»Haben Sie, was Sie brauchen?« fragte der kleine Arzt Quinten.

»Mhm«, antwortete Quinten und sah den Leichnam an, als wäre ihm schlecht.

»Ich mach's schon«, sagte Roland Hobbes und holte die Utensilien zum Abnehmen von Fingerabdrücken aus einem kleinen, hellbraunen Koffer, den er mitgebracht hatte. Quinten faßte mich am Arm und sagte: »Lassen Sie uns kurz draußen miteinander reden.«

Auf dem Flur des Leichenschauhauses sah Quinten etwas gesünder aus. Er fürchtete sich im Grunde nicht vor Toten, solange er sie nicht berühren mußte.

»Es ist vorbei, Easy«, sagte er auf dem breiten, grünen Flur.

»Isses das?«

»Für Sie. Vielleicht werden Ihnen noch Fragen gestellt. Vielleicht gibt es eine Ermittlung wegen der Ermordung von Saunders. Aber Sie haben Ihren Auftrag erledigt. Sie können hierbleiben, wenn Sie wollen, aber ich glaube nicht, daß Sie willkommen sind. Ich glaube, Sie sind hier überhaupt nicht willkommen.«

Ich dachte daran, wie Marlene Mouse die Tür aufgemacht hatte. Er war ihr willkommen gewesen.

»Was ist mit der Belohnung?«

»Es muß noch überprüft werden, aber falls die Ermittlung diesen Mann als den Schuldigen bestätigt, gehört das Geld Ihnen.«

»Mir und Mouse. Er hat mir bei der Suche geholfen.«

Quinten runzelte die Stirn. »Wo ist er?«

»Wo er hingehört. Mehr, als ich von uns sagen kann.«

»Na ja.« Quinten wollte meinen Blick nicht erwidern. »Wenn das hier erledigt ist, sind wir hier weg. Wollen Sie Tickets für den Rückflug?«

»Ich hab ein Auto und muß noch ein paar unerwünschte Fragen stellen.«

»Die hier bringen Sie um, Easy. So einfach ist das.«

»Wer hat diesen Mann hergeschickt, Quinten?«

»Ich weiß es nicht. Ich habe Violette angerufen, und er hat Voss und Bergman angerufen. Danach hat eine Besprechung im Rathaus stattgefunden, und man rief in Oakland an. Mich hat niemand etwas gefragt.«

29

Im Tageslicht war Queen Anne's Lane häßlich. Leute saßen vor ihren Wohnungen und starrten mich an. Wenn ich nicht dagewesen wäre, hätten sie sich gegenseitig angestarrt. Kinder schrien und rannten auf den leeren Grundstücken auf der anderen Straßenseite herum. Jungen spielten Krieg, während kleine Mädchen zuschauten, halb neidisch, halb bestürzt.

Ich ging zu Marlenes Haus. Ich wollte hineingehen, als mir einfiel, warum ich in erster Linie hergekommen war. Deshalb ging ich nicht in die Wohnung voller schmutziger Kinder zurück, sondern den schmalen Betonweg entlang zu der Adresse, die wir gestern nachgeschlagen hatten.

Die Tür war offen, und vor dem Haus saß eine alte Frau auf einem Gartenstuhl. Hinter ihr sah ich Leute, überwiegend Frauen, die sich ruhig im Haus zu schaffen machten.

»Ja?« sagte die alte Frau.

»Hi.« Ich lächelte und faltete die Hände vor mir. »Ich möchte zu Mrs. Saunders.«

»Und warum?«

Ich dachte an die klapperdürre Miss Cranshaw. Sie war weiß, die Frau hier war schwarz, aber sie hatten dieselbe Achtung vor mir.

»Ich war gestern abend hier, und sie hat mich in die Stadt geschickt, um James etwas auszurichten. Ich bin nicht dazu gekommen, mit ihm zu reden, aber ich hab gesehen, wie er umgebracht worden ist.«

Auf dem Kopf der Frau kämpften graue Haare gegen dünne weiße. Oben auf dem Schädel hatte sie eine kahle Stelle.

»Wie heißen Sie?«

Einen Augenblick lang erstarrte ich, hatte den Namen, den ich benutzt hatte, völlig vergessen. Aber dann fiel er mir ein, und ich lächelte. »Greer. Martin Greer.«

»Wissen Sie nicht mal Ihren Namen?« fragte die alte Dame. Und ich fragte mich, ob ihre Mutter sich auch mit einem Mann wie Mouse amüsiert hätte, während sie sich um ihren kleinen Bruder kümmern mußte.

Ich fragte mich das, aber ich antwortete nicht. Schließlich

stand die Frau auf und ging ins Haus. Sie nahm den Stuhl mit und machte die Haustür zu.

Als die Tür wieder aufging, schämte ich mich. Die Frau vom Vorabend trug ein weites, schwarzes Kleid, das bis zu ihren nackten Füßen reichte. Um die Oberschenkel herum war sie breiter als um die Hüften und ihre Augen waren verschwollen und verletzlich.

Ich war ein mieser Hund.

»Ja?« sagte sie und reckte das Kinn.

»Ich war gestern abend hier.«

»Daran erinnere ich mich, Mr. Greer. Aber jetzt ist er tot. Ich kann Sie jetzt nicht mehr zu ihm schicken.« Falls sie weinte, würde ich weglaufen müssen. Ich konnte diese Frau nicht trösten.

»Ich weiß«, sagte ich. »Ich hab's gesehen. Ich hab alles gesehen.«

»Warum haben Sie nichts unternommen?« Die Tränen blieben in ihren Augen.

»Es ging zu schnell...«

Sie nickte.

»Es war wie, wie... Ich weiß nicht...«

Sie streckte die Hand aus, und ich wich aus ihrer Reichweite.

»Sagen Sie mir, was passiert ist«, sagte sie leise.

Ich sagte es ihr. Und während ich sprach, fragte ich mich wieder, ob ich wirklich die Ursache für die Qual dieser prächtigen Frau war.

»Aber Sie sagen, er hatte die Waffe und zielte damit auf James Thomas?«

»Ja.«

»Aber was hatte er für einen Grund, ihn zu erschießen?«

»Ich weiß es nicht.«

»Nein. Nein«, echote sie.

»Ich war heute auf dem Polizeirevier und habe eine Aussage gemacht. Dort heißt es, daß die Polizei wegen toter Frauen in der South Bay nach J. T. gesucht hat.«

Sie sah mich nur an.

»Die Polizei sagt, er hat die Frauen in L. A. umgebracht«, sagte ich.

Ich nannte ihr die Daten der letzten Morde.

»Das kann er nicht gewesen sein.«

»Er war hier?«

»Nicht an allen Tagen, die Sie genannt haben, aber am letzten. An dem Tag war er hier bei mir. Den ganzen Tag lang.«

»Sind Sie sicher?«

»Er war hier bei mir.«

Marlene küßte Mouse zum Abschied mit solcher Leidenschaft, daß ich sie quer durchs Zimmer spüren konnte. Mouse verstand sich darauf, Liebe zu wecken. Es lag daran, daß er keine Scham kannte. Für die verzweifelte Seele in uns allen war Mouse der Erlöser. Er weckte die Träume, die man als kleines Kind gehabt hatte, und er ließ einen wieder an Wunder glauben. Er war die Art von Teufel, dem man seine Seele verkauft, ohne den Pakt je zu bereuen.

Wir fuhren zum Motel zurück und holten uns gebratenes Huhn und gegrillte Rippchen von einem Imbißstand mit Namen Fat Charlie's. Es war Sonntag abend, also lief im Fernsehen die Ed-Sullivan-Show.

Das Essen schmeckte wie Pappe, und die Geschichten und Shownummern ergaben überhaupt keinen Sinn.

»Was haste denn, Easy?« fragte Mouse beim Essen.

Die Frauen nebenan arbeiteten, aber langsamer, weil Sonntag war. Ein mildes Stöhnen kam durch die Wand und ein nicht sehr überzeugendes: »Oooh, Baby.«

»Ich hab nix.«

»Warum läßte dann die Ohren hängen wie n Welpe, der grad entwöhnt worden is?«

»Die ham ihn umgebracht, Mann.«

»Wen?«

»Saunders. Se ham mich benützt, um ihm ne Falle zu stellen.«

»Wer?«

»Ich weiß es nich genau. Vielleicht war's Quinten, vielleicht einer von den Männern, die er mir ins Haus gebracht hat. Vielleicht warns alle gemeinsam. Vermutlich. Aber einer hat ihn umgebracht. Se ham seinen Namen von mir gekriegt und ihn umgebracht.«

»Na und?« Meine Probleme begannen ihn schon zu langweilen.

»Also isses meine Schuld. So isses.«

»Er hat die Frauen alle gemacht, stimmt's?« Mouse seufzte. »Den hätt ich selber umbringen könn, wenn ich dran gedacht hätt.«

»Aber se hätten ihn vor Gericht stelln solln. Die Leute hier hätten wissen müssen, daß da einer Frauen umbringt, und niemand hat was drüber erfahrn. Vermutlich ham se ihn deshalb umgebracht. Se ham kein Prozeß gewollt, wo die Leute erfahren, daß ein Mörder frei rumgelaufen is und niemand was davon gewußt hat.«

»Er is tot, Easy. Es is vorbei, Mann.«

»Aber es is nich richtig.«

»Nee, das isses nich. Es is nie richtig, Easy. N Nigger kriegt nie sein Recht nich, wenn er nich zwei Meter unterm Boden liegt. Das verstehn se hier inner Gegend unter Recht.«

»Meinste, ich soll die Pfoten davon lassen?«

»Was kannste denn sonst machen?«

»Ich hab nich die Pfoten davon gelassen, als de im Knast warst, Raymond. Ich hab dich rausgeholt.«

»Mhm. Dafür bin ich dir auch dankbar. Aber weißte, wir sind Partner, Bruder. Scheiße! Vergreift euch ja nich an meim Partner, sonst leg ich euch um.«

Es ließ sich nicht mit ihm darüber streiten. Mouse begriff nichts von Schuld und von abstrakter Verantwortung. Er hätte sich gegen einen Trupp von Männern gestellt, um mich, seine Exfrau EttaMae oder ihren gemeinsamen Sohn LaMarque zu beschützen. Für seine Leute hätte er sich eine Schießerei mit der Polizei geliefert, aber Moralvorstellungen waren ihm völlig fremd. Ihm zu erklären, was Recht bedeutete, war wie der Versuch, einem Blindgeborenen die Farbe Rot zu erklären.

Und außerdem hatte er recht. Ich hatte mein Bestes versucht. Ich hatte getan, was ich für richtig hielt. Ich hatte den Mann gefunden, der schwarze Frauen ermordete. Ich hatte alles erledigt.

Ich konnte mich nicht mit den Cops anlegen. Ich würde nie wieder für sie arbeiten, aber mehr konnte ich nicht tun. Ich hatte eine Frau und Kinder, um die ich mich kümmern mußte. Und Saunders war ein Killer; ich hatte das sofort gewußt, als ich ihn zu sehen bekam.

Wir gingen zeitig schlafen, aber mitten in der Nacht stand Mouse auf. Er saß auf dem Fußende seines Bettes und rauchte eine Zigarette. Ich hörte ihn atmen und hörte den Frauen zu, die nebenan miteinander redeten.

Nach einer Weile ging Mouse hinaus. Einen Augenblick später hörte ich eine Frauenstimme sagen: »Wer is da?«

»Euer Nachbar«, sagte Mouse. »Ich hab ne Flasche Jim Beam mitgebracht.«

Die Tür ging auf, und die Frauen lachten. Sie feierten bis sechs Uhr morgens. Gegen Ende wollten die Frauen schlafen. Schließlich schickten sie Mouse zu mir zurück.

30

Die Rückfahrt auf dem Coast Highway war schön. Mouse schlief fast die ganze Zeit über.

Beim Brummen des Motors und der Seeluft, die durch das Fenster kam, fühlte ich mich allmählich besser wegen J. T. Saunders. Schließlich war er ein Killer, und ich hatte mein Leben, in das ich zurückkehren mußte. Es war falsch, daß die Polizei die Morde vertuschte, aber ich konnte die Welt nicht ändern.

Es war ein windiger Nachmittag. Die marineblaue See wirbelte weiße Schaumkronen auf. Irgendwo in der Gegend von Ventura durchbrach ein Flugzeug die Schallmauer. Das weckte Mouse für einen Augenblick.

»Was war das?« fragte er.

»Nix. Du mußt geträumt haben.«

Er grinste breit und sagte: »Weißte, was ich machen werd, Easy?«

»Was?«

»Wenn ich das Geld hab, kauf ich mir nen 57er T-Bird.«

Ich widersprach ihm nicht. Mouse verstand sich darauf, das Leben zu genießen.

Ich kam gegen fünf nach Hause. Reginas Auto parkte noch nicht vor dem Haus. Gabby Lee und Edna waren nicht zu sehen. Jesus' Roller lag auf der Seite im Garten. Alles sah sehr gut aus.

Mir gehörte dieses Haus seit über zehn Jahren, aber seit Regina eingezogen war, war es mehr denn je ein Zuhause.

Ich erinnere mich immer noch an den Tag, an dem ich sie kennenlernte. Es war in einem Club in der Compton Avenue. Ich beschattete im Auftrag des Vaters einer verlobten Tochter einen Mann namens Addison Prine. Der alte Mann, Tony Spigs, war sich sicher, daß Addison eine Freundin hatte, und wollte, daß ich ihren Namen herausfand. Spigs war ein eifersüchtiger alter Mann und wollte seine einzige Tochter solange wie möglich zu Hause behalten. Spigs war außerdem Mofass' Lieblingsschreiner, und ich glaubte, ich könne für eine dicke Gefälligkeit eine gute Schreinerarbeit herausschlagen.

Addison saß mit einem zweiten Mann und einer Frau an einem kleinen Tisch. In ihrer Nähe saß eine Frau ohne Begleitung. Sie trug ein schlichtes braunes Kleid. Vor ihr stand der Bodensatz eines leuchtendroten Getränks mit einem Strohhalm darin. »Darf ich mich zu Ihnen setzen?« fragte ich ganz geschäftsmäßig.

Sie sah zu mir auf, und ihre Augen lachten. Da verliebte ich mich in sie. Ihre Augen lachten, ohne daß ein Lächeln über ihre Lippen ging. Dann sah sie sich um. Etliche Tische waren leer, denn es war Spätnachmittag, und das Toucan wartete noch auf den Ansturm der Gäste.

»Der hier gefällt mir«, war meine Antwort auf ihren Blick.

Sie sah in eine andere Richtung, und ich setzte mich.

Addison legte seine Hand auf die Hand der Frau an seinem Tisch. Ein Kellner kam und nahm meine Whiskeybestellung auf.

Regina vermied mein Gesicht nicht, aber sie sah geradeaus, sah eher an mir vorbei als mich an.

»Nein, Nancy«, sagte Addison. »Ich hab dich nich vergessen. Ich hab die Karten hier in der Tasche.«

Die Frau, ein vollbusiges Exemplar in einem karierten Kostüm, lachte. Ich dachte an Addisons Verlobte. Iona Spigs war hübsch, aber zugeknöpft. Sie hatte gern ein ordentliches Haus und ging sonntags zur Kirche.

Nancy machte sich gern die Hände schmutzig. Als sie sich hinüberbeugte, um Addison zu küssen, lächelte sie strahlend.

Ich schüttelte den Kopf und seufzte.

Meine unfreiwillige Tischgesellschaft warf mir einen flüchtigen Blick zu, nicht mehr.

Ich winkte dem Kellner. Als er vor mir stand, fragte ich meine zukünftige Frau: »Möchten Sie noch was trinken?«

Sie nickte zu ihrem leeren Glas, und der Kellner ging.

Ich seufzte wieder.

»Was würden Sie machen?« fragte ich mein Glas.

»Was?«

»Was würden Sie machen, wenn Sie nen Freund hätten, und dem seine Tochter will den Mann da drüben heiraten?« Ich drehte den Kopf in Addisons Richtung. Die Augen lachten.

»Is das die Tochter von Ihrm Freund, die er küßt?«

»Wohl kaum.«

Dann lachte sie richtig. Es war ein gutes Frauenlachen. Sie warf den Kopf zurück und riß den Mund weit auf. Dann beugte sie sich vor und trommelte mit den kurzen, unlackierten Nägeln auf den Tisch.

Ich lachte auch. Nicht ganz so heftig. Der Kellner brachte unsere Drinks.

»Ich glaub, Se sollten nix machen«, sagte Regina.

»Warum?« fragte ich.

»Se hat sich diesen Mann ausgesucht. Se hat nen Grund, den se vielleicht selber nich kennt.«

»Aber was is, wenn er ihr das Herz bricht?«

»Lebt se bei ihrm Daddy?«

»Ja.«

»Dann is se wenigstens von zu Hause weg. Vielleicht will se das.«

Jesus saß am Küchentisch. Seine Hände lagen ausgestreckt vor ihm; sonst war nichts da, auch nichts zu essen. Er sah zu mir auf, als ich ihm das Haar zerzauste.

»Lauf jetzt nach draußen. Geh spielen, Junge. Du solltest nicht im Haus sein«, sagte ich.

Ich war froh, daß Regina und Edna noch nicht da waren. Sie waren ja trotzdem irgendwie hier. Ich mochte diese Art von Anwesenheit, auch wenn sie abwesend waren. Edna auf der Couch, von der sie immer heruntersprang. Regina an der Spüle, wo sie jeden Abend saubermachte.

»Ich bin eine arme Frau und stamme aus einer alten Familie stolzer armer Leute«, hatte sie an jenem Abend zu mir gesagt. Ich hatte Tony Spigs gesagt, ich hätte nichts über Addison herausfinden können.

Regina war keine phantasievolle Geliebte. Sie täuschte nichts vor, schrie nicht, wand sich nicht. Aber wenn wir zusammenkamen, war es, als ob alles, was sie hatte, mir gehörte. Sie kam zu mir wie Wellen am Strand. Sie war beständig und stark.

Auf dem Fernseher lag ein zusammengefaltetes Blatt Papier. Unter dem Brief lagen die neunhundert Dollar, die ich ihr gegeben hatte. Als ich das Geld sah, wußte ich, daß ich verloren war.

> Lieber Easy,
> es ist schwer das zu schreiben Schatz aber ich hab nen Mann gefunden den ich liebe. Und ich geh mit ihm weg. Du weiß ich hab's versucht aber ich kann nich bleiben. Du bist wunderbar Easy aber ich brauch was was wir nich haben. Ich liebe dich. Ich liebe dich aber ich muß weg. Haß mich nich weil ich Edna mitnehm. Sie braucht ihre Mutter.
>
> Leb wohl

Auf dem Couchtisch lag das Wörterbuch. Sie hatte die Wörter, die sie nicht schreiben konnte, nachgeschlagen. Die Tränen kamen, und meine Knie gaben nach. Nach langer Zeit schaute ich auf und sah Jesus, der in der Hocke dasaß. Er hielt Wache bei mir.

31

Am nächsten Morgen fuhr ich zum Safeway-Supermarkt und kaufte vier Liter Wodka und die gleiche Menge Grapefruitlimonade. Jesus schlüpfte aus dem Haus zur Schule, und ich trank. Ich trank systematisch, als ob ich arbeitete.

Hand heben und trinken, schlucken und wieder trinken, das Glas auf den Tisch stellen, aber nicht loslassen. Nach einundzwanzig Doppelschlucken nachschenken und von vorn anfangen.

Am Nachmittag schlief ich.

Jesus kam gegen halb vier zurück. Er kam türenknallend ins Haus, rannte zu seinem Zimmer und ließ dabei Bücher und Kleider fallen. Als er zurückkam, packte ich ihn am Arm und hob ihn in die Luft.

»Was, zum Teufel, is das hier deiner Meinung nach, Junge, n Schweinestall?«

Danach schreckte er vor mir zurück. Es kam mir unrecht vor, daß ich ihn so behandelt hatte, aber immer, wenn mich das beunruhigte, trank ich einfach noch etwas.

Um vier klingelte das Telephon. Jesus kam hereingelaufen. Er sah die Klingel besorgt an. Ich fuhr mit meiner Schluckkur fort. Doppelschluck, Klingeln, Doppelschluck, Klingeln. Schließlich hörte das Klingeln auf, aber der Alkohol floß weiter.

Jesus hatte uns zum Abendessen zwei Dosen Spaghetti

warm gemacht. Ich setzte mich an den Tisch, aber der Geruch drehte mir den Magen um. Ich lehnte mich zurück, bis ich's nicht mehr riechen konnte.

In meinem Kopf spielte ein Song: »I Cover the Waterfront.« Ich summte den Text, als ich aufschaute und Mouse sah. Er tauchte wie hergezaubert hier in meiner Eßecke auf.

»Hey, Easy«, sagte Mouse.

Jesus sprang vom Stuhl und umarmte den verrückten Killer.

»Mouse«, erwiderte ich. Ich sah nicht eigentlich doppelt, aber Mouses Gesicht war etwas verschwommen. Meine Stimme und auch seine hatten ein leichtes Echo.

»Sitz lieber gerade, Mann. So is Blackfoot Whitey gestorben.«

»Was?«

»Hat sich besoffen in seim Stuhl zurückgelehnt, bis er nach hinten weggekippt is und sich das Genick gebrochen hat.«

»Sie is fort, Mann.«

»Ja. Ich weiß.«

»Du weißt es? Wie haste das rausgekriegt?«

Es kam nur sehr selten vor, daß Mouse ein ernstes Gesicht machte. So düster hatte ich ihn nur dreinblicken sehen, wenn er sich auf irgendeine Schandtat vorbereitete. Deshalb staunte ich über seinen ernsten Blick, hätte fast meinen Kummer vergessen.

»Es war Dupree«, sagte er.

Ich sah, wie meine Lider flatterten. Mein Herz flatterte auch. Ich versuchte, sie mir in den Armen dieses Hünen vorzustellen. Ich versuchte, sie mir vorzustellen, wie sie wohl war, wenn sie nicht bei mir war.

»Der war im Krankenhaus hinter ihr her. Du weißt, wie der immer auf Kalifornien geschimpft hat…«

»Woher weißte das?«

»Sophie hat's gesagt. Sie war wütend, daß einer ihrer Leute

das nem Freund von ihr antun kann. Sie hat's mir gesagt, damit ich's dir sagen kann.«

Bis zu diesem Augenblick war Regina noch bei mir gewesen. Ich liebte sie immer noch und wollte sie zurückhaben. Ich hatte vor, ihren ersten Brief zum Absender zurückzuverfolgen und sie anzuflehen, daß sie zu mir zurückkam. Aber der Gedanke daran, daß sie in Dupree Bouchards Armen lag, verseuchte mein Gehirn. Ein Gestank und eine häßliche Farbe überzogen alles, was wir gewesen waren. Mir war schlecht.

Jesus war neben mir und schlang mir die dünnen Jungenarme um den Hals. Er drückte sein Gesicht an meine Wange.

»Was dagegen, wenn ich mir n Drink mach?« fragte Mouse. Er schenkte sich schon ein.

Ich nickte und verbeugte mich. Meine Frau hatte mich verlassen, hatte mein Kind mitgenommen, war mit meinem Freund weggegangen. Es gab kein Lied im Radio, das für mein Herz zu blöd gewesen wäre.

Jene Nacht ist in meinem Kopf immer noch ein Durcheinander. Ich erinnere mich daran, wie Mouse mich nach draußen brachte, um mir seinen kanariengelben 57er T-Bird zu zeigen. Er war seit dem Tag, an dem er vom Band gelaufen war, ein Klassiker.

Er sagte mir, ein Kredithai habe ihm das Geld vorgeschossen; er habe mit dem Kauf seines neuen Autos nicht bis zur Belohnung warten können.

Ich erinnere mich an Frauenbrüste, von losen Blusen kaum zurückgehalten, und daran, daß mir bei diesem Anblick innerlich schlecht wurde.

Ich erinnere mich an laute Musik und an so heftiges Tanzen, daß meine Kleidung vom Schweiß klatschnaß war.

Ich erinnere mich an einen Weißen mit Tränen in den Augen und einem Küchenmesser in der Hand. Er kam auf mich zu. Ich wollte den Arm ausstrecken, aber dann merkte ich, daß ich den Arm um eine Frau gelegt hatte. Sie schrie mir ins Ohr: »Derek! Hör auf!«

Es gab andere Bilder, aber die meisten waren noch stärker aus dem Zusammenhang gerissen. Ich sah Mouse, der neben mir im Auto lächelte. Er fuhr schnell, und der Nachtwind zerrte an meinem Gesicht. Ich lachte auch.

»Oooooh, Daddy«, sagte eine Frauenstimme. »Ah, ah, ah.«

Jeder Laut jagte Schmerz direkt in mein Gehirn. Ich machte die Augen auf und sah, daß eine Frau an meiner Brust lag. Ihr dunkles Gesicht war unter dem geglätteten, metallisch-goldenen Haar kaum zu sehen. Aber ich merkte, daß sie schlief. »Oh, ja, ja«, sagte die Stimme wieder. Das Bett bebte und hüpfte.

Ich schaute nach links und sah eine Frau, die ich noch nie gesehen hatte. Sie mochte schön oder häßlich sein, aber ich konnte es nicht beurteilen, weil der Krampf eines starken Orgasmus ihr Gesicht verzerrte. Sie lag auf der Seite und sah mir direkt in die Augen, aber ich glaube nicht, daß sie mich wahrnahm. Über ihrer linken Schulter grinste Mouse wie ein Jagdhund. Sein Blick war fest auf das Profil der Frau geheftet, und sein ganzer Körper bewegte sich rhythmisch, während sie stöhnte.

Ich setzte mich auf, schob die Frau an meiner Brust beiseite. Ich kletterte zum Fuß des Bettes und ging durch das schmuddelige Zimmer zur Tür.

»Oh, ja!« rief Mouse.

Die Frau schrie auch etwas, aber es ergab keinen Sinn, als wenn es eine fremde Sprache gewesen wäre.

Vor der Tür entdeckte ich im Licht des frühen Morgens ein Badezimmer.

Sogar beim Pinkeln wurde mir schlecht. Ich spürte bei jeder

Bewegung meine verkrümmten Magenwände. Schon beim Atmen floß der Speichel.

Neben der Badezimmertür stand eine Schachtel. Ich trat leicht dagegen, als ich das Klo verließ. Jede Berührung verursachte Schmerzen, die in meinem Kopf hämmerten. Ich legte die Hand an die Augen, und das Baby fing an zu schreien. Das Baby, das in der Pappschachtel auf dem Boden geschlafen hatte.

Ich nahm das Kind hoch, das noch kleiner war als meines. Ich trat mit dem Fuß die Tür zum Schlafzimmer auf und rief: »Wer hat das Baby auf dem Fußboden liegenlassen?«

Mouse und sein Mädchen umschlangen sich noch, aber friedlich. Als die zweite Frau das Baby schreien hörte, kam sie auf alle viere hoch und starrte mich an.

Sie sagte: »Wer?«

»Is das dein Kind?« fragte ich, nicht übertrieben freundlich.

Sie lief auf mich zu und nahm mir das Baby ab. »Arschloch!« Ihre Stimme war leicht verschliffen, aber der Haß war unüberhörbar.

»Warum läßte ein Baby auf dem Boden liegen, im Klo?« schrie ich.

Sie drehte sich von einer Seite zur anderen, suchte nach einem Platz, wo sie ihr Kind ablegen konnte.

»Schwein!« schrie sie. »Ich bring dich um!«

Wir waren beide nackt und nicht weit von der Volltrunkenheit entfernt.

»Die sollten dir das Kind wegnehmen!« schrie ich.

Der Ausdruck auf dem Gesicht der jungen Mutter war nicht zu deuten. Ihre Lippen bebten, ihre Augen zitterten, ihr ganzer Körper vibrierte, und das Baby brüllte.

Mouse kam sofort zu mir. Er hatte unsere Kleider in den Armen. Er rammte mich mit seinem Körper, und ich fiel aus dem Zimmer. Er knallte die Tür hinter sich zu und warf mir meine Kleider ins Gesicht.

»Zieh se an, Easy.«

Ich konnte das Baby hinter der Tür immer noch schreien hören. Nie hätte ich mein Kind so in Gefahr gebracht.

Im Auto fuhr Mouse ein paar Blocks weit, ohne etwas zu sagen. Ich hätte nicht sprechen können, selbst wenn ich es gewollt hätte.

Aber am Crenshaw Boulevard hielt er am Straßenrand. Es war erst halb sechs, und es herrschte noch kaum Verkehr.

»Easy, ich muß mit dir reden, Mann.«

Ich seufzte.

»So kannste nich weitermachen, Mann. Mit der Sauferei und mit dem Selbstmitleid. Ich mein, es is aus, Mann. Der Mann is tot, und die Frau is weg.«

Ich dachte an Bonita Edwards, die so friedlich unter dem Baum gesessen hatte. Mouse fuhr zurück auf die Straße und brachte mich nach Hause.

Ich sagte kein Wort, und er sagte auch nichts mehr.

Ich stand eine Weile vor dem Haus, bevor ich hineinging.

Jesus schlief auf der Couch. Auf dem Boden neben ihm lagen Spielsachen von Edna. Er hatte eins ihrer Babykissen unter dem Kopf.

32

Ich lag mit weit offenen Augen im Bett. Wenigstens kam es mir so vor. Ich muß jedoch geträumt haben, denn Leute gingen im Zimmer ein und aus und beschimpften mich. Regina kam, und Saunders und Quinten Naylor. Alle schienen etwas zu sagen zu haben, und ich war nicht in der Verfassung, ihnen zu widersprechen. Ich beobachtete, wie der Tag hinter der Fensterscheibe zur Nacht wurde.

In meinem Unterleib steckte ein großer, schartiger Stein, und meine Finger waren alle taub.

Ich schlief in der Nacht unruhig. Wachte einmal auf und sah nach Jesus.

Ich spürte einen bösen Zauber im Zimmer. Als ich auf die Uhr sah, war es fünf nach fünf und das Telephon klingelte. Es klingelte und klingelte.

Als ich ins Wohnzimmer kam, um abzunehmen, war Jesus schon da. Er saß neben dem Telephon, die Hände vor der Brust gefaltet wie im Gebet.

Ich ließ es noch zweimal klingeln, ehe ich den Hörer abnahm.

Mir schoß durch den Kopf, was ich ihr sagen wollte. Für einen Augenblick hörte ich mich »Hure!« schreien; im nächsten brach ich zusammen und verzieh ihr alles. Als ich abnahm, empfand ich große Macht und Erleichterung.

Ich hielt den Hörer ans Ohr. Ich wollte, daß sie die ersten Worte sprach. Ihre Worte würden mir helfen zu entscheiden, was ich sagen wollte.

»Mr. Rawlins?« sagte eine Männerstimme. »Hallo? Ist jemand dran?«

»Wer spricht?«

»Vernor Garnett. Robins Vater.«

»Wieso rufen Se mich so früh am Morgen an?«

»Es tut mir leid. Es tut mir wirklich leid. Wir machen uns nur Sorgen, das ist alles.«

Saunders' Tod und seine Verwicklung in die Mordfälle waren in der Zeitung und in den Nachrichten schon gemeldet worden. Es hieß, Saunders sei bei einer Barschlägerei in Oakland in Notwehr getötet worden. Da der Mann als besonders gewalttätig bekannt gewesen sei und Quinten Naylor hervorragende Polizeiarbeit geleistet habe, seien dem Toten bereits Fingerabdrücke abgenommen und mit den Fingerabdrücken vom

Tatort des Mords an Willa Scott verglichen worden. Saunders sei definitiv ihr Mörder. Die Morde in Oakland blieben unerwähnt.

Sie wußten, wer ihre Tochter umgebracht hatte, und sie wußten, daß er tot war. Und außerdem war dieser Mann Staatsanwalt. Konnte ich denn etwas wissen, was er nicht herausbekommen hatte?

»Was is denn?« fragte ich.

»Ich bin in dieses Hotel gegangen, in dem Robin gewohnt hat. Ich wollte herausfinden, was mit ihr passiert ist. Herausfinden, warum.«

Ich hatte Mitleid mit dem Mann. Es war ein entsetzlicher Gedanke, daß ein Mann sah, wie seine Tochter heruntergekommen war und im Dreck von Hollywood Row gelebt hatte. Es machte mir noch mehr zu schaffen, weil ich jetzt wußte, wie es war, ein Kind zu verlieren.

»Mr. Rawlins?«

»Ich hör zu, Mr. Garnett. Sie tun mir leid, aber das erklärt noch nich, warum Se mit mir reden wolln.«

»Robin hatte ein Kind. Jedenfalls glauben wir das.«

»Was?«

»Einer von den, äh, von den Leuten, die dort wohnen, hat gesagt, daß sie schwanger war.«

»Hat er Geld von Ihnen verlangt?«

»Ich bin kein Idiot, Rawlins.«

»Das is keine Antwort auf meine Frage.«

»Er hat gesagt, er erzählt uns für zwanzig Dollar alles über sie, und ich habe gesagt, ich muß erst hören, was er zu sagen hat, bevor ich ihm auch nur zehn Cent gebe.«

»Und er hat gesagt, se hat n Kind gekriegt?«

»Er hat mir den Namen des Krankenhauses gesagt, in das sie gegangen ist. Er hat sie dorthin gebracht.«

»Mhm.« Ich unterdrückte ein Gähnen.

»Wir waren in dem Krankenhaus. Sie wußten nichts über sie, aber…« Er zögerte. »… aber sie hatten bei einer Cyndi Starr einen Test gemacht.«

»Ehrlich?«

»Das war vor drei Monaten. Sie hat dort entbunden. Ich habe die Geburtsurkunde gesehen. Meine Enkelin heißt Feather Starr.«

Ich spürte, wie der Alkohol aus meinen Poren wich. Ein Frösteln kroch mir in die Schultern, und zum erstenmal, seit ich mich erinnern konnte, war ich vollkommen nüchtern.

»Haben Sie diese Urkunde?«

»Hier bei mir. Ich halte sie in der Hand.«

»Warum haben Sie mich angerufen?«

»Ich weiß nicht, was ich tun soll, Mr. Rawlins. Die Polizei sagt, sie kümmert sich darum. Wir waren bei diesem Voss. Aber er hat gesagt, die Chancen stünden schlecht. Er hat gesagt, wir sollen die Hoffnung nicht aufgeben, aber die Chancen stünden schlecht. Die Hoffnung auf dieses Kind ist alles, was meine Frau hat, Mr. Rawlins.«

»Und Se glauben, ich kann Ihnen helfen, wenn's die Polizei nich kann?«

»Sie haben uns gefunden. Die Polizei sagt, Sie haben den Mann gefunden, der unsere Tochter umgebracht hat.«

»Das ham die Cops Ihnen gesagt?«

»Ja.«

»Die ham Ihnen gesagt, Se solln mich anrufen?«

»Nein. Das haben meine Frau und ich besprochen. Wir wollen Sie beauftragen, wenn das okay ist.«

»Mich mit was beauftragen?«

»Damit, unsere Enkelin zu finden. Mr. Rawlins. Sie ist alles, was uns von Robin geblieben ist.«

Ich versuchte, darüber nachzudenken. Aber ich konnte es nicht. Ich machte nur den Mund auf und sagte irgend etwas.

Ich beschloß, daß ich tun würde, was mein Mund sagte. »Ich komme gegen zehn vorbei, Mr. Garnett. Ich kann Ihnen nix versprechen. Ich kann Ihnen gar nix versprechen, aber ich komm vorbei.«

Um acht war ich in Mofass' Büro. Er aß Doughnuts mit Marmelade und schwitzte, obwohl es gar nicht so warm war.

Er übersprang alle Höflichkeiten und fragte: »Ham Se sich überlegt, was ich bei der Besprechung sagen soll?«

»O ja, ich hab's mir überlegt.«

»Sie is um halb vier.«

»Ich will Ihnen mal was sagen, Mofass.«

»Yeah?«

»Se sagen den Jungs, daß wir se nich brauchen.«

»Was?«

»Se ham mich verstanden. Sagen Se denen, ich scheiß drauf, was die wolln. Wenn jemand was an meim Grundstück verdient, dann sind das wir.«

»Mr. Rawlins, ich kann Ihnen nich sagen, was Se mit Ihrem Land machen solln, aber...«

»Stimmt, Mann. Dazu ham Se gar nix zu sagen. Es is mein Geld und mein Leben.«

»Aber ich hab's denen versprochen, Mr. Rawlins. Ich hab denen gesagt, ich krieg die Partner dazu, daß se ja sagen. Se ham mir gesagt, daß Se einverstanden sind.«

»Ich hab nix dergleichen gesagt.«

Mofass biß sich auf die Unterlippe, etwas, was er nicht einmal getan hatte, als ich ihm einmal die Pistole an den Kopf gesetzt hatte. »Die ham mir fünftausend Dollar gegeben«, sagte er.

»Na und?«

»Die hab ich nich mehr, Mr. Rawlins. Hab se ausgegeben. Ich hab gedacht, Se werden sich mit denen einig.«

Sein Atmen wurde schlimmer.

»Das is nich mein Problem, William.«

»Aber ich hab se in Ihrm Namen genommen. Ich hab se für unsere Firma genommen.«

»Scheiße«, war alles, was ich da zu sagen hatte.

Ich ließ ihn würgend und hustend in seinem Drehstuhl zurück.

Das Haus sah fast unverändert aus. Die Caddies standen immer noch in der Einfahrt, aber die Fahrräder waren verschwunden. Ich bekam nicht die Gelegenheit, den Summer zu betätigen – sie öffneten die Tür, ehe ich den Gehweg halb überquert hatte.

Sie kamen beide heraus, um mich zu begrüßen. Mr. Garnett schüttelte mir die Hand. Er lächelte sogar.

»Das von neulich tut mir leid, Mr. Rawlins. Aber Sarah konnte nicht einmal reden, als ich nach Hause kam. Milo saß neben ihr, hielt ihr die Hand und weinte.«

»Dann bin ich wohl derjenige, dem's leid tun sollte.« Ich sah die Frau an, als ich das sagte.

»Kaffee, Mr. Rawlins?« fragte Mrs. Garnett.

»Gerne, gerne.«

Wir saßen wieder im Wohnzimmer. Das Ehepaar saß händchenhaltend nebeneinander auf der Couch. Ich versuchte, mich daran zu erinnern, wann es mit mir und Regina zum letztenmal so gewesen war.

»Hätten Sie lieber Sahne?« fragte Mrs. Garnett.

»Nee.« Ich sah die beiden noch eine Weile länger an. Der Mann war stark und mächtig, aber er war unsicher. Er sah zu Boden, während er die Hand seiner Frau tätschelte. Sie war am Rand eines Zusammenbruchs. Ihr braunes Haar wurde grau. Ihre stahlblauen Augen waren auf mich gerichtet, aber gleichzeitig anderswo.

»Können Sie uns helfen?« fragte sie.

»Zeigen Sie mir, was Sie haben.«

Der Ehemann hatte die Urkunde in einen amtlich aussehenden Umschlag gesteckt. Durch das Fenster des Kuverts war ein Blatt Papier zu sehen, auf dem hastig herumgekritzelt worden war.

Feather Starr war am 12. August geboren. Ein Vater war nicht angegeben. Damals wurde auf Geburtsurkunden noch die Rasse erwähnt. Es war ein Kästchen mit dem Aufdruck »Rasse«. In Feathers Kästchen stand ein kleines »w«.

»Sieht echt aus«, sagte ich. »Aber ich hab geglaubt, in der Zeitung hat gestanden, daß Robin oder Cyndi, oder wie auch immer Sie se nenn wolln, um diese Zeit in Europa gewesen is?«

»Sie is vor etwa einem halben Jahr zu Hause ausgezogen«, sagte Vernor. »Wir wollten das nicht zugeben. Wir haben uns geschämt.«

»Sind Sie zur Polizei gegangen?« fragte ich.

»Sie war einundzwanzig, Mr. Rawlins. Sie hat uns gesagt, daß sie das Studium abbricht. Die Polizei hätte überhaupt nichts unternehmen können. Jetzt zählt, daß wir irgendwo eine Enkelin haben.« Mr. Garnett hatte Tränen in der Stimme. »Das bedeutet, daß unsere Kleine nicht ganz von uns gegangen ist.«

»Yeah, könnte sein.«

»Was meinen Sie damit?« fragte Mrs. Garnett. Der Ton ihrer Stimme sagte mir, daß sie möglicherweise nichts mehr verkraften konnte. Aber ich hatte trotzdem noch etliches zu sagen.

»Wer weiß, was so ne Frau mit nem Baby macht?«

»Was für eine Frau?« fragte der Vater.

»Sie sind Staatsanwalt, Mann.« Ich sah ihm direkt in die Augen. »Sie wissen doch, wie das is. Solche Frauen verdienen mit den Titten und den Beinen Geld.« Ich spürte, wie ich höhnisch wurde. Jedes Wort traf den Mann wie ein Schwinger. Er zuckte zusammen und duckte sich auf der Couch. »Eine Frau im Hollywood Row bürstet sich auch die Haare für nen Mann, wenns das ist, was ihm gefällt. Dafür zahlt er. Auf die eine oder andere Weise zahlt er dafür. Entweder kauft er Whiskey, während sie in der Bar tanzt oder er gibt's ihr, ehe er geht.«

Beim Sprechen rutschte ich auf den Rand des Sessels. Mr. Garnett sackte nach hinten – er ließ sogar die Hand seiner Frau los.

»Warum tun Sie das?« fragte Mrs. Garnett. »Warum quälen Sie ihn?«

Sie brachte mich zum Schweigen. Ich lehnte mich zurück, damit ich einen klaren Kopf bekam.

»Ich will Ihnen bloß klarmachen, was Sache is, das is alles.«

»Was ist Sache?«

»Frauen in der Row leben von ihrem Körper. Jeder Körperteil dient nem Zweck, und jeder Körperteil hat seinen Preis.« Sie wußte nicht, wovon ich sprach, aber ich war mir ziemlich sicher, daß ihr Mann es wußte.

»Ein Baby is auch bloß ne Ware«, sagte ich.

»Was?«

»An nem Baby hängt auch n Preisschild. Mit ner großen Summe drauf, wenn man den richtigen Markt kennt.«

»Wollen Sie damit sagen, Robin könnte ihr Baby verkauft haben?« Mr. Garnetts Ton drohte, in seine Fäuste zu fahren.

»Ich hab gesehn, wie n Mann ner Frau fünf Dollar bezahlt hat, damit er den Kopf an ihre Schulter legen darf.«

Garnett sprang auf. Ich rührte mich jedoch nicht. Ich rührte mich nicht, weil ich eine geladene 25er in der Tasche hatte.

»Verlassen Sie mein Haus!« schrie er. »Hinaus!«

Ich richtete mich so hoch auf, wie ich konnte, aber Vernor war trotzdem ein paar Zentimeter größer als ich.

»Gut«, sagte ich. »Aber genau deshalb hab ich so geredet.«

Mrs. Garnett stand auf und fragte: »Was meinen Sie damit?«

»Die Geschichte mit Ihrer Tochter is häßlich, und vielleicht wolln Se nich wirklich was darüber wissen. Sie könnten alles mögliche rausfinden. Sie könnten irgendwo n totes Baby finden. Sie könnten nen Zuhälter finden, der Ihre Kleine an nen Perversen in Las Vegas verkauft hat. Wenn Se diese Büchse voller Würmer aufmachen, können Se alles finden. Und wenn Se das nich verkraften können, kriegen Se das lieber gleich raus.«

Ich hatte Mitgefühl mit ihnen. Wenigstens wußte ich, daß Regina für meine Kleine sorgen würde. Sie hatten ein totes Kind und ein weiteres, das tot sein konnte oder dem Schlimmeres widerfahren war.

»Sie brauchen sich um mich keine Sorgen zu machen, Rawlins«, sagte Mr. Garnett. »Ich kann alles verkraften, was ich verkraften muß.«

Ich glaubte ihm. Garnett war kräftig und sah robust aus. Sein Blick war nicht fest, wirkte aber auch nicht besonders furchtsam. Wie der Blick eines Arztes, wenn er einen Sterbenden sieht: ein Tag wie jeder andere.

Wir standen alle, und ich wollte mich nicht wieder setzen. Ich hatte eine Todesangst davor, mich wieder zu setzen. Ich hatte das Gefühl, in der Traurigkeit dieser Frau zu ertrinken, wenn ich länger blieb.

»Okay, okay«, sagte ich. »Ich finde das Baby, wenn es gefunden werden kann.«

»Wieviel?« fragte Mr. Garnett.

»Ich bekomme fünfhundert Dollar plus Spesen, wenn ich das Baby bei Ihnen abliefere.«

Mrs. Garnett brachte mich zur Tür. Sie legte mir die Hand auf den Unterarm und sah mir in die Augen. Ihre Augen waren graublau. Sie wechselten die Farbe, während ich sie ansah.

»Wann sollen wir uns bei Ihnen melden?« fragte sie.

»Warten Sie, bis ich mich melde. Wenn ich was weiß, erfahren Sie es sofort.«

»Sie sind meine Hoffnung, Mr. Rawlins. Ich habe geglaubt, ich kann nicht mehr, bis Vernor das mit dem Baby herausgefunden hat. Wenn ich es nur haben könnte.«

In ihren Augen stand Dankbarkeit. Dankbarkeit und vielleicht der Wunsch, mich zu begleiten.

»Ich meld mich«, sagte ich und ging den Gehweg entlang.

33

Die zahnlose Wäscherin bei Lin Chow erinnerte sich sofort an mich. Sie lächelte und zog ein in braunes Papier gewickeltes und mit weißem Garn verschnürtes Bündel heraus. Ich zahlte ihr einen Dollar fünfundsiebzig, und sie zeigte mir ihr Zahnfleisch.

Die Trauermelodie war klagend und hoch, dann guttural, ein fast menschliches Stöhnen. Ich hörte zu, während ich die Treppe hinaufstieg und den Flur entlangging.

Lips saß am Tisch, mit nackter Brust und nackten Füßen. Er spielte auf eine Weise Trompete, die jeden Menschen dazu gebracht hätte, Jazz zu lieben.

Die Musik umspielte mich wie der leichte Windhauch am Ende des ersten Gefechts nach dem D-Day. Es flogen keine Kugeln und keine Metallfetzen mehr durch die Luft. Die Toten lagen herum, in Stücke gerissen oder unversehrt, aber ich konnte nicht richtig um sie trauern, weil ich am Leben war. Es war reines Glück, daß ich nicht dort lag. Ich lebte etwas länger, damit ich noch ein paar Schmerzen mehr empfinden konnte.

Es war ein süßer Schmerz.

Ich setzte mich ans Fenster und hörte ihm lange beim Spielen zu. Ich beobachtete die Autos und die Fußgänger, während Lips ihrem Leben einen Sinn gab.

Eine hübsche Frau, der ein birnenförmiger Mann folgte,

ging über die Straße. Er sprach laut und gestikulierte. Auf halber Höhe des Blocks blieb sie stehen, dann lächelte sie. Er lächelte auch. Danach gingen sie Seite an Seite weiter. Ich fragte mich, ob sie sich je zuvor gesehen hatten. Dann fragte ich mich, ob sie heiraten würden.

»Was brauchste denn jetzt?« fragte Lips. Ich hatte nicht einmal gemerkt, daß er aufgehört hatte zu spielen.

»Haste was von ihrm Baby gewußt?«

»Was fürn Baby?«

»Cyndis Baby.« Ich drehte mich um und begegnete seinem glasigen Blick.

»Deshalb war se also fort«, sagte er schließlich.

»Du hast es nich gewußt?«

»Nee. Ich doch nich, Mann. Die Leute kommen und gehen hier dauernd. Du weißt doch, es is wahrscheinlicher, daß se nich nur schwanger sind, sondern tot.«

»Hat sonst jemand hier sie so gut gekannt, daß se's dem erzählt hätt?«

»Sylvia.«

»Wer is das?«

»Ich hab dir schon von ihr erzählt. Auch ne Weiße. Auch Schauspielerin. Se ham se Sylvia Bride genannt. Aber ich weiß nich, wo se jetzt is.«

»Is das alles?«

»Der Junge, wo gegenüber von ihr wohnt. Prancer.«

»Kleiner Kerl mit nem Schnurrbart?«

»Mhm, die warn gute Freunde.«

Ich hinterließ zwanzig Dollar auf dem Tisch und notierte mir den Betrag auf einem Spiralblock.

Die Tür war schmucklos. Ich klopfte lange, ehe ich innen ein Geräusch hörte.

Er öffnete die Tür in schraffiert gemusterten Boxershorts und braunen Hausschuhen. Sein glattes Haar war zerzaust, seine Augen waren blutunterlaufen. Er sah mich lange an und versuchte zu überlegen, wer ich sein mochte.

»Ja?« sagte er, als er es schließlich aufgab.

»Prancer?«

»Wer sind Sie?«

»Kann ich reinkommen?«

Er stand sekundenlang da, dann wich er zurück und ließ mich hinein.

Ich weiß nicht, was ich erwartet hatte, aber das Zimmer überraschte mich. Es war sehr ordentlich und konservativ möbliert, bis auf das Bett. Das Bett hatte ein Kopfteil aus Holz, blau gestrichen, mit Engelsfiguren an den Ecken. Vor einem Couchtisch standen außerdem ein Sofa und ein Sessel. Auf dem Couchtisch lagen verschiedene Zeitschriften, vor allem Filmmagazine. Der einzige Wandschmuck war ein Filmplakat von James Dean, auf dem er gequält und verletzlich aussah.

Ich setzte mich in den Sessel, und Prancer stand vor mir und rieb sich die Augen. Er hatte den Körper eines Teenagers, aber er muß Ende Zwanzig gewesen sein, vielleicht sogar über dreißig. »Kenn ich Sie?« fragte er.

»Ich war neulich in Cyndis Zimmer. Sie ham gesagt, ich soll mich rausscheren.«

»Sie sind der Bulle«, sagte er, plötzlich wach und nicht besonders erfreut.

»Bloß ein Mann«, sagte ich so gelassen wie möglich. »Auf der Suche nach was.«

»Nach was?«

»Es heißt Cyndi hatte ein Baby.«

»Wer sagt das?«

»Sie ham das ihrem Vater erzählt.«

Prancer sagte gar nichts. Er sah mich nur an, mit der rechten Hand an der Stelle, wo er, wenn er eine Frau gewesen wäre, die linke Brust gehabt hätte.

»Sie waren in dem Krankenhaus, in das Sie sie geschickt haben. Sie haben rausgekriegt, daß Cyndi Starr dort entbunden hat.«

Er grinste trotzig und schaukelte hin und her. »Ich hab die nich angelogen.«

»Wissen Se, wo das Kind is?«

Er schüttelte den Kopf, als wollte er Wasser aus den Haaren schütteln.

»Wissen Se irgendwas, was mir helfen könnt, das Baby zu finden?«

»Wieso?«

»Die Großeltern wolln die Kleine. Sie is alles, was ihnen geblieben is.«

Einen Augenblick lang zeigte Prancers gleichgültiges Kindergesicht Gefühl. »Es war n Mädchen?« fragte er. Ich nickte.

»Hören Se, Mann«, sagte er. Sein Gesicht war wieder leer. »Ich hab Mitleid mit denen, mit der Mutter und mit dem Kind, aber ich muß Miete zahln, wissen Se. Wenn ich was weiß, was Ihnen weiterhilft, dann ham die bestimmt auch Geld, dafür zu bezahln.«

»Ich hab dreißig Dollar in der Tasche, Junge. Das is alles. Sind wir im Geschäft?«

Prancer leckte sich tatsächlich die Lippen, als ich ihm die sechs Fünfdollarscheine in die Hand zählte.

»Wo?«

»Kennen Se Bull Horker?«

Es war eine Frage, keine Adresse, aber mehr brauchte ich nicht. Es war mehr als genug. Vielleicht zuviel.

34

Bull Horker gehörte eine Imbißbude am Südrand der Innenstadt, in der Huhn und Rippchen serviert wurden. Sie bestand aus einem alten Bungalow, der ihm und seinem Bruder gehörte. Sie hatten ihn auf einem leeren Grundstück aufgestellt, gepachtet von einem Freund, der wegen Totschlag im Gefängnis saß.

Bull war ein massiger Mann. Er ähnelte Rodins Skulpturen von Balzac. Seine Korpulenz deutete auf Stärke an Geist und Gliedern hin. Sein dicker Bauch war eine geballte Faust. Seine fleischigen Hängebacken sahen aus, als könnten sie Rohre durchbeißen.

Seine Haut war gesprenkelt wie eine schöne asiatische Holzschnitzerei. Sie spannte sich über seinem breiten Nilpferdgesicht.

»Sylvia wer?« sagte er und legte den Kopf so schief, daß sein linkes Ohr fast parallel zum Boden war.

Wir saßen hinten in dem Schuppen. Der Koch, ein alter Exsträfling namens Bailey, briet hinter dem Tresen panierte Rippchen.

Bull war aus Mississippi nach Chicago gezogen, aber dann nach L. A. gekommen, weil er Kälte nicht ausstehen konnte. Er erwies Leuten Gefälligkeiten; das tat ich auch. Aber Mr. Horkers Gefälligkeiten waren stets im voraus zahlbar. Manchmal bestand die Bezahlung in Bargeld; manchmal in etwas Wertvollerem.

Er war gut im Geschäft, weil er alles machte; vom Auftreiben eines preisgünstigen Verlobungsrings bis zur Ermordung des schlimmsten Feindes, den man hatte.

»Sylvia Bride«, sagte ich. »Das is vermutlich ihr Künstlername. Se is Tänzerin.«

»Nee.« Er lächelte. Er sah sich vorsichtig im Raum um, dann zog er eine Viertelliterflasche mit rosa Schnaps unter seinem Stuhl hervor. »Was zu trinken?«

Ich schüttelte den Kopf.

»Was dagegen, wenn ich einen zur Brust nehm?«

»Sind Sie sicher, daß Sie se nich kennen?« fragte ich wieder.

»So sicher, wie das hier Schnaps is.« Er kippte einen kräftigen Schluck. Plötzlich roch es stark nach Aprikosen.

»Die Polizei hat wie verrückt nach ihr gesucht.«

Der eidechsenhäutige Clown verwandelte sich vor meinen Augen in einen Krieger aus Bronze. Seine Fäuste ballten sich, sein Kinn ruckte vor. Seine Augen wurden so trüb, daß sie kaum noch vom restlichen Gesicht zu unterscheiden waren.

»Was heißt das?« flüsterte er.

»Die Cops suchen nach der Frau, nach dieser Sylvia.«

»Und?«

»Wenn ich sie nich finden kann, setzen sich die auf meine Spur. In dem Fall arbeiten wir n bißchen zusammen.«

Bull war ein kräftiger Mann. Ich glaubte nicht, daß ich ohne eine großkalibrige Waffe in der Hand eine Chance gegen ihn gehabt hätte. Als er mich ansah, dachte ich über mein Ableben nach. Ein Auge, sein linkes, schloß sich fast ganz, während das rechte weit aufging. Ich wappnete mich für die Flucht.

Dann ging die rechte Hälfte seiner Oberlippe nach oben und entblößte einen besonders wild aussehenden Eckzahn. Langsam wurden seine restlichen Zähne sichtbar, bis ich zu meiner Erleichterung feststellte, daß Bull lächelte.

»Sie kommen in mein Lokal und wolln mir drohn, Easy Rawlins?«

»Ich droh niemand. Und ich hab auch keine Angst vor Ihnen. Ich such nach dieser Frau und hab Ihren Namen gehört. Das is alles. Die Polizei sucht nach ihr. Das is keine Drohung – das is die Wahrheit.«

Bull goß sich noch einen Schluck Schnaps ein und trank ihn.

Wir waren uns noch nie in die Quere gekommen. Ich hatte vor ihm nicht mehr Angst als vor jedem anderen. Das Problem waren nicht die Menschen; das Problem war der Tod.

Der Tod schien mich zu verfolgen. Er stand in Bull Horkers gelassenem Gesicht; er lag auf einem Seziertisch in Oakland. Er lehnte als Frau nur wenige Straßen von meinem Haus entfernt an einem Baum.

»Wenn ich Ihnen sag, ich kenn die Frau nich, dann hab ich sonst nix dazu zu sagen«, sagte Bull.

»Und wenn ich Ihnen sag, jemand hat tausend Dollar für was, was die Leute verloren ham und was Sylvia gefunden hat, dann könnten Se mir auch nich helfen, was?«

Bull sah mich nur an.

Ich schrieb meine Telephonnummer auf die Ecke seines Wettscheins für das Pferderennen. Dann ging ich hinaus in den Smog und die Sonne von Los Angeles.

Jesus war noch in der Schule, als ich nach Hause kam. Er hatte alle meine Schnapsflaschen ausgeleert. Alle im Abfluß ausgegossen und säuberlich auf den Fenstersims gestellt. Sogar meine Hundertdollarflasche Armagnac.

Ich zog mich aus und ging ins Bett.

In meinen Träumen weinte ein Kind.

35

Am Morgen wachte ich auf und entdeckte Jesus schlafend am Fuß des Bettes. Er hatte sich zu einer kleinen Kugel zusammengerollt, angezogen, mit weit offenem Mund. Er war nur ein kleiner Junge, und die Welt um ihn herum wirbelte wie ein Sturm.

Ich habe nie erfahren, woher Jesus kam. Lange Zeit hatte er bei meinem Freund Primo im Barrio gelebt. Aber dann ging Primo für eine Weile weg, und Jesus kam zu mir.

Ich kam für ihn einem Vater am nächsten, und jetzt, wo Regina fort war, kam ich nicht einmal regelmäßig nach Hause.

Ich stand auf, warf die Flaschen weg, die mein Sohn ausgeleert hatte, und machte Frühstück. Wir aßen Pfannkuchen und Schinken. Jesus aß mit stummer Freude.

»Mach dir keine Sorgen, Junge«, sagte ich zu ihm. »Wir schaffen das schon, genau wie wir's immer geschafft haben.«

Jesus nickte feierlich. Ich kitzelte ihn an den Rippen, und er fiel vom Stuhl zu Boden.

Als er in die Schule gegangen war, rief ich Quinten Naylor an.

»Ja?« sagte er in mein Ohr.

»Yeah, Mann. Sind Se n Cop oder nich?«

»Rawlins?«

»Robin Garnett, Cyndi Starr oder wie Se die auch nennen wolln, hat vor drei Monaten ein Kind gekriegt. Sie war nich in Europa und hat das Studium abgebrochen.«

Er schwieg einen Augenblick lang und sagte dann: »Sprechen Sie weiter.«

»Viola Saunders hat gesagt, J. T. war bei ihr zu Hause in Oakland, als Robin ermordet worden is.«

»Sie will ihn nur beschützen, das ist alles.«

Ich erzählte ihm von Prancer und Sylvia.

»Wir haben den Mörder, Easy.«

»Nen Scheißdreck ham Se. Se wolln bloß den Kopf innen Dreck stecken und so tun, als ob es von alleine vorbeigeht.«

Quinten legte einfach auf, und ich lehnte mich im Stuhl zurück.

Ich hätte gern etwas getrunken. Ich dachte an Regina und schlug mir heftig gegen die Stirn.

Dann beschwor ich die Erinnerung an den Tag herauf, an dem wir meine Mutter begraben hatten. Es war auf dem Friedhof von St. Ives, sechs Kilometer außerhalb von New Iberia, Louisiana. Mein Vater trug einen schwarzen Anzug und eine schwarze Krawatte. Er hielt einen Geißblattzweig in einer Hand und meine Hand in der anderen. Die Schwester meiner Mutter und ihre Kinder waren da. Der Himmel war klar, die Luft drückend und heiß. Der Pfarrer machte eine Menge Worte, und mein Vater hielt meine Hand. Er ließ sie nicht los.

Dann, nur eine Woche später, fuhr er zum Holzfällen nach Mississippi. Er kam nie zurück. Niemand wußte, was geschehen war. Niemand wußte etwas. Vielleicht war er gestorben. Vielleicht hatte er eine neue Frau gefunden und war weggezogen. Vielleicht war er in einer Nacht in eine Schlägerei geraten, hatte jemanden umgebracht, war verhaftet worden und hatte den Rest meiner Kindheit im Gefängnis verbracht.

Ich saß am Küchentisch und beobachtete, wie die Sonne darüber wanderte. Ich musterte den Boden, bis ich die getrockneten Mopspuren sehen konnte, wo Regina zum letztenmal saubergemacht hatte.

Dann weinte ich. Ich weinte mit demselben Jammer wie als Kind. Meine Augen und meine Nase liefen. Und ich spürte die Hand meines Vaters und eine alte Frau, die hinter mir stand, und weinte um meinen Verlust.

Ich schrie und trommelte gegen den Tisch. Ich wußte, erst wenn ich den Schmerz dieses Verlustes zuließe, hätte ich keine Angst mehr vor dem Tod. Ich hasse ihn ein bißchen. Ich wünsche mir, daß er mir draußen begegnet, damit ich ihm die Augen ausstechen kann.

Als es vorbei war, waren meine Gefühle für Regina verschwunden. Jedenfalls gellten sie mir nicht mehr in den Ohren. Edna fehlte mir immer noch, so, wie mir meine Kindheit fehlte, trotz allem.

Das Telephon klingelte, als ich wieder normal atmete. Es war wie ein Signal.

»Yeah?« sagte ich. Ich wußte, daß es nicht Regina war. Ich wußte, daß ich nie wieder etwas von ihr hören würde.

»Mr. Rawlins?«

»Ja.«

»Hier is Sylvia Bride.«

»Mhm.«

»Können Se was für mich rausschlagen, wenn ich Ihnen die Kleine geb?«

»Von wem is das Kind?«

»Arschloch!«

»Das sagt mir gar nix. Ich hab nich vor, Leute zu bescheißen. Wenn Se's beweisen können, läßt sich vielleicht was machen.«

Sie war einen Augenblick lang still. Im Schweigen hörte ich ein Baby brabbeln.

»Kennen Sie das Beldin Arms?«

»Sicher.« Es war ein Mietshaus in der Sixty-third Street.

»Treffen Sie sich dort in ner Stunde mit mir.«

»Welche Wohnung?«

»Kommen Sie einfach hin«, sagte sie, dann legte sie auf.

Ich zog mich für das Treffen lässig an. Hellbraune Baumwollhosen mit einem gerade geschnittenen Hemd in Grün und Blau. Ich trug Sandalen ohne Socken. An meinem Gürtel hing eine 38er Pistole, eine 25er steckte in meiner Tasche.

Das Telephon klingelte, als ich ging, aber ich ließ es klingeln. Es gab nichts so Wichtiges, daß es nicht warten konnte.

In genau einer Stunde war ich vor dem Beldin Arms. Ich sah mir die Briefkästen im Hausflur an, aber da war keine Sylvia Bride.

Während ich dort stand, lief ein kleiner Junge die Treppe herauf. Er war untersetzt und stämmig. Er schaukelte hin und her, wie es Jungen gern tun, wenn sie sich wichtig vorkommen.

Er schien sich nach Applaus umzuschauen, weil er die Rolle des Kindes so hervorragend spielte.

Er blieb vor mir stehen. »Sie suchen ne Dame?«

»Was?« fragte ich.

»Sie hat gesagt, ich krieg von Ihnen nen Dollar, wenn ich's Ihnen zeig.«

Ich gab ihm einen Dollar, und er lief zur Tür, sagte über die Schulter weg: »Sie is im Park.«

»In welchem Park?«

Er wedelte mit der rechten Hand in die Richtung und sagte: »Da drüben«, als spräche er mit einem sehr dummen kleinen Bruder.

Am Ende des Blocks war der Beldin Park. Überwiegend Beton. Vier dürre Kiefern und ein kleiner, kahler Grasstreifen. Sylvia Bride saß auf der Bank.

Sie trug rote, sich an den Knöcheln verengende Seidenhosen und eine rote chinesische Bluse. Ihre Schuhe waren rauchblau, und ihr Haar hätte etwas Pflege vertragen können. Es war ungewaschen und unordentlich nach hinten gebürstet. Sie rauchte Luckies. Auf ihrem Schoß lag ein halbleeres Päckchen.

»Wo ist das Baby?« fragte ich, als ich vor ihr stand.

»Setzen Sie sich.« Sie war ruhig und fast spröde.

Ich setzte mich und fragte sie: »Wo ist das Baby?«

Sie nahm ein Photo aus dem Zellophanüberzug des Lucky-Päckchens und gab es mir. Es war ein Bild von Cyndi Starr mit einem kleinen, braunen Baby.

»Ich hab ein ganzes Photoalbum mit Bildern von ihnen. Jeder blinde Vollidiot könnt sehn, daß sie Mutter und Kind sind. Ich hab auch ihr Tagebuch. Sie hat seitenweise über Feather geschrieben.«

»Tägliche Eintragungen?«

»Was?«

»Ist es ein Tagebuch oder geht's bloß um das Baby?«

»O nein. Cyndi war wirklich ein kluges Kind. Sie war auf dem College, wissen Sie. Jeden Tag hat sie Gedichte geschrieben, aufgeschrieben, wie sie sich gefühlt hat...«

»Geht es bis zu dem Tag, an dem sie ermordet worden is?«

»Ich weiß es nicht. Ich hab's nicht gelesen. Ich mein, es hat ihr gehört.«

»Aber...«, fing ich an, dann hielt ich mich zurück. Kein Grund, sie merken zu lassen, daß das Buch etwas wert war.

»Ich will zweitausend Dollar. Ich will sie in den Händen haben, dann bekommen Sie das Baby, das Tagebuch und das Album.«

Ich griff in meine Tasche. »Sehn wir mal, wollen Sie es in Zehnern oder Zwanzigern?«

Sie lächelte mich an. In einer anderen Welt hätte ich Sylvia Bride vielleicht gemocht.

»Wir könnten einen Austausch machen. Aber es muß an einem sicheren Ort sein. Und ich brauche zweitausend.«

»Ich besorg Ihnen das Geld, wenn ich kann. Wir könnten es im Zoo machen oder am Strand. Wo, ist mir gleich. Aber ehe Sie Geld sehen, müssen meine Leute sich anschauen, was Sie haben. Wenn das sie überzeugt, sind wir im Geschäft.«

Sylvia biß sich mit kleinen, scharfen Zähnen auf die roten Lippen. »Okay«, sagte sie. »Meine Telephonnummer steht hinten auf dem Photo. Rufen Sie mich an, wenn Sie was wissen.«

»Sagen Sie mir noch was, bevor Sie gehen.«

»Was?«

»Wer hat Cyndi umgebracht?«

Sie griff nach einer Zigarette. Ich zündete sie ihr an.

»Ich weiß nicht. Es war ein Irrer, stimmt's?«

»Das glaube ich nicht. Es ergibt einfach keinen Sinn.«

»Alle haben sie geliebt. Sie war großartig.«

»War Bull Horker ein Freund von ihr?«

»Er hat sie in seinem Haus in der Nähe von Redondo wohnen lassen, als sie schwanger war. Aber das ist alles.«

»Is er der Vater?«

»Gott weiß, wer der Vater ist, Mr. Rawlins.«

»Wovon hat sie denn gelebt, als sie nicht arbeiten konnte?«

»Sie hat sich Geld von Bull geborgt. Aber er hat sie nicht umgebracht. Sie wollte ihm dreitausend Dollar zahlen.«

»Wovon?«

»Das weiß ich nicht, Schätzchen. Sie hat gesagt, sie kriegt das Geld von einem Mann.«

»Von einem Weißen?«

»Das hat sie nicht gesagt. Ich meine...« Sylvia brach ab und drehte den Kopf zur Seite.

»Sie hat gesagt«, fuhr Sylvia fort, »da gibt es einen, den sie nicht leiden kann, aber der muß blechen.«

Wir ließen das beide auf sich beruhen, bis sie aufstand.

»Warum sind Sie zu mir gekommen, Sylvia?« fragte ich.

»Sie sind zu mir gekommen. Sie haben was von mir gewollt.«

»Aber Sie hätten die Eltern selbst anrufen können. Sie könnten es jetzt noch tun.«

»Über so was spreche ich nicht mit Weißen«, sagte sie.

Das hörte ich dauernd. Die Hälfte der Schwarzen, die ich kannte, nahmen einen kilometerweiten Umweg in Kauf, um direkten Kontakt mit Weißen zu vermeiden. Es überraschte mich also nicht, daß sich Weiße gegenseitig mißtrauten. Ich konnte Weißen nicht trauen, warum sollten sie sich dann also gegenseitig trauen?

Sylvia überquerte die Straße und ging an den Häusern entlang. Am Ende der Straße stieg sie auf der Beifahrerseite in einen neuen Ford. Ich glaubte zu wissen, wer der Fahrer war.

36

Jesus und ich gingen zum Abendessen in Pecos Bob's Barbecue Heaven. Er aß zwei Portionen Rippchen. Dann gingen wir zum Vergnügungspark an der Santa-Monica-Pier. Er spielte an den Automaten und fuhr Karussell. Es war ein Riesenspaß.

Ich kaufte ein Bier, trank es aber nicht. Jesus bekam Zuckerwatte und gebrannten Mais, aber das war okay, es war nötig, daß er sich gut fühlte. Als wir nach Hause fuhren, war uns ganz schwindlig von den blitzenden roten Lichtern und dem Geklingel.

Am Morgen trödelte er etwas herum, aber wenigstens schlief er im eigenen Bett. Ich sah ihm nach, als er zur Schule ging. Er traf sich mit zwei kleinen Mädchen von gegenüber. Ich hatte gar nicht gewußt, daß Jesus Freunde hatte, mit denen er zur Schule ging.

Mrs. Garnett war zu Hause.

»Zweitausend Dollar?« ächzte sie.

»Das hat sie gesagt. Aber erst bekommen Sie das Tagebuch zu sehen, das Photoalbum mit den Bildern von Cyn... von Robin und ihrem Baby.«

Ich erwähnte nicht, daß das Baby schwarz war. Oft sehen schwarze Babys nach der Geburt weiß aus. Die Farbe kommt später. Ich nahm mir vor, sie dem Schock über die Rasse auszusetzen, ohne daß ich ihn vorher zu mildern versuchte. Mir machte ein schwarzes Baby schließlich nichts aus.

»Ich weiß nicht. Ich muß mit meinem Mann sprechen.«

»Okay. Ich rufe Sie heute abend an. Aber wenn er ja sagt, wie lange dauert es dann, bis Sie das Geld haben?«

»Ich weiß nicht, ob er einverstanden ist.«

»Aber wenn ja?«

Sie zögerte, sagte aber dann: »Vielleicht bis übermorgen.«

Ich verbrachte den Tag damit, sauberzumachen. Ich warf Reginas Sachen weg. Sie hatte überall im Haus Kleidungsstücke, Modeschmuck und Nippes hinterlassen. Ich warf alles weg. Was von Ednas Decken und Spielsachen übrig war, stapelte ich in ihrem Bettchen. Ich legte eine große Decke darüber und ließ das Bettchen im Wohnzimmer stehen.

Ich verbrachte den Nachmittag damit, *The Souls of Black Folk* von W. E. B. Du Bois zu lesen. Es war ein Buch, von dem Jackson Blue mir vor Jahren erzählt hatte.

Jesus kam gegen halb vier nach Hause, und wir spielten bis sechs Fangen. Zum Abendessen gab es Schweinekoteletts, Kartoffelbrei mit gedämpften Zwiebeln und Dosenspargel. Danach teilte sich Jesus einen Schokoriegel mit mir, und ich bat ihn, das Geschirr zu spülen.

Um acht klingelte das Telephon.

»Hallo.«

»Mr. Rawlins. Meine Frau hat mir gesagt, daß Sie unser Baby gefunden haben.«

»Vielleicht, Sir. Ich weiß es nicht. Die Frau hatte ein Bild von Ihrer Tochter mit einem kleinen Baby. Sie sagt, sie hat ein Album voller Bilder, die jedem beweisen, daß es Ihre Enkelin ist.«

»Wie heißt diese Frau, und was hatte sie mit Robin zu schaffen?«

»Sie war Robins Freundin. Sie heißt Sylvia.«

»Sylvia was?«

»Im Telephonbuch werden Sie die nich finden, Mr. Garnett.«

»Aber vielleicht kenne ich sie. Wenn sie eine Freundin meiner Tochter war, könnte ich sie kennen.«

»Bride«, sagte ich. »Sylvia Bride.«

»Nein. Diesen Namen habe ich noch nie gehört. Sie sagen, sie will zweitausend Dollar?«

»Das hat sie gesagt.«

»Das ist eine Menge Geld für etwas, was wir noch nicht einmal genau wissen.«

»Hören Sie«, sagte ich. »Ich ruf sie an und mach ein Treffen aus, bei dem sie Ihnen das Buch zeigt. Wenn Sie glauben, daß das Baby auf den Photos die Enkelin ist, können Sie einen Handel machen. Sie müssen das Geld nicht mitbringen. Hinterlegen Sie's bei Ihrem Anwalt. Danach ruf ich die Frau an und sag, morgen treffen wir uns alle auf der Treppe vor der Bibliothek in der Innenstadt. Okay?«

»Meine Frau hat ein Tagebuch erwähnt.«

»Yeah. Offenbar hat sie viel über Feather geschrieben. Sylvia scheint zu glauben, daß das dabei hilft, das Baby zu identifizieren.« Ich machte eine kurze Pause.

»Hören Sie, Mr. Garnett. Ich glaube nicht, daß dieser Irre Ihre Tochter umgebracht hat.«

»Was?«

»Ich kann das jetzt nicht vertiefen, aber ich glaub, jemand hat sie umgebracht und nur vorgetäuscht, daß sie n Opfer von dem Irren war.«

»Aber niemand hat was über den Irren gewußt, bevor sie gefunden wurde.«

»Die Leute in meiner Gegend ham es alle gewußt. Etliche ham vielleicht sogar was über die Verbrennungen rausgekriegt.«

»Das ist alles ziemlich konstruiert.«

»Sie is an dem Tag, an dem sie umgebracht worden is, mit nem Mann gesehen worden. Sylvia hat mir erzählt, daß jemand Cyndi Geld geben wollte. Vielleicht sagt uns das Tagebuch, wer das war.«

»Mein Gott«, sagte Garnett. Er klang so gebrochen, daß ich es bereute, ihn ins Vertrauen gezogen zu haben. In seinem Leben gab es schon Schmerz genug.

Nach einem langen Augenblick sagte er: »Ich hoffe, Sie irren sich. Ich hoffe... Gut, es bleibt nichts übrig, als sich mit dieser Frau zu treffen und sich anzuschauen, was sie hat.«

»Da sind Sie sich jetzt sicher?«

»Ja. Ja, das ist mein Ernst.«

»In Ordnung. Dann ruf ich sie an und mach den Termin. Wenn was schiefgeht, ruf ich Sie zurück, in Ordnung?«

Er holte tief Luft und sagte: »Okay.«

Sylvia war anfangs gar nicht zufrieden. Aber ich sagte ihr, sie brauche das Baby nicht mitzubringen. Es gehe nur um die Photos und das Tagebuch. Die Bibliothek sei so öffentlich und sicher, wie sie es sich nur wünschen könne.

Jesus ging früh zu Bett und war schon auf dem Schulweg, ehe ich aufgestanden war.

Ich arbeitete gegen Mittag im Garten, als Quinten Naylor und Roland Hobbes vor meinem Haus hielten. Sie gingen nebeneinander her, und beide bedachten mich mit einem unverbindlichen Blick.

»Ezekiel Rawlins...«, setzte Roland Hobbes an.

»Moment mal, Mann«, sagte ich. »Lassen Se mich erst mal telephonieren, ehe Sie mich abschleppen. Meine Frau is fort, und mein kleiner Junge is stumm. Lassen Se mich erst mal anrufen, ehe Se mich einbuchten.«

Hobbes und Naylor wechselten Blicke. Keiner von beiden sagte etwas. Schließlich nickte Naylor, und Hobbes begleitete mich zum Telephon.

»Hola«, sagte Flower. Ihre Stimme war so tief und dunkel wie ein südamerikanischer Regenwald. Schon beim Zuhören beschwor sie Bilder von großen weißen Lilien auf einem schwarzen Ast herauf. Im Hintergrund hörte ich Kinder. Die Kinder, die für Jesus Bruder und Schwester gewesen waren, ehe er zu mir kam.

Ich sagte ihr, sie solle Primo, ihren Mann, herschicken, damit er Jesus abholte. Ich sagte ihr, ich käme ins Gefängnis. Sie bedachte mich mit einem freundlichen, kummervollen Seufzer und sagte, es sei okay. Bei dem Gedanken, daß ich auf der Welt noch Freunde hatte, wurde mir etwas leichter ums Herz.

Ich legte den Hörer auf, und Roland Hobbes sagte: »Ezekiel Rawlins, Sie sind festgenommen.«

Sie sagten mir überhaupt nichts. Legten mir nur Handschellen an und fuhren mich zum Revier.

Sie steckten mich in eine Zelle, in der ich bis um halb acht am nächsten Morgen saß. Im Grunde war es gar keine Zelle. Es war eher ein Müllcontainer mit einem Stuhl und einer Glühbirne. Es gab keine Fenster, nicht einmal Gitter. Nur ein grauer Raum mit einem Stuhl darin. Sie nahmen mir die Zigaretten weg, deshalb war ich nervös.

In der grauen Metalltür war ein Guckloch. Hin und wieder schien es sich etwas zu verfinstern, als ob jemand zu mir hereinschaute.

Zwei uniformierte Cops kamen, um mich vor Gericht zu führen. Vor der Anwaltsbank lernte ich meinen vom Gericht bestellten Anwalt kennen. Ich bekam seinen Namen nicht mit. Er gab mir nicht die Hand.

Dann gingen mein Anwalt und der Ankläger zur Richterbank und sprachen mit dem Richter. Sie sprachen dreißig Sekunden lang über mein Schicksal, dann kam mein Anwalt zu mir zurück.

Er war ein rotblonder, kleiner Mann mit Ohren, die ihm rechtwinklig vom Kopf abstanden. Er war in den mittleren Jahren und knochig, aber er hielt sich schlecht und hatte Hemdzipfel, die ihm aus den Hosen ragten. »Was soll das alles?« fragte ich ihn.

Er schob seine Papiere zusammen und ging weg. Der Richter

sagte: »Nächster Fall«, genau wie im Fernsehen, und die Polizisten wollten mich abführen.

Ich packte meinen Anwalt am Jackett.

»Lassen Se mich doch nen Moment lang mit meinem Anwalt reden«, bettelte ich.

»Was wollen Sie, Mr. Rawlins?« fragte der kleine Anwalt, dessen Namen ich nie erfahren sollte.

»Warum bin ich hier, und was passiert jetzt?«

»Sie sind wegen Erpressung hier, Mr. Rawlins, und Sie kommen ins Gefängnis, bis jemand fünfundzwanzigtausend Dollar für Sie springen läßt oder Ihnen der Prozeß gemacht wird.«

Der Anwalt wandte sich ab, und ich wurde in einen Raum geschleppt, in dem vier andere Männer schliefen. Eine halbe Stunde später wurden die Schlafenden von drei Polizisten geweckt.

Wir wurden in einen Bus getrieben, dessen Fenster allesamt mit Maschendraht gesichert waren und in dem uns eine Zellentür vom Fahrer trennte. Diesen Schutz hatte er jedoch gar nicht nötig, weil alle Häftlinge mit den Handschellen an einem Metallring unter dem Sitz angekettet waren.

Wir wurden zu einem flachen Gebäude am südlichen Stadtrand gefahren.

Das Gebäude, zu dem wir gebracht wurden, war ursprünglich kein Gefängnis gewesen. Vielleicht hatten sie dort Kugellager hergestellt oder Aprikosenmarmelade. Die Wände bestanden aus Beton, vermutlich mit Stahl verstärkt.

Die Häftlinge wurden in einen großen Raum geführt, halb so groß wie ein Footballplatz. Inmitten des Raums hatte der Staat Stahlkäfige aufgestellt. Wie die Käfige in älteren Zoos. Es waren dem Anschein nach fünfundvierzig bis fünfzig Käfige. Etwa die Hälfte war besetzt.

Ein Käfig pro Mann. Jede Zelle maß zweieinhalb auf zweieinhalb Meter und war mit einer kleinen Pritsche möbliert. Auf dem Boden standen zwei Eimer. Einer war mit einem Trinkbecher versehen, der andere war dafür gedacht, sich zu erleichtern.

Einer der anderen Häftlinge verkaufte mir für einen Fünfdollarschein, den ich vor dem Verlassen meines Hauses im Ärmel versteckt hatte, ein Päckchen Zigaretten. Als die Wärter fort waren und ich sicher eingesperrt war, zündete ich mir eine Zigarette an.

Ich weiß immer noch, wie gut diese Zigarette schmeckte. So schlimm die Wende auch war, die mein Leben in diesen wenigen Tagen genommen hatte, ich erinnere mich an diesen Augenblick immer noch als an einen der befriedigendsten in meinem Leben.

Für eine Weile unterhielten sich die neuen Insassen mit den alten. Ich fragte den Mann in der Zelle neben meiner: »Was is das hier denn für n Gefängnis?«

»Ein provisorisches«, sagte der graue alte Weiße. »Die bauen ein neues, und hier wird nur der Überschuß festgehalten.«

Ich gab ihm eine Zigarette und zündete sie an.

»Sehr verbunden«, sagte er.

Dann sagten uns die Wärter, wir sollten den Mund halten.

Vielleicht gibt es Leute, die nicht glauben, was mir widerfahren ist. Vielleicht sagen sie, ein Häftling in Amerika weiß immer, welches Verbrechen ihm zur Last gelegt wird. Vielleicht sagen sie, man hat das Recht auf einen guten Anwalt und mindestens ein Telephongespräch.

Früher hätte ich gesagt, solche Rechte hätten Weiße, aber Farbige nicht. Aber im Verlauf der Zeit begriff ich, daß wir alle nur einen Schritt weit entfernt sind von einem anonymen Grab. Man muß nicht in einem kommunistischen Land leben, um umgebracht zu werden; man bräuchte nur J. T. Saunders darüber auszufragen.

Die Polizei konnte jederzeit ins Haus kommen und einen aus dem Bett zerren. Sie konnte einen schlagen, bis man Zähne schluckte, und einen monatelang in ein Loch sperren.

Ich wußte das alles, aber ich verdrängte es. Ich legte mich nur auf meine Pritsche und genoß die Zigarette.

37

Ich war in der Zelle, aber ich war nicht allein. Naylor, Voss, Violette und Hobbes waren bei mir.

Naylor sagte: »Einer Schwarzen wollten Sie nicht helfen, aber für eine weiße Hure haben Sie sich überschlagen.«

»Ich hab Sie mit ihr gesehen«, sagte Hobbes.

Voss schüttelte nur den Kopf und spuckte aus.

Dann nahm Violette die Pistole aus dem Halfter. Als er den Hahn zurückzog, quietschte er, statt zu knacken.

Dann hörte ich, und das war kein Traum mehr: »Paß auf, Junge!« und spürte eine kalte Dusche im Gesicht. Eine andere Stimme fluchte, aber da war ich schon von der Pritsche gesprungen. Er verfehlte mich, rammte das Messer in die Matratze, nicht in mich. Sein Körper war über meinem, und ich versetzte ihm einen Aufwärtshaken in die Lende, der einen Gorilla umgeworfen hätte.

Mein Angreifer fiel zu Boden, keuchend und hustend. Es war ein Weißer in grauer Gefängniskleidung. Ich trat ihm einmal in die Rippen, dann stampfte ich mit dem Fuß auf die rechte Hand. Ich war barfuß, deshalb konnte ich mit dem Schmerz in meiner Ferse spüren, wie seine Finger knackten.

Ich brach ihm die Hand, damit ich ihn nicht umbringen mußte. Ich mußte etwas tun. Es wäre mein Recht gewesen, wie ich es sehe, einen Killer umzubringen. Aber statt dessen machte ich ihn kampfunfähig.

Ich zog ihn hoch, schleppte ihn den Gang zwischen den Käfigen entlang und warf ihn vor der Tür, die zum Häuschen der Wärter führte, zu Boden. Als ich zu meiner Zelle zurückging, kam es zu einem Aufruhr bei den aufgewachten Häftlingen. Als ich mich wieder einsperrte, stolperten sieben Wärter über den Möchtegernkiller.

Er preßte sich die Hand gegen die Lende und hustete. Die Wärter sahen sich mißtrauisch um.

Mir fiel ein übler Gestank auf. Ich fragte mich, ob das, was ich roch, meine Angst war.

»Er hat Schlüssel!« rief ein Wärter.

»Pst!«

Der Mann schrie vor Schmerz auf, als sie ihn vom Boden hochzogen. Ich befühlte meinen Zeh und begriff, daß ich ihm vermutlich auch eine Rippe gebrochen hatte.

»Pst!« Das war der alte Weiße neben mir.

Ich sah ihn an, und er lächelte. Ihm fehlten oben und unten Zähne.

»Ich hoffe, ich hab mit der Pisse nicht Ihre Zigaretten erwischt.« Sein Lächeln wurde breiter, und ich begriff, daß er mich gewarnt, indem er mir Wasser – Urin – ins Gesicht geschüttet hatte.

Er kicherte und sagte: »Zum Glück war keine Scheiße drin.«

Das kam mir so komisch vor, daß ich lachen mußte, aber ich konnte nicht lachen, weil das die Aufmerksamkeit der Wärter angelockt hätte, die sich nach jemandem zum Zusammenschlagen umsahen.

Ich saß da, während mir Tränen aus den Augen liefen und mir das Zwerchfell gegen die Brust hämmerte. Als die Wärter an meiner Zelle vorbeigingen, zog ich die Decke über mich, damit sie nichts rochen. Durch den üblen Geruch mußte ich noch heftiger würgen. Nach einer Weile brachten die Wärter den stöhnenden Attentäter weg.

»Irgendwo haben Sie nen guten Freund«, sagte der alte Weiße. Er trug auch graue Gefängniskleidung.

»Was meinen Sie damit?«

»Jemand hat sich ne Menge Mühe gemacht, um Sie umzubringen.« Er bedachte mich mit einem Zwinkern. »Falls Sie den Witzbold von eben nicht kennen.«

Ich gab meinem Retter fünf Zigaretten.

»Wie heißen Sie?« fragte ich ihn.

»Alamo. Alamo Weir.« Er zwinkerte mir zu, und ich zündete seine Zigarette an.

Ich legte mich zurück in den Dreck und begann nachzudenken. Ich fing damit an, wie Quinten Naylor zu meinem Haus gekommen war und mich zum Tatort eines Verbrechens gefahren hatte.

Am nächsten Morgen verpaßten sie mir graue Gefängniskleidung. Wir gingen alle in einen großen Raum mit einem langen Tisch und aßen dicken Haferbrei, verdünnt mit aufgelöstem Milchpulver. Am Mittag ließen sie uns vor den Zellen herumgehen. Während dieser Zeit hielt sich Alamo an die weißen Häftlinge, und ich blieb bei den farbigen Brüdern.

Als wir wieder in den Zellen waren, wurde ich in einen Raum gebracht, in dem Anthony Violette auf mich wartete.

»Freut mich, daß Sie noch am Leben sind, Rawlins.« Er lächelte mich an.

Ich konnte kein Wort sagen. Ein Captain der Polizei wollte meinen Tod. Ich war tot.

»Kein Klugscheißerwitz? Vielleicht könnten Sie mir ein Bier holen.«

»Ich hab Ihnen nix so Schlimmes getan, Mann«, sagte ich.

»Stimmt. Sie haben mir überhaupt nichts getan. Ich bin bloß Polizist und tu meine Pflicht.«

»Warum bin ich hier?«

»Erpressung.« Violettes Lächeln klebte an seinem Gesicht. Die Demütigung, die ich ihm zugefügt hatte, war riesig. Ein Schwarzer, der ihm im Beisein eines Vorgesetzten Widerworte gab; vielleicht reichte das aus, mich umbringen zu lassen.

»Ich hab niemand erpreßt.«

»Vernor Garnett sagt was anderes.«

»Er hat sie umgebracht.« Es sprang mir einfach aus dem Mund. Es kam so schnell und so natürlich, daß das Lächeln von Violettes Gesicht verschwand.

»Was?«

»Er hat die eigene Tochter umgebracht, und jetzt benützt er Sie und mich, um seine Spuren zu verwischen.«

»Hören Sie mal, Rawlins...«

»Nein. Sie hören mir zu. Vernor sollte sich gestern nachmittag vor der Bibliothek mit mir treffen. Eine Frau, die über Cyndis Tochter Bescheid wußte, wollte Beweise dafür bringen, daß es Cyndis Baby war.«

»Was für Beweise? Was für ein Baby?« fragte der Cop wider Willen.

»Einen Haufen Photos und ein Tagebuch, mit dem man den Mörder vielleicht hätt identifizieren können, den Mann, der ihr dreitausend Dollar bringen sollte.«

»Wer sind Sie? Charlie Chan?«

»Was hat er gesagt? Was soll ich getan haben?«

»Was Sie getan haben. Sie haben damit gedroht, der Presse von seiner Tochter zu erzählen. Sie wollten enthüllen, wie sie in Watts gelebt hat.«

»Wetten, daß *sie* das getan hat? Wetten, daß sie der Familie alles über ihr Leben und ihre Tochter erzählen wollte? Yeah. Er wußte über das Baby schon Bescheid.«

»Sie sind verrückt, Rawlins. Sie hatte kein Kind. Und Vernor hat nicht über sie Bescheid gewußt, ehe Sie's ihm gesagt haben.«

»Sie hatte ein Kind. Sie war zu Hause ausgezogen und hat es in nem Haus von Bull Horker untergebracht.«

Er hatte kein Wort geglaubt, bis ich Horker erwähnte.

»Wo wollten Sie sich mit dieser Frau treffen?« Der Cop war jetzt voll im Dienst.

Ich erzählte ihm meine Geschichte noch einmal. Er sagte mir überhaupt nichts. Als ich fertig war, stand er auf, hatte es eilig.

»Was is mit mir?« fragte ich ihn.

»Stellen Sie die Kaution.«

»Aber ich hab niemanden erpreßt.«

»Das sagen Sie. Vielleicht haben Sie bloß Zeitung gelesen. Abwarten.«

»Hören Sie, Captain«, sagte ich so laut, daß er einen Augenblick lang blieb. »Hier drin versucht jemand, mich umzubringen.«

Überraschend kam Violettes Grinsen zurück. »Er wollte Sie nicht umbringen, Rawlins. Er wollte Sie in die Schulter stechen und das Messer ein paarmal umdrehen. Das ist alles. Wissen Sie, Sie brauchen eine kleine Lektion.«

Alamo und ich teilten uns ein paar Zigaretten, die er sich besorgt hatte, und blieben die ganze Nacht auf. Er war ein Karrierekrimineller. Wenn man ihm glauben konnte, hatte er alles getan, vom Bagatelldiebstahl bis zum Mord.

Er war in einer Kleinstadt in Iowa geboren und hatte sich seit seiner Entlassung aus der Armee nach dem Ersten Weltkrieg auf der Straße herumgetrieben.

»Danach war ich einfach nie wieder richtig im Kopf«, erzählte mir Alamo. »Die ganzen toten Jungs.« Er schüttelte mit echter Reue den Kopf. »Und die Leute, die haben das Gefühl nie gehabt, haben getan, als wußten sie, was das Leben wär. Verdammt. Denen hätt ich das Geld oder das Leben nehmen können, und sie hätten noch nicht mal gemerkt, daß es weg ist.«

Er war ziemlich verrückt, aber er tröstete mich. Schließlich hatten mich normale Männer ins Gefängnis gesteckt.

Am nächsten Morgen kam der Wärter und holte mich aus der Zelle. Alamo hatte mir in der Nacht einen geschärften Löffel gegeben, den ich in den langen Ärmel meines grauen Gefängnishemdes geschoben hatte. Wir gingen an den langen Tischen vorbei und durch eine Flügeltür hinaus, die zu einer Garage führte.

Der Wärter sagte mir, ich solle eine Schachtel in der Ecke hochheben. Ich schaute hinein und sah meine Zivilkleidung.

»Ziehn Sie das an«, sagte der fette Weiße mit dem Bürstenschnitt zu mir.

Ich zog mich vor ihm aus, hinterließ den Löffel vorsichtig im Hemdärmel. Als ich meine normale Kleidung trug, warf ich die Gefängnisklamotten in die Ecke und nahm meine Waffe wieder an mich.

Ein zweiter Wärter kam, und sie eskortierten mich zu der Einfahrt vor der Fabrik. Dort stand ein Streifenwagen mit zwei Cops darin. Die Cops stiegen aus und legten mir Hand- und Fußschellen an.

»Wo komm ich hin?« fragte ich.

Die Polizisten lachten nur.

Auf der Fahrt in die Innenstadt saß ich auf dem Rücksitz. Jeder Augenblick war sehr wichtig. Ich sah Auslagen mit Schaufensterpuppen an und wurde weinerlich. Ich sah einen Mann, der nach links abbog, und stellte mir vor, daß ich selbst das Lenkrad drehte. Ich dachte an meine Kleine und spürte, wie meine inneren Organe verrutschten.

Die Fahrt in die Innenstadt muß eine Stunde gedauert haben, aber sie kam mir vor wie verfliegende Augenblicke. Sie holten mich aus dem Auto und steckten mich dann wieder in eine Zelle. Ich war mir sicher, daß mich jemand umbringen würde. Ich hatte den Löffel in der Tasche versteckt. Ich glaubte nicht, daß ich mit diesem Löffel gegen eine Schußwaffe eine Chance hatte, aber ich konnte jemanden mitnehmen; wenigstens das konnte ich.

Am Nachmittag holten sie mich aus der Zelle und brachten mich zu einem mit Maschendraht vergitterten Kabuff. Ein junger Cop schob mir einen großen gelben Umschlag zu. Darin waren meine Brieftasche und meine Schlüssel. Diese einfachen Dinge erschreckten mich so, daß ich zitterte. Ich wußte, daß ich in die Falle des Mörders gelockt werden sollte.

Ich ging mit hochgezogenen Schultern und gesenktem Kopf aus dem städtischen Gebäude neben dem Rathaus hinaus.

»Easy!« rief er.

Ich schaute auf, bereit, mich in den Kampf zu stürzen, sah aber nur Raymond Alexander in voller Pracht. Er trug ein engsitzendes, buntkariertes Jackett und ausgestellte schwarze Hosen. Seine Schuhe waren elfenbeinfarben, sein Hut hatte eine breite Krempe. Mouse lächelte breit.

»Du siehst furchtbar aus«, sagte er.

»Was hast du denn hier verloren, Raymond?«

»Ich hab Kaution für dich gestellt, Easy. Ich hab dich rausgeholt.«

»Was?«

»Komm schon, Mann, nix wie weg hier. Wenn wir hier rumtrödeln, buchten die Cops uns vermutlich ein.«

Im Auto fuhren wir an den Kompaktbauten vorbei, die typisch für die Innenstadt von L. A. in den Fünfzigern waren, nach Watts.

»Wo willste hin, Easy?« fragte Mouse nach einer Weile.

»Du hast Kaution für mich gestellt?«

»Mhm.«

»Fünfundzwanzig Riesen?«

»Mhm. Fünfundzwanzigtausend. Der Typ von der Kautionskasse wollt sich nich die Finger dran dreckig machen.«

»Wo haste denn soviel Geld her? Warste bei Mofass?«

»Hab's versucht, aber der is im Krankenhaus.«

»Im Krankenhaus?«

»Yeah. Paar weiße Jungs ham ihn auseinandergenommen. Er hat gesagt, ich soll dir ausrichten, die Kerle, mit denen du Geschäfte gemacht hast, sind fuchsteufelswild.«

»Scheiße. Und wo haste das Geld dann her?«

»Biste sicher, daß de's wissen willst?«

»Woher?«

»Am Gardena Boulevard issen privater Pokerclub. Den hab ich ausgeraubt.«

»Und die hatten soviel Geld?«

»Noch n bißchen mehr.«

»Haste jemand umgebracht?«

»Auf einen hab ich geschossen, aber ich glaub nich, daß der abkratzt. Vielleicht geht er ne Weile bißchen komisch.«

38

Bull Horker wurde in einer Gasse in San Pedro gefunden. Ihm war siebenmal in die Brust geschossen worden. Die Polizei glaubte, er sei anderswo umgebracht und in der Gasse abgeladen worden. Er wurde um acht Uhr abends gefunden, an dem Tag, an dem ich mich mit Sylvia und Vernor auf der Bibliothekstreppe hatte treffen sollen.

In dem Artikel stand, es habe Anzeichen für einen Kampf gegeben, aber es wurde nicht erklärt, worin die Anzeichen bestanden.

Primo und Flower freuten sich, als wir kamen. Jesus war so glücklich, daß ich glaubte, vielleicht werde er sogar sprechen. Er lief auf mich zu, legte seine Arme um mich und ließ mich nicht wieder los. Er umarmte mich im Gehen, und dann saß er auf meinem Schoß.

Mofass sah im Krankenhausbett ganz gut aus. Die Ruhe gab ihm ein bißchen Kraft, und sie ließen ihn auf der Station nicht rauchen. Seine einzigen Probleme waren eine kaputte Hand und drei Brüche im linken Bein.

»Die ham mich die Treppe runtergeschmissen, Mr. Rawlins. Denen war egal, ob ich tot bin. Die ham mir gesagt, wenn ich am Leben bleib, soll ich meinen Partnern sagn, se lassen sich nich verscheißern.«

Mouse grinste. »Ich kümmer mich drum, William. Sie ruhn sich einfach hier aus und versuchen, mit den Zigarren aufzuhören. Wissen Se, die bringen Sie schneller um als DeCampo.«

»Es bringt mich um, wenn ich nich rauchen darf.«

Ich gab Mouse die Namen von DeCampo und dessen Partnern. Ich sagte ihm die Büroadresse in Culver City und bat ihn, jedem einzelnen einen Besuch abzustatten, streng vertraulich.

»Die solln kapiern, daß es ihnen nich das Leben rettet, wenn sie Mofass umbringen«, sagte ich. »Und, Raymond«, ich richtete einen Finger auf sein Gesicht, »ich will nich, daß einer tot is oder auch nur verletzt.«

Ich habe viele Romane gelesen, in denen die Tugenden des Kapitalismus gepriesen werden. Kein einziger kam der Wahrheit auch nur entfernt nahe.

Ich saß am frühen Abend am Schreibtisch und ging die Berichte über den Mord an Bull Horker durch. Ich suchte nach etwas, was mich zu Vernor führte. Aber ich entdeckte nichts.

An die Stille war ich schon gewöhnt. Die Stille, in der wir vor Regina und Edna gelebt hatten. Jesus las in einem roten Band mit Erzählungen. Und ich war noch am Leben.

Dann holte mich das Quietschen des Gartentors ans Fenster. Es war wieder Quinten Naylor. Er trug den gleichen Anzug wie an dem Tag, an dem er mich zur Leiche von Bonita Edwards gebracht hatte.

Ich gab ihm die Schuld daran, daß Regina mich verlassen hatte. Ich gab ihm die Schuld, aber ich wußte, daß ich mich irrte.

Er war nicht überrascht, als ich die Tür aufmachte, ehe er klopfen konnte. Ich deutete mit einem Nicken auf einen Stuhl, der dort stand, wo das Bettchen gewesen war, und er setzte sich.

Ich zündete mir eine Zigarette an. Er fuhr sich mit der Hand über den Kopf.

»Die Anklage gegen Sie ist fallengelassen worden«, sagte Naylor.

»Oh? Wie kommt das?«

»Sie haben die Ehefrau festgenommen.«

»Was is mit Milo?« Der kleine Junge war der erste, an den ich dachte.

»Er ist im Heim.«

»Yeah. Laßt es nur an dem Kind aus. Steckt den Jungen ins Gefängnis, weil sein Vater was verbrochen hat.«

»Seine Mutter war eingeweiht. Sie hat gestanden.«

»Was? Nee, das glaub ich nich. Ich hab gesehn, wie se reagiert hat, als ich ihr die Bilder gezeigt hab.«

»Da hat sie es noch nicht gewußt. Aber danach hat sie zwei und zwei zusammengezählt. Garnett hatte ihr von den Morden erzählt, ehe ihre Tochter umgebracht wurde. Sie hat sich nichts dabei gedacht, bevor er ihr das mit ihrer Enkelin sagte. Er hatte noch Kontakt mit Robin, nachdem sie das Studium abgebrochen hatte. Er mußte wissen, daß sie schwanger war.«

»Sie hat es also herausgefunden, als er plante, Sylvia zu suchen?«

»Er hatte Angst wegen des Tagebuchs. Robin hatte gedroht, wie eine Hure gekleidet und mit einem Baby in den Armen in sein Büro zu kommen, wenn er ihr nicht genug Geld für das Kind gibt.«

»Hat das eigene Kind umgebracht.« Schon die Möglichkeit machte mich traurig.

»Sie hat ihn dazu getrieben«, sagte Quinten. »Sie war eine Hure und wollte nicht anständig werden. Dann hat sie ihm gedroht.«

»Sie hat ihn dazu getrieben«, sagte ich. »Na schön, und was hat sie dazu gebracht, das zu tun?«

Quinten verstand die Frage nicht. Für ihn gab es nur Recht und Unrecht. Er war von Moral so besessen wie Mofass vom Geld. Langfristige Investitionen gibt es nicht, es gibt nur Geld auf die Schnelle und Sünde auf die Schnelle. Mofass sah nur das Geld, mit dem diese Gangster ihn blendeten, und Quinten Naylor begriff nicht, daß Vernor Garnett den Keim seiner Zerstörung vielleicht selbst gelegt hatte.

»Wo is der Vater?« fragte ich.

»Er ist abgehauen, nachdem er sich mit Sylvia getroffen hatte. Er hat Horker umgebracht, da sind wir uns ziemlich sicher. Dann ist er mit der Frau verschwunden. Wir haben sein Auto gestern in West Hollywood gefunden. Auf dem Vordersitz war Bulls Blut.«

»Was ist der Frau passiert?«

»Bis jetzt noch nichts. Wir wissen nur, was ich gesagt habe. Nach ihm wird gefahndet. Wir kriegen ihn.«

»Da bin ich mir sicher.«

»Was soll das heißen?«

»Sie sind gut drin, Leute zu kriegen, Quinten. J. T. Saunders ham Se voll erwischt. Als Violette geglaubt hat, ich hab Dreck am Stecken, hat er mir schneller nen Killer auf den Hals geschickt, als Sie spucken können.«

»Worüber reden Sie, Rawlins? Wenn ein Staatsanwalt sagt, er wird erpreßt, glauben wir ihm. Vor allem, wenn...«

»Wenn's n Nigger is. Vor allem dann. Yeah. Was ham Se eigentlich hier verlorn, Mann? Wolln Se mich wieder ins Gefängnis stecken?«

Naylor musterte etliche Fingernägel, ehe er antwortete. »Ich wollte sagen, daß es mir leid tut.« Die Worte schienen ihm im Hals steckenzubleiben. »Ich hab immer geglaubt, daß... Ich weiß nicht. Ich hab einfach immer geglaubt, ich kann bei der Polizei arbeiten und saubere Hände behalten. Ich habe mich Ihnen überlegen gefühlt. Verstehen Sie mich nicht falsch, ich will damit nicht sagen, daß Sie meiner Meinung nach richtig leben. Aber vielleicht bin ich nicht viel besser.«

Vielleicht war Naylor auch nicht so übel. Das sagte ich ihm jedoch nicht. Ich sagte ihm überhaupt nichts.

39

In den nächsten Tagen kamen die Dinge in gewisser Weise wieder in Ordnung. Wer nach Regina fragte, bekam zu hören, sie sei zu Besuch bei ihrer kranken Tante in Arkansas.

Jack DeCampo kam in Mofass' Krankenzimmer – um sich zu entschuldigen. Er schob die Schuld an dem Überfall auf »stille Teilhaber« und sagte, er habe von der Schlägerei nichts gewußt, bis es zu spät gewesen sei.

Mofass wollte ihn zunächst nicht vom Haken lassen, aber er erinnerte sich an die Art von Angst, die Mouse einem Mann einjagen kann.

»Wissen se, Mr. Rawlins«, sagte Mofass mir am Telephon, »der Mann war so bleich, daß es für zwei Weiße gereicht hätt.«

Es kam selten vor, daß Mofass und ich über denselben Scherz lachten.

»Als ich ihm gesagt hab, unser Freund steht bei uns auf der Gehaltsliste, er braucht also keine Angst nich zu haben, hab ich geglaubt, er küßt mich gleich ab.«

»Okay, William«, sagte ich. »Vielleicht sind Se beim nächstenmal vorsichtiger.«

»Mhm. Aber wissen Se, da is noch was.«

»Was?«

»Die wolln uns immer noch als Partner. Se wolln uns für bloß fünfundzwanzig Prozent hundertfünfundzwanzigtausend geben.« Von dem Bett aus, das sein Sterbelager hätte sein können, machte er immer noch Geschäfte.

»Mann…«

»Die ham gute Verbindungen, Mr. Rawlins. Die könnten uns Bedingungen verschaffen, die keine Bank nem Neger gibt.«

Der Gedanke, daß DeCampo für mich arbeitete, gefiel mir. Und ich konnte das Geld für Bauvorhaben brauchen.

»Sagen Se ihm, achtzehn Prozent, und wir sind im Geschäft.«

»Okay, Mann.« Ich konnte sein Grinsen durch das Telephon hören.

Vier Tage nach Quinten Naylors Besuch klingelte das Telephon. Ich hatte immer noch Schmetterlinge im Bauch, wenn ich ans Telephon gehen mußte. Ich dachte immer noch: Was kann ich zu ihr sagen?

»Hallo?«

»Ist dort Mr. Rawlins?« fragte die Stimme eines jungen Mannes.

»Ja.«

»Na ja… Ich weiß nicht, Sir. Es ist irgendwie seltsam.«

»Was gibt's?«

»Verstehen Sie, dieses Paar… die haben jetzt seit etwa einer Woche immer hier im Chicken Pit gegessen.«

Die Schmetterlinge entfachten einen Sturm.
»Und vor ein paar Tagen kommt die Frau, eigentlich noch ein junges Mädchen, vom Tisch zu mir und bittet mich um ein Glas Wasser. Aber als sie nach dem Glas greift, packt sie meine Hand und gibt mir einen Zettel. Ich glaube, sie machte sich Sorgen…«
»Was stand auf dem Zettel?«
»Es war ne Ecke von ner Zeitung, ein Tippschein mit Ihrem Namen und Ihrer Telephonnummer in einer Spalte und ein Zettel, auf dem stand: ›Rufen Sie die Polizei an, wir sind im Seacrest‹, und unterschrieben war mit ›Sylvia‹.«
»Warum haben Sie zwei Tage gewartet, Mann?«
»Ich weiß nicht. Es war einfach so seltsam. Ich will keinen Ärger. Verstehen Sie… ich kann nicht mit der Polizei sprechen.«
»Wo ist dieses Seacrest?«
»Es ist ein Motel an der Kreuzung zwischen dem Adams Boulevard und der La Brea Avenue. Glauben Sie…«
»Waren sie seitdem wieder in Ihrem Lokal?«
»Am nächsten Tag hatte ich frei. Ich bin nach San Diego gefahren und hab's ganz vergessen…«
»War sie heute da?«
»Nein. Nur der Mann, meine ich. Deshalb hab ich angerufen.«
Ich legte den Hörer auf, stürzte zum Schrank und holte meine Pistole.
Jesus folgte mir durch das Haus und hielt mich immer wieder fest. Schließlich blieb ich stehen und fragte ihn: »Was is?«
Er sah nur die Pistole in meiner Hand an.
»Es is nich Regina«, sagte ich ihm. »Sie is fort. Es is nich sie.«
Zunächst glaubte Jesus mir nicht. Aber ich setzte mich und hatte ihn nach einer Weile überzeugt. Ich sagte ihm, ich sei bald zurück. Dann fuhr ich zum Seacrest.

An jeder roten Ampel versuchte ich, mich dazu zu überreden, daß ich die Cops anrief. Wenn ich freie Fahrt hatte, stellte ich mir jedesmal vor, Vernor Garnett umzubringen. Er verkörperte alles, was ich haßte. Er hatte das eigene Kind umgebracht, und seine Frau hielt trotzdem zu ihm. Er hatte mich ins Gefängnis gebracht, indem er einfach eine Lüge erzählte. Er war ein Weißer.

Das Seacrest war ein einstöckiges Motel hinter einem großen Parkplatz. Die Eingänge zu allen Zimmern lagen auf der Vorderseite. Ich parkte um drei Uhr nachmittags auf der anderen Straßenseite und wartete.

Ich saß drei Stunden lang dort. Und die ganze Zeit dachte ich nur an Regina. Ich hatte schon vorher versucht, über sie nachzudenken, aber alles, was dabei herauskam, war purer Schmerz. Aber beim Warten auf diesen üblen Mann spürte ich den Schmerz nicht. Ich empfand nur kalte Wut.

Als Garnett aus dem letzten Zimmer in der Reihe kam, hatte ich überhaupt nichts herausbekommen. Ich konnte nicht mit Sicherheit sagen, warum sie mich verlassen hatte. Ich konnte nich sagen, was ich anders hätte machen müssen.

Garnett hatte sich etwas Gesichtshaar wachsen lassen und trug einen Trenchcoat mit hochgeschlagenem Kragen. Er ging mit gesenktem Kopf die Straße entlang zum Chicken Pit.

Ich brach seine Tür auf und ging hinein.

Sylvia war tot. Er hatte sie auf den Schrankboden gelegt und die Tür zugemacht. Aber sie roch schon. Ihre Schläfe hatte ein Loch. Das Zimmer war ein Chaos. Überall lagen Kleider und Essenstüten herum. In der auf dem Bett ausgebreiteten Zeitung war der Reiseteil aufgeschlagen. Drei Sonderangebote für Reisen nach Mexiko waren umkringelt.

Ich schaltete das Licht aus und stellte mich hinter die Tür. Ich wartete dort eine Ewigkeit. Die grauen Umrisse des Bettes und des Frisiertisches wurden schwächer. Die Pistole in meinen Fingern war kalt.

Als Garnett zurückkam, machte er die Tür auf und wieder zu, ehe er das Licht einschaltete. Ich hatte nicht damit gerechnet, daß das Licht mich blendete.

Wenn er mich in dieser Sekunde angesprungen hätte, hätte ich Sylvia vielleicht Gesellschaft geleistet. Aber statt dessen umklammerte er sekundenlang den Türknauf. Ich versetzte ihm einen Schlag mit der Pistole. Er schüttelte den Kopf, als fiele ihn eine jähe, unerfreuliche Erinnerung an. Ich schlug ihn wieder, und er ging in die Knie, wie es J. T. Saunders vor dem Polizeimörder getan hatte. »Bitte«, sagte er mit schwacher Stimme.

In meinem Kopf schrie eine Stimme: »Bring ihn um!« Immer wieder. Mein Hals bebte. Ich hatte das ehrliche Gefühl, wenn ich nicht abdrückte, würde ich sterben. Tränen liefen mir aus den Augen, ein erstickter Schrei entwich meinen Lippen. Mein Zwerchfell hob und senkte sich so, daß es mir schwerfiel, die Pistole ruhig zu halten.

Garnett kauerte an der Tür. Er hielt sich die Hände vor das Gesicht. Wir waren beide Wahnsinnige am Ende unseres Lebens. Wir waren Wahnsinnige, aber nur er war Jurist.

Er fing an zu reden. Anfangs war ich zu erregt, als daß ich ihn gehört hätte, aber nach einer Weile ergab sein Gestammel einen Sinn. Er erzählte mir, er habe es nicht gewollt. Er habe nicht vorgehabt, seine Tochter umzubringen. Aber nachdem er es getan hatte, ahmte er Saunders' Modus operandi nach, weil er im Gericht davon gehört hatte.

Er hatte auch sie in seinem Auto umgebracht.

»Was ist mit Sylvia?«

»Ich wollte nur das Tagebuch«, flehte er. »Sie hatte es nicht mitgebracht.«

»Warum haben Sie sie umgebracht?«

»Es war zu spät«, sagte er. »Sie wollte es mir nicht geben. Sie wollte… wollte…« Ich fesselte Garnett an Händen und Füßen und knebelte ihn, legte ihn zu Sylvia Bride in den Schrank.

»Hallo?« sagte Quinten Naylor.

Ich gab ihm die Adresse und sagte ihm, jemand habe mich angerufen. Ich wüßte nicht, wer.

Für manche Menschen ist Rache vielleicht süß. Ich weiß nur, daß ich fünf Straßen weiter anhalten und mich übergeben mußte, bis ich wieder atmen konnte.

Bull Horkers Koch, Bailey, sagte mir mit Freuden, wo Cyndi in Redondo Beach gewohnt hatte. Für weitere fünfzig Dollar hätte er Blut für mich vergossen.

In dem Haus in der Exeter Street wohnte eine alte Frau namens Charla Fine. Sie hatte das Baby für Bull Horker in Verwahrung und war nicht gerade glücklich über Bulls Tod. Aber Feather wirkte gesund. Als ich sie zum erstenmal sah, saugte sie an ihrem Zeh. Ich sah auf sie hinunter, und sie lächelte mich an und sagte in der Babysprache etwas, was meiner Meinung nach hieß: »Kitzel mich am Bauch und stups mich gegen die Nase.« Fünfhundert Dollar, und das Baby gehörte mir.

Am nächsten Tag berichteten die Zeitungen ausführlich über das Verbrechen. Das Bild der toten Stripperin Sylvia Bride (ihr richtiger Name war Phyllis Weinstein) erschien in ganz Kalifornien auf den Titelseiten.

Der Prozeß machte wochenlang Schlagzeilen. Alles, was der Staatsanwalt hatte vermeiden wollen, kam an die Öffentlichkeit. Das wilde Leben seiner Tochter, ihr Tod. Das Verbrechen des Vaters, das Vertuschen durch die Mutter.

Niemand machte sich große Gedanken wegen des Babys. Meistens wurde spekuliert, die Mutter habe das Kind vermutlich umgebracht. Das wurde durch die Tatsache erhärtet, daß niemand das Baby nach der Geburt gesehen hatte.

Auf der Geburtsurkunde war das Baby als weiß eingetragen. Feather war bei mir in Sicherheit. Vernor Garnett starb zwei Jahre nach seiner Verurteilung im Gefängnis. Seine Frau zog nach Osten, nachdem sie vom Verdacht der Beihilfe freigesprochen worden war. Über Milo wurde nicht viel geschrieben.

40

Drei Monate später zogen wir um. Ich kaufte in einer Gegend namens View Park in der Nähe von West Los Angeles ein kleines Haus. Dort ließen sich immer mehr mittelständische schwarze Familien nieder, und ich wollte weg von Leuten, die mich und Regina kannten.

Jesus gefiel es in seiner neuen Schule, und die ganze Arbeit beim Umziehen lenkte mich von den Sorgen in meinem Leben ab. Regina lebte immer noch in meinen Träumen. Manchmal wachte ich mitten in der Nacht voller Verzweiflung auf.

Aber wenn ich aufwachte, brauchte die kleine Feather ihr Fläschchen und frische Windeln. Sie war nicht meine kleine Edna, aber sie war schön und fast immer glücklich. Ich hatte Regina und Gabby Lee verloren, aber mindestens einmal in der Woche kam Jackson Blue als Babysitter, und es machte mir nichts aus, mich um sie zu kümmern.

Jesus wurde es nie leid, mit Feather zu spielen. Sobald sie zu laufen anfing, nahm er sie überallhin mit. Und ich beschloß, Dupree und Regina in Frieden zu lassen. Mouse bekam heraus, wo sie waren. Er erbot sich, hinzufahren, Dupree und Regina zu töten und Edna zurückzubringen. Aber ich sagte ihm, er solle mir die Adresse geben und es auf sich beruhen lassen.

Genug Menschen waren gestorben. Und ich wäre ein glücklicher Mensch gewesen, könnte der Tod keinem einzigen Menschen in der Welt mehr irgend etwas anhaben.